宋慈洗冤罪案簿

（三）

太丞毒殺案

巫童 著

高寶書版集團

葛阿大不死心，心想今日若不將這冤屈找出來，豈不要被這隻冤鬼纏上一輩子？

他找來鐵鍬，就在這片土坡下開挖，哪知剛挖了幾鍬土，便有屍骨從泥土裡露了出來。

劉鵲年過五十，長鬚已然花白，近半年來更是染上風疾，時不時便會頭暈目眩，甚至突然暈厥過幾次，此事劉太丞家眾人都知道，他若是突然風疾發作暴病而亡，倒也沒什麼奇怪，可是他臉色青黑，嘴唇和指甲都呈青紫色，更像是被毒死的。

目錄
CONTENTS

喬行簡直視著宋慈，見宋慈的目光始終堅定不移，他忽然臉色肅然，正聲道：「宋慈，你乃本司幹辦公事，現我以浙西提點刑獄之名，正式許你兩案並查！你受聖上破格擢拔，任期至上元節為止，眼下只剩三日。三日內，你能否查清真相？」

宋慈問道：「那隻狗是你用什麼藥毒死的？」

羌獨活應道：「我拿牠試用牽機藥的藥性，下藥時用多了量，牠便死了。」

「你有牽機藥？」

宋慈取出一副皮手套戴上，伸手入棺，將骨頭一塊塊取出。

他用清水將骨頭清洗乾淨，逐一細看，沒發現任何明顯的損傷。他在地上鋪開竹席，將骨頭一塊塊擺放在上面，再用細繩逐一串連。

他戴上皮手套，揭開白布，將已經僵硬的屍體翻轉過來，使其背部朝上。

很快，宋慈的目光定住了。

劉克莊湊近看了，道：「這是什麼？」

「裡面是……一隻癩蛤蟆？」劉克莊看了好幾眼，很確定骷髏頭裡面有一隻比拳頭還大的癩蛤蟆，但還是禁不住為之詫異。

這隻癩蛤蟆一動不動，看起來已經死去多時，只是時下天寒地凍，為何會有癩蛤蟆出現？

引子

落滿枯葉的土坡下，蟲氏姐妹的墳墓旁，當又一鍬土被挖開後，一隻已成白骨的手從泥土裡露了出來。

「當……當真有冤……」圍在一起的幾人不約而同地後退了幾步，手持鐵鍬之這人聲音發顫。

幾人是昨日受劉克莊的僱傭安葬了蟲氏姐妹和袁晴的勞力，手持鐵鍬之人是其中帶頭的葛阿大。昨天夜裡，葛阿大為了尋找丟失的行在會子，獨自返回淨慈報恩寺後山，卻看見有一顆骷髏人頭在爬坡，嚇得他倉皇逃下山去。

他一整夜提心吊膽，想起前日在侍郎橋撞見過無頭鬼，如今，又撞見了一顆爬坡的人頭，二者合起來，不正好是一個完整的鬼嗎？

轉過天來，他與幾個勞力碰了頭，說起此事，幾個勞力都說他昨晚在青梅酒肆喝多了酒，看花了眼。他卻深信自己是撞鬼了，又想起近來太過晦氣，只要一去櫃坊賭錢便賠個精光，越想越覺得邪門。

他想找個算命先生替自己看看，想起蘇堤上有個測字算卦的道士名叫薛一貫，對外宣稱不靈驗不收錢，心想自己先去算卦，靈不靈驗都是自己說了算，到時候一口否認，錢便不用給了，於是去找薛一貫算了一卦。

薛一貫讓葛阿大扔了銅錢，對著卦象掐指一算，眉頭皺起老高，道：「好心未必有好報，燒香也能惹鬼叫。貧道若沒算錯，你這是讓冤鬼纏身了啊！」

葛阿大連忙追問究竟，薛一貫仔細道來，說葛阿大撞上了一隻冤鬼，那隻冤鬼死於非命，有冤難伸，想借他的口訴冤，這才處處纏著他不放。葛阿大又問該如何化解，薛一貫說冤鬼現身之地，必有冤屈藏匿，讓他去撞鬼的地方仔細尋找，非得找出冤屈所在，替那冤鬼訴了冤，那冤鬼才不會再糾纏他。

葛阿大對薛一貫的這番話深信不疑，拉上幾個勞力去了侍郎橋，在橋上、橋下仔細搜尋一番，沒有任何發現，接著又趕去淨慈報恩寺後山，在這片土坡下尋找了一番，仍是沒有任何發現。

葛阿大不死心，心想今日若不將這冤屈找出來，豈不要被這隻冤鬼纏上一輩子？薛一貫不是說有冤屈藏匿嗎？這土坡下還能怎麼藏，無非就是藏在泥土裡。他找來鐵鍬，就在這片土坡下開挖，哪知剛挖了幾鍬土，便有屍骨從泥土裡露了出來。

淨慈報恩寺後山立有不少墳墓，算是一片墳地，可這片土坡下除了新立的蟲氏姐妹和袁晴的墳墓，並沒有其他墳墓，突然挖出來的這具屍骨，顯然不是入土為安地葬在這裡的，更像是被草草掩埋在此的。葛阿大自認為找到了冤屈所在，當即趕去府衙報案，找來了幾個府衙差役。

隨著府衙差役的到來，淨慈報恩寺後山發現無名屍骨的消息不脛而走，不少好事的香客跟著來到後山，這片土坡下不一會兒便圍聚了二、三十人。

幾個差役將泥土挖開，這具無名屍骨便完整地呈現在眼前。屍骨的上身和下身反向彎曲，狀若角弓反張，死狀甚為怪異，骨色慘白之中透著烏黑，尤以肋骨周圍的烏黑色最重。

幾個差役正打算將這具無名屍骨從土坑裡抬出來，圍觀人群中忽然躥出兩人，攔在無名屍骨前。這兩人一高一矮，高者身形壯碩，粗眉大眼，雖然長著一張憨實的臉，目光卻凜凜生威；矮者身形瘦小，髮髻齊整，肩上斜挎著一個黑色包袱，一副精明幹練的樣子。

在兩人的身後，一個衣冠方正、看起來五十歲上下的文士步出人群，蹲在無名屍骨前查看起來，嘴裡道：「府衙司理何在？」

這個人的聲音中氣十足，說話之時，目光一直盯在無名屍骨上。

那文士的口氣隱隱帶有責備之意，那一高一矮的兩人看起來又是其隨從，此人似乎甚有來頭。府衙常有朝廷高官出入，幾個差役也算見過不少世面，可打量那文士幾眼，卻壓根不識得。

那矮個子隨從道：「大人問你們話呢！」

幾個差役一聽「大人」這稱呼，面面相覷，雖不清楚那文士的底細，卻不敢不答，其中一人應道：「司理大人去城北劉太丞家了。」

「凶案發生之地，不見司理到場，卻去什麼劉太丞家？」

那文士此話責備之意更重，先前回話的差役忙道：「劉太丞家今早來人報案，說劉太丞死於非命，司理大人一早去劉太丞家，是為了查案……」

那文士聽了這話，兩眼一掃。幾個差役只覺那文士的目光中透著一股莫名的威嚴，竟不敢與之對視，紛紛低下了頭。

一陣山風吹來，樹枝輕響如低吟，枯葉翻飛似蝶舞。

一片枯葉從那文士的眼前翻轉飄下，不偏不倚地落在了無名屍骨左臂的尺骨上，那文士的目光隨枯葉而動，也跟著落在了左臂尺骨上。

在尺骨正中偏上之處，一道幾近癒合的細微裂縫，映入了他的眼中。

第一章　太丞之死

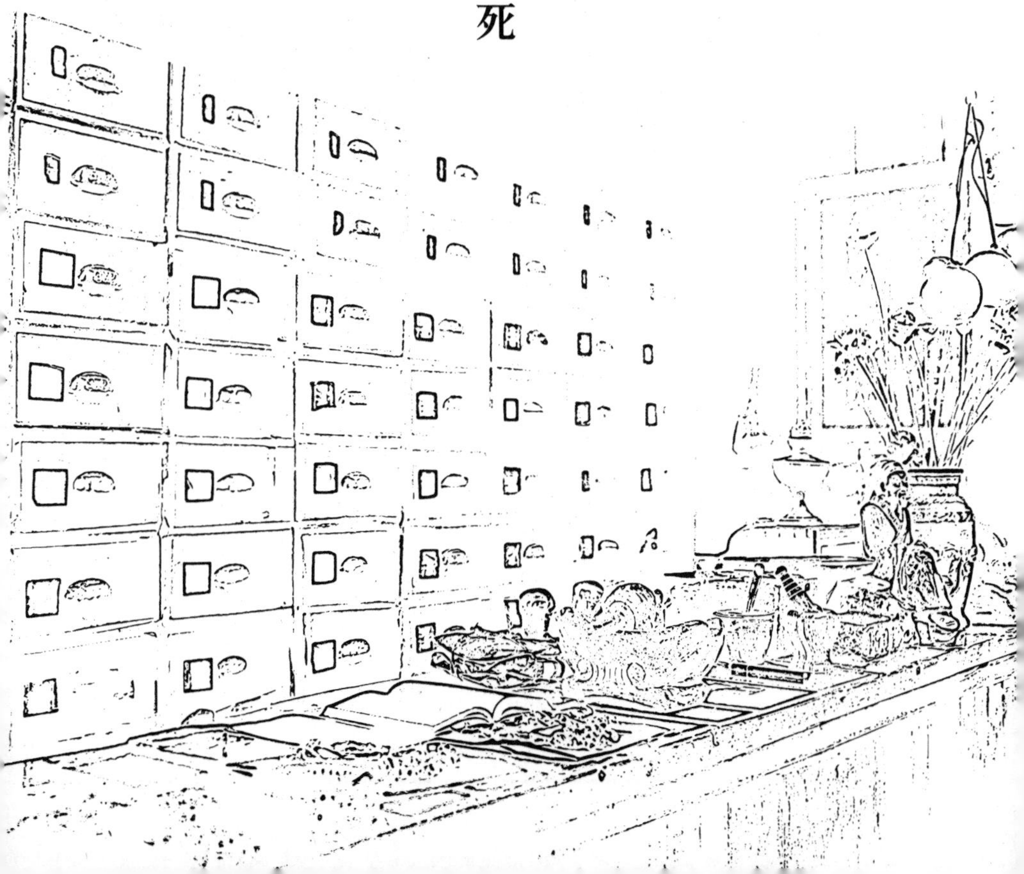

正月十二一早，劉太丞死於醫館書房，整個劉太丞家鬧得人仰馬翻。

劉太丞家位於城北梅家橋東，臨街一側是看診治病的醫館，背街一側是生活起居的家宅，無論是醫館還是家宅都足夠開闊敞亮，其規模足以比肩臨安城中不少富戶宅邸。

劉太丞名叫劉鵲，過去這些年裡救死扶傷，活人無數，一直以醫術精湛而聞名臨安。往日天剛濛濛亮時，劉鵲便起床梳洗朝食，出現在醫館正堂，開始看診。今日天色大亮，卻一直不見他起床，藥童遠志和當歸端去洗臉水和河祇粥，卻始終等不到書房門開。

遠志和當歸眼圈兒有些浮腫，臉色也有些發白，時不時地打個哈欠，就像一夜沒怎麼睡好，看起來頗為疲憊。但他倆不敢敲門，生怕打擾劉鵲熟睡，只能端著洗臉水和河祇粥，畢恭畢敬地等在書房門外。直到醫館後門「吱呀」一響，大弟子高良薑從家宅那邊趕來書房，敲門沒有反應，喊「師父」也沒人應答，這才去推房門，哪知房門從裡面上了門，無法推開。

「師父，您答應今早去太師府看診的，時候不早了。」高良薑隔著房門，有意提高了說話聲，可房中仍是沒有半點聲響。

高良薑不由得心生怪異，想打開窗戶瞧一瞧，卻發現窗戶也像房門那樣，全都從裡面上了閂。他只好在窗戶紙上戳了個小洞，向內窺望。

書房裡甚是昏暗，他先朝臥床的方向看去，看見疊得整整齊齊的被子，卻不見人，接著目光一轉，看向另一側的書案，這次他看到了劉鵲。

劉鵲坐在椅子裡，上身伏在書案上。書案的裡側擺放著燭臺，燭臺上立著半支熄滅的蠟燭，外側放著一疊書和一個圓形食盒，此外還有筆墨紙硯。高良薑知道近來劉鵲有深夜著書的習慣，以為劉鵲是昨晚忙得太累，直接伏在書案上睡著了。他叫了幾聲「師父」，還在窗櫺上敲了敲，可劉鵲始終伏在書案上，不見絲毫動靜。

高良薑想起劉鵲患有風疾，頓時覺得不對勁了。他想進入書房，但房門上了閂，只能破門而入。他用力地踢踹房門，好幾腳後，門閂被踢斷，房門「碰」的一聲開了。他衝入書房，奔向書案。

當歸和遠志緊隨其後進入書房，一個將河祇粥輕輕擱在床邊的方桌上，另一個將洗臉水放在書案外側的面盆架上，兩人的目光卻是一直落在劉鵲身上。只見高良薑在劉鵲的後背上推了幾下，不見劉鵲有絲毫反應，又將劉鵲的身子扶起來，這才發現劉鵲渾身冰冷僵直，臉色青黑，竟已死去多時。

高良薑驚得連退了好幾步，好一陣才回過神來，吩咐當歸和遠志趕緊去叫人。待到兩個藥童的腳步聲遠去後，高良薑忽然湊近劉鵲身前的紙張看了起來。

紙張鋪開在書案上，其上字跡清瘦，乃是劉鵲的手筆，共寫有三行字，第一行字是「辛，大溫，治胃中冷逆，去風冷痹弱」；第二行字是「苦，甘，平，治風寒濕痹，去腎間風邪」；第三行字是「苦，澀，微溫，治瘰癧，消癰腫」。

高良薑眉頭一皺，未明其意。對於這三行字，他沒有過多理會，只是圍著書案搜尋了起來，像在尋找什麼東西。

過不多時，一陣急促的腳步聲響起，二弟子羌獨活以最快的速度趕到了書房。在頗有些敵意地與高良薑對視了一眼後，羌獨活也湊近書案上的紙張，朝那三行字看了一眼，隨即也圍著書案搜尋起來。

兩人搜尋了書案，又搜尋了房中各處，其間時不時地瞧對方一眼，最後將整個書房搜了個遍，卻一無所獲，似乎並未找到想要的東西。

隨著當歸和遠志趕去叫人，劉鵲死了的消息很快在劉太丞家傳開了。下一個趕來書房的，是睡在醫館偏屋的另一個藥童黃楊皮，一見劉鵲死在書案上，他的神色顯得甚是詫異，接著不少奴僕趕來了書房，然後是妾室鶯桃。

鶯桃牽著兒子劉決明的小手，慌慌張張地來到書房，一見劉鵲當真死了，纖瘦的身子晃了幾晃。

「爹，你醒醒……」劉決明哭叫道，又抓住鶯桃的手搖晃，「娘，妳沒事吧……」

在劉決明的哭泣聲中，一陣拄拐聲由遠及近，正妻居白英身著緇衣，左手捏著佛珠，右手拄著拐杖，在管家石膽的攙扶下，最後一個來到了書房。

劉鵲年過五十，長鬚已然花白，近半年來更是染上風疾，時不時便會頭暈目眩，甚至突然暈厥過幾次，此事劉太丞家眾人都知道，他若是突然風疾發作暴病而亡，倒也沒什麼奇怪，可是他臉色青黑，嘴唇和指甲都呈青紫色，更像是被毒死的。

「妳個狐狸精，是不是妳幹的？」拐杖在地上重重一杵，居白英沉著一張老臉，轉頭瞪著鶯桃。

鶯桃花容失色，將劉決明緊緊攬在懷中，搖頭道：「夫人，不是我……」

「還愣著幹什麼？」居白英衝身邊的石膽喝道，「還不快去報官！」

石膽扶居白英在凳子上坐下，隨即奔出醫館，趕去了府衙。等到他再回來時，隨同而來的有幾個府衙差役，還有司理參軍韋應奎。

韋應奎和幾個差役剛一踏入醫館大門，一陣「汪汪汪」的狗叫聲便在醫館偏屋裡響起。一隻小黑狗從偏屋裡探出腦袋，衝著來人吠叫個不停。韋應奎朝偏屋斜了一眼，臉色不悅。

石膽瞪了遠志一眼，只因這隻小黑狗是不久前遠志從外面撿回來的，一直養在偏屋裡。遠志生怕石膽責備，趕緊將小黑狗牽回偏屋，又將屋門關上，狗叫聲這才斷了。

韋應奎去到醫館書房，命所有人退出書房，只留下他和幾個差役。他粗略地檢查了一遍劉鵲的屍體：屍體膚色青黑，嘴唇和指甲青紫，身上長有不少小皰，捏開嘴巴，可以看見舌頭上有裂紋，這明顯是中毒而死的跡象。

他走出書房，將所有人叫過來，問道：「劉太丞昨天吃過什麼？」

「師父的飯食，一直是黃楊皮在負責。」高良薑朝黃楊皮一指。

醫館裡總共有三個藥童，黃楊皮只有十五、六歲，是其中年紀最小的一個。他是劉鵲的貼身藥童，梳著單髻，面皮蠟黃，見韋應奎向自己看來，忙如實回答。說昨天劉鵲三餐都是在醫館裡吃的，早晨吃的是河祇粥，中午是金玉羹，晚上是雕菰飯。飯食是火房統一做好的，醫館裡其他人吃的都是同一鍋飯食，沒人出現異常。

韋應奎又問昨天的飯食可還有剩，火房的奴僕說昨天吃剩的飯食都倒入了泔水桶。泔水桶放在火房，眼下還沒有清倒。

目光掃過眾人，韋應奎轉而問起了劉鵲的起居狀況，得知近一個多月來，劉鵲一直忙於著醫書，每晚都在醫館書房忙到深夜，常常不回家宅睡臥，而是直接睡在書房。

昨天劉鵲白天在醫館大堂看診，夜裡醫館關門後，便回到了書房開始著書。此前劉鵲有過吩咐，他著書之時，除非有要緊之事，否則任何人不許打擾，又吩咐三個藥童守在大堂裡，他著書時若有什麼差遣，方便有人使喚。書房與大堂相連，三個藥童一抬頭便能看見書房的窗戶，可以隨時聽候劉鵲的吩咐，一直到書房燈火熄滅後，三人才能回偏屋休息。

昨日醫館新進了一批藥材，夜裡劉鵲在書房裡著書，三個藥童便在大堂裡分揀藥材。黃楊皮說昨晚劉鵲著書期間曾有過三次差遣，第一次是吩咐他們去把高良薑叫來，第二次是去叫羌獨活，第三次是去叫白首烏。

高良薑聽到自己的名字被黃楊皮提及，人高馬大的他立刻轉過頭去，盯著身材乾瘦、臉黑眼小的羌獨活，有意無意地露出一絲得意之色。然而，羌獨活的名字緊跟著就被黃楊皮提到，高良薑得知昨晚劉鵲也曾單獨見過羌獨活，神色不由得一怔；緊接著白首烏的名字被提及，高良薑似乎大吃一驚，臉上流露出不解之色。

「白首烏是誰？」韋應奎問道。

高良薑應道：「白首烏是已故師伯的弟子，一大早出去給病人看診了，眼下還沒有回來。」

「說吧，」韋應奎盯著高良薑道，「昨晚劉太丞為何叫你去書房？」

高良薑腦海中不禁翻湧起昨晚他走進書房時的那一幕。

當時，劉鵲坐在書案前，於燭光下執筆冥思，紙張上還未落墨。見他到來，劉鵲聲音和緩地說道：「良薑啊，為師所著《太丞驗方》，凡五部十六篇，眼下只剩最後一篇還沒完成。你身為首徒，這些日子起早貪黑，替為師打理醫館，為師一直都看在眼裡。獨活雖然精於醫藥，但他性情孤僻，不懂為人處世之道，實在不值得託付。為師打算書成之後，將《太丞驗方》交由你來保管。」

高良薑一聽，知道劉鵲有意將衣缽傳給自己，不由得欣喜若狂，當場跪謝師恩。此刻韋應奎問起，高良薑也不隱瞞，當著眾人的面，將劉鵲昨晚說過的話，原原本本地複述了一遍。

一旁的羌獨活聽罷，鼻子裡冷冷一哼。

高良薑冷眼瞧著羌獨活，道：「師弟，你大可不必如此，這可是師父他老人家的意思。」

「你這些話騙得了別人，騙不了我。」羌獨活道，「師父明明要將《太丞驗方》傳給我。」

說這話時，羌獨活的眼前也浮現出了昨晚進入書房見劉鵲時的場景。

當時，他輕步走入書房，見劉鵲坐在書案前，持筆著墨，紙張上已寫有一行文字。見他到來，劉鵲擱下筆，道：「獨活，為師所著《太丞驗方》，凡五部十六篇，還剩最後一篇沒有完成。你平日裡雖然少言寡語，但一直工於醫術，醫館裡的人都不懂你，為師卻是懂你的。良薑雖是首徒，針灸之術也頗有獨到之處，但他心有旁騖，沉迷世俗，這些年一直無法沉下心來研習醫藥，除了針灸，其他醫術都差你太遠，為師實在不放心將畢生心血託付給他。這部《太丞驗方》書成之後，為師想把它託付給你。」

羌獨活聽了這話，心中感激，當場跪謝師恩。哪知轉天，劉鵲竟然死於非命，他又聽高良薑當眾顛倒黑白，大言不慚地說劉鵲要傳其衣缽，於是當場反駁，將昨晚劉鵲所言一五一十地講了出來，最後衝高良薑道：「當眾捏造師父遺言，你是何居心？」

「捏造師父遺言的分明是你，當著韋大人的面，你倒惡人先告起狀來了。」高良薑反唇相譏。

韋應奎目光帶著疑色，瞧了瞧高良薑，又瞧了瞧羌獨活，道：「你們二人所說的《太丞驗方》，現在何處？」

高良薑與羌獨活對視一眼，都搖了搖頭，道：「沒找到。」

原來二人確認劉鵲已死後，曾在書房裡搜尋一通，要找的便是這部《太丞驗方》。

「沒找到？」韋應奎嘴角一挑，「這麼說，你們二人在書房裡找過，動過房中的東西？」

高良薑忙道：「大人，我只是隨處看了看，沒有動過手。師父死在書房，房中的東西說不定都是證物，衙門沒來人之前，我哪裡敢碰？這些道理我還是懂的。至於羌師弟動沒動過，那我可就不清楚了。」

羌獨活道：「你我明明是一起尋找的，你好意思說不清楚？書房裡的東西，我也沒動過。」

「做師父的死了，當弟子的卻只關心他的醫書。」居白英坐在大堂右側的椅子裡，冷聲冷氣地道，「你們兩個真是好徒弟啊！」

高良薑忙低頭順眉道：「師娘，一日為師，終身為父，師父死於非命，弟子痛心萬分，恨不得立馬揪出凶手，為他老人家報仇。師父曾說過，世上庸醫太多，行醫時亂開藥方，非但無益於治病，反而害人不淺，他老人家要寫一部醫書，匯總生平所有驗方，留之後世，造福後人。

這部《太丞驗方》乃師父畢生心血，書中的每一道驗方都是他老人家的不傳之祕，都是用最少的藥材，治最疑難的病症，即便不懂醫術的人，只要得到此書，按書中驗方對症下藥，亦可成為妙手良醫。如今師父遭人所害，這部醫書卻不見了蹤影，依弟子看，八成是凶手覬覦這部醫書，這才害了師父，奪了醫書。弟子心想，只要找到這部醫書，或許便能抓到凶手。」

「劉鵲著書一事，外人並不知情，只有你們這些醫館裡的人才知道，也只有你們這些學醫的人才會覬覦醫書。到底是誰幹的，是誰奪了醫書，自己心裡清楚。」居白英的目光掃過大堂中各人，各人都低下了頭，不敢與之對視。

韋應奎聽居白英直呼劉鵲姓名，道：「劉太丞死了，夫人似乎不怎麼傷心啊？」

居白英朝依偎在一旁的鶯桃和劉決明母子冷眼一瞧，取下手腕上的佛珠，盤捏在掌中，道：「老身一大把年紀，半截身子已經入土，還有什麼好傷心的。」言語間毫無悲傷之意，倒像是對劉鵲帶有極大的怨恨。

正當這時，一陣輕快的腳步聲響起，一個清瘦之人斜挎藥箱，跨過門檻，踏入了醫館。來人長相斯文，看起來三十歲左右，頭髮卻已全白，一見醫館中聚了這麼多人，甚至還有衙門官差在場，不由得微微發愣，道：「出什麼事了？」

高良薑瞧見來人，冷哼一聲道：「白首烏，剛才還說你呢，你可算回來了。昨晚師父單獨叫你到書房，所為何事？」

「你問這個做什麼？」

「做什麼？師父他老人家死了！你是師伯的弟子，對師父一向心存芥蒂，以為我不知道嗎？你是師父死前最後見過的人，是不是你下的毒手？」

「你說什麼？」白首烏皺眉道，「師叔死了？」

「少在這裡裝模作樣。」高良薑將手一攤，「師父的《太丞驗方》是不是你拿了？趕快交出來！」

白首烏沒理會高良薑，見好幾個府衙差役守在書房門口，當即走了過去。幾個差役攔住他不讓進，他就站在門口，朝書房裡望了一眼，望見了伏在書案上一動不動的劉鵲。

「你就是白首烏？倒是名副其實啊。」韋應奎打量著白首烏的滿頭白髮，「說吧，昨晚劉太丞為何見你？」

白首烏暗暗搖了搖頭，似乎對劉鵲的死難以置信，愣了片刻才道：「昨晚師叔叫我到書房，說他前些日子看診過一個病人，他擔心那病人的病情，本想今早上門回診，但他臨時受請，今早要去太師府看診，抽不得空。師叔便讓我代他回診，看看那病人恢復得如何，還需不需要繼續用藥。」

「只是這樣，沒別的事？」

白首烏嘴唇微微一動，似乎想說什麼，卻欲言又止。

「事關劉太丞之死，在本司理面前，你休得隱瞞！」

白首烏朝高良薑和羌獨活看了一眼，道：「師叔還說，良薑和獨活雖是他的親傳弟子，卻一直彼此不和，暗中勾心鬥角。他的《太丞驗方》即將完成，不想託付給兩位弟子中的任何一人，他想……想把這部醫書傳給我……」

白首烏這話剛一出口，高良薑立馬叫了起來：「胡說八道！師父怎會將《太丞驗方》傳給你一個外人？」

一旁的羌獨活雖未說話，但兩隻小眼直勾勾地盯著白首烏，臉色甚是陰沉。

韋應奎目光掃過三人，冷冷一笑，道：「有意思。」在他看來，昨晚見過劉鵲的三人各執一詞，都說劉鵲要將《太丞驗方》傳給自己，其中必然有人在撒謊。

「你們三人昨晚都見過劉太丞，都有行凶的嫌疑。來人，將這三人抓回衙門。」韋應奎手一招，幾個差役一擁而上，將高良薑、羌獨活和白首烏抓了起來。

高良薑連連搖頭道：「大人，師父的死與我無關啊，是他們兩個在撒謊……」

羌獨活吐出三個字：「不是我。」

白首烏則是靜靜地站在原地，不作任何辯解，任由差役抓了。

韋應奎吩咐兩個差役留下來張貼封條，將作為凶案現場的書房封起來，再將劉鵲的屍體運至城南義莊停放，其餘差役則押著高、羌、白三人，跟著他回府衙。

然而剛走到醫館大門，韋應奎還沒來得及跨出門檻，迎面卻來了三人，徑直踏入醫館，迫得韋應奎身不由己地退了兩步。

這三人當中，為首之人衣冠方正，是早前出現在淨慈報恩寺後山的那個文士，另外兩人一高一矮，是那文士的隨從。韋應奎被這三人衝撞了去路，正要發怒，卻聽那文士道：「劉太丞死在何處？」

醫館中眾人不知來者何人，大都疑惑不解地望著那文士，唯有黃楊皮情不自禁地轉頭向書房看去。那文士看在眼中，徑直朝書房走了過去。

韋應奎一把拽住那文士的衣袖，道：「你們是什麼人？凶案現場，由不得你們亂闖！」

那文士朝韋應奎斜了一眼，道：「你是府衙司理韋應奎？」

「知道我是誰，還敢……啊喲！疼疼疼！」

韋應奎的語氣甚是得意，可他話還沒說完，已被那高個子隨從一把擰住了手腕。他的手腕如被鐵鉗夾住，骨頭似要被捏碎一般，不得不鬆了手。

那文士走入書房，矮個子隨從斜挎著黑色包袱，緊隨在後。

韋應奎又驚又怒，急忙喝令幾個差役拿下那高個子隨從。幾個差役放開了高、羌、白三人，奔那高個子隨從而來，然而那高個子隨從身手了得，一隻手拿住韋應奎不放，只用另一隻手對付幾個差役，幾個差役一擁而上，竟然絲毫討不到便宜，反而挨了不少拳腳。

韋應奎被捏住了手腕，那高個子隨從在閃轉騰挪之際，韋應奎也身不由己地跟著轉圈，只覺得天旋地轉，幾欲作嘔，「哎喲喲」的痛叫聲中，又夾雜著「哇啊啊」的反嘔聲。

這時，矮個子隨從出現在書房門口，道：「韋應奎，大人叫你進來。」

高個子隨從這才鬆開了韋應奎的手腕。幾個差役吃了虧，知道那高個子隨從厲害，不敢再貿然動手。

韋應奎偏偏倒倒，好不容易才扶住一把椅子，緩過神來。他原本又急又怒，然而那矮個子隨從的話一直迴響在耳邊，令他心生忐忑。

『大人？什麼大人？』他暗暗嘀咕著，心想那文士有這麼厲害的隨從相護，只怕甚有來頭，自己莫非又得罪了什麼高官？可那文士面生得緊，兩個隨從也從沒見過，實在不知對方是何來路。他沒敢肆意發怒，見那矮個子隨從等在書房門口，只好忍了口氣，跟了過去。

「驗過毒了嗎？」韋應奎剛進入書房，那文士的聲音立刻響起。

那文士說話之時，目光一直不離劉鵲，似在查驗屍體。韋應奎見了這一幕，尤其是見那文士手上竟戴上了一副皮手套，心知那文士身分必然不凡。他心思轉得極快，語氣變得恭敬起來：「下官尚未驗過。」

「下官？」那文士抬起眼來，「你知道我是誰？」

「下官不敢……不敢過問。」

那矮個子隨從道：「大人是新任浙西提點刑獄喬公喬大人。」

韋應奎如聞驚雷，愣在了當場。元欽離任浙西提點刑獄後，韓侂胄調淮西提點刑獄喬行簡接任，但他一直沒聽說喬行簡已經到了臨安。他反應極快，連忙躬身行禮，心下暗暗懊悔，自己有眼不識泰山，方才竟公然對喬行簡無禮，得罪了這位新上任的提點刑獄，往後如何是好？

「銀針和皂角水。」喬行簡沒理會躬身行禮的韋應奎，而是朝那矮個子隨從伸出了手。韋應奎一直彎著腰，不敢直起身來。

矮個子隨從取下肩上的黑色包袱，打開來。韋應奎抬眼望去，瞧見了包袱裡的官憑文書、筆墨等物，還有捲起來的藤連紙、檢屍格目和屍圖。韋應奎瞧不見包袱更深處有什麼，但從喬行簡讓隨從隨身攜帶檢屍格目和屍圖的行為來看，這位新上任的浙西提點刑獄，絕非那種可以輕易糊弄的人，心下不由更覺後悔。

那矮個子隨從從包袱裡取出一裹針囊和一只水袋，交給了喬行簡。喬行簡打開針囊，拈起一枚銀針，擦拭乾淨後，探入劉鵲口中，再將劉鵲的嘴合上。一段時間後，他將銀針取出，只見銀針變成了黑色。他又將水袋裡的水倒出來——那是用皂角煮製而成的皂角水，並將銀針放入皂角水中揩洗，黑色的銀針卻無法恢復原狀。

喬行簡點了點頭，經此一驗，可確認劉鵲是死於中毒。

「初檢當在現場，死者似有中毒跡象，你未驗毒，毫無根據地確認死因，便公然抓人？」喬行簡兩眼一抬，朝韋應奎看去。

自己抓高、羌、白三人的一幕正好被喬行簡撞見，韋應奎聽喬行簡話中之意，是在責備自己抓人草率，不由得咽了咽口水，道：「那三人是醫館中的弟子，昨晚只有他們三人進入這間書房見過劉太丞。下官問起昨晚之事，他們三人各執一詞，言語彼此矛盾，其中必有人撒謊，真凶應……應在他們三人當中，下官這才抓人……」他彎著的腰早已發痠，但仍不敢直起。

「死者昨天吃過什麼東西？」喬行簡又問。

韋應奎如實說起，又道：「下官這就命人去把泔水桶取來，查驗飯食是否有毒。」

韋應奎說著便要轉身，喬行簡卻道：「那這盒糕點呢？」

韋應奎抬眼望去，見喬行簡指著書案外側擺放著的一個圓形食盒。那圓形食盒雕刻著梅花圖案，盒蓋已經掀起，盒內分為左右兩格，一格是蜜糕，另一格是糖餅，擺放得滿滿當當。這個圓形食盒，韋應奎最初進入書房時便已瞧見，他也打開看過，見裡面的糕點一個不少，放得整整齊齊，顯然沒被人吃過，也就沒有過多理會。

他道：「下官查看過這食盒，裡面的糕點一個不少，劉太丞應該沒有吃過。」

喬行簡朝那矮個子隨從看了一眼，道：「文修，喚死者親屬進來。」

文修立刻走出書房，表明喬行簡提點刑獄的身分，問清楚大堂裡哪些人是死者的親屬，然後將居白英、鶯桃、劉決明、高良薑、羌獨活和白首烏等人帶入書房。

喬行簡的目光從眾人臉上一一掃過，眾人知道他的身分，除了居白英外，全都不敢抬頭直視。

喬行簡忽然道：「劉太丞是不是不吃甜食？」

眾人都點了點頭。

高良薑應道：「回大人的話，師父不吃甜食已有好幾年了。」

喬行簡微微頷首。他之前見圓形食盒擺放在書案上，裡面的蜜糕和糖餅卻沒吃過，又聽說劉鵲昨日三餐分別吃了河祇粥、金玉羹和雕菰飯，其中河祇粥是在粥中加入魚乾、醬料和胡椒煮製而成，金玉羹是用羊肉和山藥熬製的羹湯，雕菰飯是用黑色菰米蒸煮的飯食，都是鹹口，沒有一樣是甜食，這才有此一問。

在得到死者親屬肯定的答覆之後，他在食盒右側的梅花圖刻上輕輕一按，伴隨著「咔嚓」一聲輕響，食盒中的格子微微彈升了一截。原來這個圓形食盒做工精巧，內部分為上下兩層，中間以隔板隔開，右側的梅花圖刻便是機關，只需輕輕一按，隔板便會抬升而起。

喬行簡揭開上層食盒，只見下層也分為左右兩格，同樣擺放著糕點，但不是甜口的蜜糕和糖餅，而是鹹口的油酥餅和韭餅，擺放得雖然也很整齊，但明顯有幾處空位，顯然曾有幾個糕點被人吃過。

喬行簡最初看到這個食盒時，曾湊近細嗅，在蜜糖的甜味中，嗅到了一絲韭菜的氣味。他從食盒的高度判斷，食盒內部應該不止一層，稍加尋找，便找到了機關所在。

韋應奎見食盒內藏乾坤，不由得愣住了。他來劉太丞家查案已有好一會兒了，卻忽略了食盒中還有下層，而且下層糕點還明顯被人吃過。這食盒就擺放在劉鵲的書案上，吃糕點的人，極大可能就是劉鵲。

喬行簡在蜜糕、糖餅、油酥餅和韭餅之中各取一塊，吩咐文修找來四只碗，將糕點放入碗中搗碎，又倒入清水拌勻，再將四枚銀針分別放入四只碗中，最後用布封住碗口。如此靜置片刻，喬行簡揭開封布，取出四枚銀針，只見銀針全都變成了黑色。他用皂角水揩洗銀針，依舊洗不回原樣。

韋應奎見到這一幕，臉色灰敗，腰彎得更低了，暗暗搖頭，心想：『今年可真是晦氣，命案一樁接著一樁不說，還每次剛一接手便觸霉頭。太學岳祠案遇到個會驗屍的宋慈，西湖沉屍案遇到個做過提刑官的金國使者，如今剛一接手劉太丞的案子，又突然冒出個提點刑獄來。韋應奎啊韋應奎，莫非你今年命犯太歲，要不然怎會這般倒楣？』

喬行簡斜了韋應奎一眼，目光一轉，問眾人道：「這盒糕點從何而來？」

「我記得這盒糕點，」高良薑認了出來，「是昨天一個病人送來的。」

「什麼病人？」

「我只記得是個女的。黃楊皮是師父的貼身藥童，他應該知道那病人是誰。」

黃楊皮、當歸和遠志都在大堂裡候著，喬行簡立刻吩咐文修去將黃楊皮帶進來，問道：「送這盒糕點的病人是誰？」

黃楊皮朝那圓形食盒瞧了瞧，答道：「回大人的話，送糕點的是一個姓桑的啞女，住在竹竿巷的梅氏榻房，小人隨先生看診時去過。那姓桑的啞女倒是沒病，是她爹患了重病，先生曾為她爹診治。那姓桑的啞女昨天下午上門來道謝，送來了這盒糕點，說是她親手做的，還在先生的書房裡待了好長時間才離開。」

「這位桑姑娘進過書房？」

「是先生請她進來的。當時那姓桑的啞女來醫館後，給先生看了一張字條，先生便歇了診，請她到書房相見，還關上了門，吩咐小人守在外面，不許任何人打擾。書房裡一直靜悄悄的，過了約莫半個時辰，門才打開，那姓桑的啞女才離開了醫館。」

一個啞女，一張字條，閉門相見半個時辰之久，喬行簡想著這些，不由得面露疑色。他問道：「你們有人吃過這盒糕點嗎？」

眾人都回以搖頭。

「這麼說，只有死者一個人吃過。」喬行簡回頭看了一眼死去的劉鵲。

喬行簡略作思慮，吩咐道：「文修，你留下來查封書房，查驗死者昨日的餐食是否有毒，再想辦法將屍體運回提刑司。武偃，你隨我前去梅氏榻房。這位小兄弟，帶路吧。」最後一句話是衝黃楊皮說的，說完便帶著那名叫武偃的隨從朝醫館外走去。

黃楊皮當即應了，領路前往梅氏榻房。

沒過多久，喬行簡和武偃在黃楊皮的帶領下來到了梅氏榻房，找到了桑氏父女落腳的那間通鋪房。然而桑氏父女的床鋪已空，此前擱在房角裝有各種木作的貨擔也不見了蹤影。

喬行簡喚來榻房夥計一問，才知今早桑氏父女已經退房離開了。

「那對父女也是不走運，像他們這種來臨安做買賣的貨郎，就指著上元節當天大賺一筆。」榻房夥計道，「如今上元節就在眼前，那老頭卻患了病，生意也做不成，只好僱了輛牛車，拉著貨物走了。」

喬行簡眉頭一皺，道：「那對父女走了多久？」

「有小半個時辰了吧。」

「往哪個方向走了？」

「看著是往城南那邊去了。」

牛車不及馬車迅速，又拉著貨物，必然快不起來，但已走了小半個時辰，粗略算來只怕已快出城了。

喬行簡立刻吩咐武偃：「你即刻往城南去追，一路打聽這輛牛車的下落，無論如何要把這對姓桑的父女追回來！」

武偃面色堅毅，領命而去。

第二章　無名屍骨

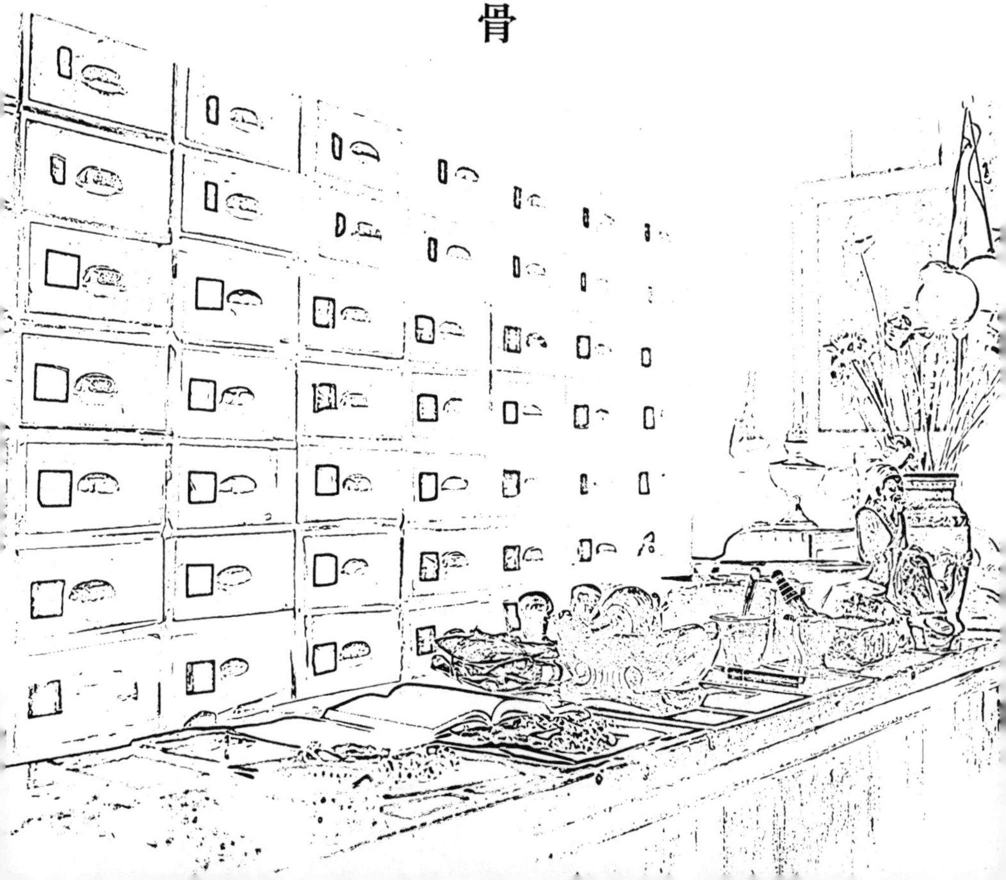

一整上午，宋慈在射圃邊席地而坐，看著以劉克莊為首的太學生和以辛鐵柱為首的武學生隔牆鬥射，眼前卻總是時不時地浮現出昨晚與桑榆一起走過御街燈市時的場景。

原來昨天安葬好蟲氏姐妹和袁晴後，宋慈與劉克莊結伴回太學，卻在中門外遇見了桑榆。彼時天色已經暗了下來，在人來人往的前洋街上，桑榆遠遠地向宋慈招著手。

「你瞧，桑姑娘在那邊。」劉克莊瞧見了桑榆。

宋慈只是點了點頭，向桑榆打過招呼，埋頭便要進太學。

劉克莊卻一把拉住了宋慈，道：「瞧那招手的意思，桑姑娘是在叫你過去呢。」他強拽著宋慈，走到桑榆面前，道：「桑姑娘，妳是來找宋慈的吧？我把他帶過來了。你們有什麼話慢慢聊，我還有事，先回齋舍了。」說完，微笑著將宋慈留在原地，獨自走了。

桑榆手握一個錢袋，那是上次宋慈去梅氏榻房時，留給她付劉太丞診金的，這是她第二次將這個錢袋物歸原主了。宋慈問起桑老丈的病情，她比畫了手勢，意思是桑老丈按劉太丞開出的驗方用藥，這兩天身子好了不少，已能下地行走了，她這才能放心地離開梅氏榻房來太學。

「桑姑娘不必這麼客氣，往後若有用得著宋慈的地方，儘管來太學找我。」宋慈知道桑老丈大病初癒，需要有人留在身邊照看，桑榆為了歸還錢袋，只怕已是耽擱了不少時間，他這話一出，等同於是在向桑榆告別了。然而桑榆連連比畫手勢，想請他多留一會兒，陪她在街上走一走。

宋慈微微愣神之際，桑榆已轉過身去，沿街慢行。

宋慈回頭朝中門方向望了一眼，似乎怕被劉克莊瞧見似的，還好劉克莊是當真回了太學，並沒有留下來等他。他稍作踟躕，朝桑榆跟了上去。

他不知桑榆是何意思，緩步走在桑榆身邊。兩人就這麼往前走著，不多時走過整條前洋街，來到了眾安橋。在這裡，一條花燈如晝的寬闊大街縱貫南北，那是臨安城中有名的十里御街。

御街乃是大宋皇帝每逢孟月，也就是春夏秋冬各季的第一個月時，離開皇宮去往城西北景靈宮祭祀的必經之路。此街南起皇宮和寧門，北抵觀橋，縱貫臨安全城，總長近十里，喚作十里御街。

十里御街分為南、北、中三段，和寧門至朝天門為南段，乃三省六部、五寺六院聚集之地；朝天門至眾安橋為中段，其間商鋪林立，遍布瓦市，是全城最繁華熱鬧的去處；眾安橋至觀橋為北段，多為市井百姓居住之地，城中酒坊也大多集中於此，有著「千夫承糟萬夫甕，有酒如海糟如山」的說法。

眾安橋位於十里御街之上，附近一帶又是臨安城中有名的花市，一到夜間燈火如晝，尤其是上元佳節臨近之時，更是火樹星橋，車水馬龍，熱鬧非凡。

宋慈默默跟在桑榆身邊，行過了眾安橋，又沿御街向南，穿行於花市之中，不多時來到了保康巷口。這裡不但燈火璀璨，熱鬧喜慶的鼓樂更是此起彼伏。

宋慈見往來行人大多成雙成對，忽地想起才華堪比李清照的女詞人朱淑真生前便是住在保康巷一帶，心中一動，想到了朱淑真的詞作〈元夜〉。

眼前是「火樹銀花觸目紅，揭天鼓吹鬧春風」的盛景，心中是「但願暫成人繾綣，不妨常任月朦朧」的念想，最後化作「賞燈那得工夫醉，未必明年此會同」的感慨，宋慈此時此刻面對這如畫花市時的所思所想，一如當年的朱淑真。

這是宋慈來臨安後的第一個新歲正月，之前本想與劉克莊一同遊街賞燈，但因牽涉命案未能成行，此時與桑榆並肩同行，倒是他頭一次觀賞臨安城中的花市燈會，也是他生平第一次與年輕女子結伴賞燈。然而今年能與桑榆同行，明年卻未必能再相見，他一念及此，不禁轉頭向桑榆看去。

一路慢步而行，桑榆面對著滿街璀璨，臉上暈著流光，眼中映著燈火，卻未顧盼欣賞，而是微低著頭，似乎暗藏了什麼心事。

桑老丈大病初癒，桑榆不可能有外出遊玩的心思，她之所以邀自己同行，必是有什麼話想對自己說，可此話似乎甚是為難，一直不便開口。一想到此，他不禁又念及朱淑真那句「但願暫成人繾綣」，心頭微微一熱。

忽然間，桑榆止住了腳步，轉過身來。

宋慈忙收住腳，愣愣地立在原地，一向鎮定自若的他，倒顯得有些手足無措。

就在這時，桑榆牽起了他的手，指尖抵在他的掌心，一個字接一個字地寫畫起來。

宋慈漸漸定住了心神，眉頭慢慢凝了起來，道：「蟲達在何處？」他詫異地看著桑榆道：「妳問的是……六年前叛國投金的將軍蟲達？」

桑榆輕輕點了一下頭。

宋慈記得之前去梅氏榻房查西湖沉屍案時，曾向金國正使趙之傑問起蟲達叛宋投金之事，當時桑榆就在一旁，想必她是那時知道他在追查蟲達下落的。

他好奇道：「桑姑娘，妳為何打聽蟲達的下落？」

桑榆似不願說，搖了搖頭。

換作是別人，宋慈必定尋根究底，但面對桑榆，他沒再繼續追問下去，道：「我之前向金國正使趙之傑打聽過，他和金國副使完顏良弼都沒聽說過蟲達叛投金國一事。至於蟲達身在何處，到底是不是投了金國，實不相瞞，我也不知。」

桑榆又在宋慈的掌心寫下另一句問話：『蟲達會不會沒在金國？』

宋慈略微想了一下，道：「宋金之間向來勢不兩立，但凡有敵國將領來投，那都是大彰國威之事，勢必會讓朝野上下周知，更何況蟲達並非普通將領，而是池州御前諸軍副都統制。」

大宋共設有御前軍十支，布防於長江沿岸和川陝之地，專為防備金軍南下。凡御前諸軍皆直達朝廷，不屬三衙統轄，獨立於禁軍外，每軍設都統制和副都統制統兵坐鎮，蟲達身為其中一軍副都統制，乃是坐鎮一方的統兵大將。

宋慈想了想，道：「蟲達若投了金國，金國必定盡人皆知。既然金國正、副使都沒聽說過，我認為蟲達極有可能投金不成，或是根本沒去過金國。」

桑榆微微一怔。她在原地立了片刻，忽然比畫手勢向宋慈告別，請宋慈留步，自行轉身去了。她不再慢步而行，彷佛是為了急著逃避宋慈，快步走進了保康巷中，消失在了燈火闌珊處，只留下疑慮萬千的宋慈，獨自一人呆立在人流之中。

此時回憶起昨晚發生的種種，宋慈仍覺得萬般不解，蟲達是罪及全家的叛國將軍，而且蟲達叛國已是六年前的事了，桑榆只是建陽鄉下一個賣木作的平民女子，怎會和蟲達牽扯上關係呢？

宋慈想著這些時，劉克莊的聲音忽然傳來：「宋慈，到你了！」

宋慈抬眼望去，見劉克莊站在射圃東邊的圍牆下，左手持一支圓木箭，右手高舉著一張弓，陸輕侯、寇有功等同齋全都聚在那裡。就在那面圍牆上，一根長杆高高挑起，杆頭用細麻繩掛著一個饅頭，長杆不停地左右搖動，饅頭也跟著左晃右蕩。與此同時，圍牆的另一側傳來了報數聲：「一、二、三……」

原來每年開春之後，太學都會舉行射藝比試，屆時二十座齋舍之間會進行比拚，獲勝齋舍的學子，會在當年的德行考查中獲得加分。為了贏下這場射藝比試，身為習是齋齋長的劉克莊，決定今年比其他齋舍更早進行準備，今早帶著所有同齋來到射圃，開始了習射。

三個標靶立在射圃正中，劉克莊帶著所有同齋在射圃東邊的圍牆下站成一排，各自張弓搭箭，練習射藝。習射不會使用真的點鋼箭，用的都是圓木箭，只要中靶便算得分。哪知眾人剛開始習射不久，忽聽王丹華「啊呀」一叫，他張弓搭箭時手指一滑，一支圓木箭沖天而起，竟越過圍牆，掉到了圍牆的另一側，引得同齋們一陣哄笑。

劉克莊也跟著一笑，但旋即收起了笑容，只因圓木箭飛向了圍牆的另一側。他之所以讓所有同齋站在圍牆下習射，就是為了射箭時背對圍牆，不讓箭有機會飛過圍牆。不僅習是齋如此，太學中其他齋舍的學子習射時，也都會選擇這樣的站位，只因圍牆的另一側是武學的馬場。

太學和武學素來不睦，過去就曾發生過學子習射時將箭射到對面，誤傷對面學子後鬧出爭端的事。好在今早習射之時，沒聽見圍牆對面傳來人聲，想必還沒有武學學子到馬場練習弓馬，只需悄悄翻過圍牆將圓木箭撿回來，那便沒事了。

撿箭一事自然交給了始作俑者王丹華，他在陸輕侯和寇有功的托舉下攀上圍牆，悄悄下到對面馬場，找到了掉落的圓木箭。陸輕侯和寇有功也跟著攀上牆頭，雙雙遞出了手，要將王丹華拉上圍牆。哪知就在此時，一大片人聲傳來，辛鐵柱帶著一群武學生來到了馬場，準備開始今日的弓馬練習。

趙飛跟在辛鐵柱的身邊，原本在與其他武學生說笑，忽然瞧見有太學生在馬場邊攀爬圍牆，當即飛奔上前，在王丹華半邊身子即將攀過圍牆之時，一把拽住王丹華的腿，將他拉了下來。

幾個武學生將王丹華團團圍住，不讓王丹華離開，趙飛則單手叉腰，指著牆頭上的陸輕侯和寇有功臭罵起來。陸輕侯和寇有功不甘示弱，還嘴回罵，還拿上次瓊樓鬥酒武學落敗一事來奚落趙飛。趙飛在那場鬥酒中數杯即倒，當眾出了大醜，如此糗事被提及，還是當著其他武學生的面，他登時面紅耳赤。

劉克莊知道今日之事錯在己方，於是攀上牆頭，制止陸輕侯和寇有功，向辛鐵柱道了歉，請對方放了王丹華。趙飛正在氣頭上，說什麼也不肯放人，當場提出要與太學再來一場比試，只要太學贏了便放人。

劉克莊本不想與武學發生不必要的爭端，可如今爭端既然已經發生，事態還演變成了太學與武學比拚較量的地步，那就不能示弱，應道：「好啊，趙兄想比試什麼，只管說來。」

趙飛一把奪過王丹華手中的圓木箭，道：「你們不是在練習射箭嗎？有本事就來鬥射！」

弓馬習射乃武學專長，趙飛以為劉克莊一定不敢答應，哪知劉克莊卻笑道：「別以為你們是武學生，就能小看了我們太學生的射藝。鬥射便鬥射，不過這鬥射的規矩，需由我這邊來定。」

趙飛沒想到劉克莊竟敢答應，想著正好借此機會一雪鬥酒落敗之恥，道：「有什麼規矩，你儘管說。」

劉克莊知道弓馬習射之於武學，便如「四書五經」之於太學，這是在拿自己的弱項去與對方的專長較量，倘若是單純比拚準頭的射標靶，自己這邊必敗無疑。

他下了圍牆，與同齋們悄聲商議了一番，很快定下了一個法子，於是攀上圍牆，對趙飛道：「我這規矩倒也簡單，你我兩邊各舉一根長杆，杆頭懸掛饅頭作為標物，可以任意搖晃擺動，兩邊輪流射箭。射箭時不可拖延，十聲之內必須放箭，誰先射中對面的標物，便算勝出。你敢嗎？」

趙飛一聽，心想饅頭本就不大，作為標物後還可以任由對方搖晃擺動，不僅定靶射箭的本事用不上，而且引弓放箭之時，還無法判斷標物下一步往何處移動，射中的機率便大大降低，可以說越是瞄準了放箭，越是射不中，反倒是射藝不精之人，射偏的箭說不定與標物移動方向恰好一致，反而能夠射中。這樣的規矩，很大程度是在比拚運氣，可自己若不答應，反倒顯得怕了太學，於是趙飛當場應了下來。

劉克莊回齋舍找來一根長杆，以及一個隔夜發硬的太學饅頭，懸掛好後，交給了陸輕侯。武學生都精於射藝，有規律地晃動標物，會被對方預判標物的動向，以至於被射中，於是他叮囑陸輕侯一開始緩慢地晃動長杆，然後看他的手勢，只要他握掌為拳，便立刻加大晃動幅度。

他攀上牆頭，道：「太學一向以禮為先，讓你們武學先來。」話一說完，不等趙飛應答，立刻衝所有同齋一揮手，所有同齋立馬同聲齊叫：「一、二、三……」

趙飛一驚，忙取來弓箭，張弓搭箭，試圖對準懸在空中的太學饅頭。

劉克莊盯著趙飛的一舉一動，將右手垂在圍牆下，讓武學那邊瞧不見。陸輕侯一邊輕輕地晃動長杆，一邊緊盯著劉克莊的右手。當看見趙飛將弓拉滿時，劉克莊立刻變掌為拳。陸輕侯得到信號，立馬瘋狂地晃動長杆，太學饅頭大幅度地胡亂搖擺起來，不僅左右亂晃，還帶著上下抖動。

趙飛難以瞄準饅頭，加之對面提前報數，此時已數到了「七、八、九」，逼得他不得不倉促放箭。他扣弦的手指一鬆，弦響箭出，卻偏得厲害，這一箭沒有射中饅頭，越過圍牆飛出老遠，落在了射圃的西側。

趙飛臉皮漲紅，「呸」地啐了一口唾沫，極不甘心地將弓箭交給了其他武學生。

接下來輪到武學舉起標物，換太學這邊射箭。武學那邊也找來長杆，掛上饅頭，由趙飛來掌控標物。武學那邊倒是沒耍花招，一聲聲地開始了報數，趙飛也只是高舉長杆用力地來回搖晃。寇有功的射藝是習是齋所有學子中最好的，由他第一個登場，然而他一箭射出，仍是偏了不少。

此後太學和武學各出學子，十多輪之後，始終無人射中標物。太學這邊十多位同齋包括劉克莊在內已經全數登場，只剩下宋慈了。

宋慈暫且不去想桑榆一事，起身走到圍牆下，接過了劉克莊遞來的弓箭。

「我們習是齋除了寇有功，就數你射藝最精，看你的了。」劉克莊在宋慈的肩上用力一拍。

宋慈聽見圍牆另一側的報數聲已經數到「六、七、八」了。他將圓木箭搭在弦上，仰頭望著空中搖晃的饅頭，舉起了弓箭。在饅頭晃動至最高處即將下落之時，他對準饅頭下方一、兩寸的位置，指尖一鬆。圓木箭直射而出，劉克莊和同齋們同聲歡呼，旋即化作一片嘆息，這一箭幾乎是擦著饅頭的邊緣掠過，只差毫釐便能命中。

武學那邊傳來一陣驚呼，手舉長杆的趙飛更是嚇得撫了撫胸口。鬥酒已經折了一陣，倘若比拚射藝再敗，武學的眾多學子往後面對太學生時，可就再也抬不起頭來了。

接下來輪到武學射箭，該辛鐵柱登場了。

劉克莊攀上牆頭，見是辛鐵柱上場，深知辛鐵柱勇武非凡，射藝方面自然是不容小覷。他沒再給陸輕侯信號，而是讓陸輕侯從一開始便瘋狂地搖晃長杆，不讓辛鐵柱有瞄準標物的機會。

辛鐵柱大臂一抬，抓過了弓箭，隨即挽弓如滿月，在太學那邊剛數到「二」時，驟然一箭射出。這一箭迅疾如風，去勢如電，只見饅頭陡然跳起，竟被一箭射中。圓木箭沒有箭頭，充其量只是一根打磨過的木棍，可辛鐵柱的這一箭卻將隔夜發硬的太學饅頭射了個對穿，其勢不衰，掠過射圃，擊中一株大樹，在乾硬的樹幹上留下了一個凹槽。

武學那邊頓時歡呼聲大作，所有武學生圍著辛鐵柱又蹦又跳。太學這邊眾學子一驚之下，也不禁為之嘆服。

劉克莊鼓起掌來，爽朗大笑道：「鐵柱兄膂力驚人，射術精湛，真是令我等大開眼界。今日鬥射，是我太學輸了。」

此言一出，眾武學生歡呼雀躍更甚。辛鐵柱放下長弓，朝劉克莊抱拳為禮。

趙飛積壓許久的那口氣，這一下出了個乾乾淨淨。他大喜之下，不再為難王丹華，當場放了人。

就在劉克莊遞出手，助王丹華攀過圍牆回到射圃時，一個太學生忽然急匆匆奔來，尋到了身在射圃的宋慈，喘著大氣道：「宋慈，可算是找著你了。中門那邊有個叫黃五郎的人在找你，說是有十分要緊的事。」

「黃五郎？」宋慈記得此人，那是袁朗的同鄉，此前追查西湖沉屍案時曾與之有過接觸。他不知黃五郎能有什麼十分要緊的事找自己，忽然心念一動，想到黃五郎與桑榆一樣住在梅氏榻房，不知為何，心底陡然生出一種不好的預感，當即朝中門方向趕去。

劉克莊在牆頭瞧見了，不知發生了何事，跳下圍牆，吩咐所有同齋繼續習射，他自己則朝宋慈追了過去。

宋慈趕到太學中門，看見了等候在此的黃五郎。

黃五郎一見到他，立馬露出一口外突的黃牙，急聲急氣地告訴了他一個消息——桑老丈和桑榆牽連命案，已被官府抓了。

原來今早喬行簡去梅氏榻房尋找桑氏父女時，黃五郎也在榻房之中。當時喬行簡吩咐武偃去追拿桑氏父女，他本人則將榻房中所有住客召集到一起，查問了不少關於桑氏父女的事。後來喬行簡結束了查問，武偃也趕回了梅氏榻房，稟報說人已抓回，喬行簡便與武偃一道離開了。

黃五郎入住梅氏榻房的這段日子與桑氏父女一向交好，對桑氏父女多少有些瞭解，聽說桑氏父女殺了人，總覺得不大信。他之前接受過宋慈的查問，後來私下問過桑榆，得知宋慈是提刑幹辦，與桑氏父女是同鄉，又聽說了宋慈接連查破多起疑案的事，這才趕來通知宋慈。

黃五郎將這些事對宋慈說了，道：「桑榆是個心地善良的女娃娃，前些日子，我只不過稍稍關心了一下她爹的病情，她便又是為我送飯，又是縫補衣裳的，這麼知恩、感恩的女娃娃，怎麼可能殺人呢？還是殺的為她爹治病的劉太丞？我就想，會不會……會不會是官府弄錯了？宋大人，你是他們的同鄉，能不能想想法子幫幫他們……」

宋慈眉頭一凝，道：「查案之人叫喬行簡？」

黃五郎連連點頭。

劉克莊追來了太學中門，聽到了黃五郎所言。他見宋慈鎖著眉頭，知道宋慈對此事甚是關心，道：「我雖只見過桑姑娘幾面，但我感覺，她不像是會殺人的人，此事只怕另有蹊蹺。宋慈，半月期限未到，你眼下還是提刑幹辦，可不能坐視不理。」

宋慈搖了搖頭，道：「我奉旨查岳祠案與西湖沉屍案，對其他案子無權……」

劉克莊不等宋慈說完，拉了宋慈的手便走，道：「有權無權，有時是需要靠自己爭取的。喬行簡不是新任浙西提刑嗎？走，去提刑司！」

宋慈和劉克莊趕到提刑司的時候，已經接近午時，正遇上一批提刑司差役急匆匆地外出。這批差役中有許義，宋慈忙叫住了他，問道：「許大哥，今早可有一對桑姓父女被抓入提刑司？」

許義應道：「是有此事，那對父女眼下被關在大獄裡。」

宋慈見許義神色匆忙，道：「你們這是去做什麼？」

「小的們奉命去淨慈報恩寺一帶查訪。」

宋慈本以為劉太丞家發生命案，許義和眾差役急匆匆外出，十有八九與劉太丞一案有關，沒想到竟是去淨慈報恩寺，奇道：「查訪什麼？」

「宋大人有所不知，今早喬大人到任了，不只抓了那對桑姓父女，還運來了一具屍體和一具骸骨。那屍體是城北劉太丞家的劉鵲，骸骨卻是在淨慈報恩寺後山發現的。喬大人命小的們去淨慈報恩寺一帶查訪無名屍骨一事，看能不能查出死者的身分。」許義朝走遠的其他差役看了一眼，「宋大人，小的不跟你多說了。」便向宋慈行了一禮，追著其他差役去了。

「淨慈報恩寺後山？」劉克莊不無奇怪地道，「你我昨天傍晚才從那裡離開，沒聽說有發現什麼無名屍骨啊，難道是今早才發現的？」

宋慈沒有說話，跨過門檻，走進了提刑司。

宋慈沒有立刻趕去大獄見桑榆，而是去了提刑司大堂，想先見一見喬行簡。

大堂裡空無一人，他又去到二堂，還是不見人影，只有一位年老的書吏在此。他一問書吏，得知喬行簡眼下在偏廳，於是又趕往偏廳，卻被守在偏廳門外的武偃攔住了。

宋慈出示了提刑幹辦腰牌，表明了自己的身分。

武偃入偏廳通傳，很快出來，對宋慈道：「喬大人同意見你。」

宋慈當即走入偏廳。劉克莊跟著往裡走，卻被武偃攔住。

宋慈回頭道：「他是我的書吏，我查案行事，一向有他在場。」

武偃打量了一下劉克莊，劉克莊也揚起目光盯著武偃。武偃沒再強加阻攔，放下了手臂。

宋慈和劉克莊進入偏廳，立刻有一大股糟醋味撲面而來，好不刺鼻。兩人抬眼望去，只見偏廳裡燒著一只火爐，火爐上煮著一罐糟醋，旁邊擺放著兩張草席，分別停放著一具屍體和一具骸骨。偏廳中有兩人，一人守在火爐邊，正在試看糟醋的溫度，另一人蹲在草席邊，正在查驗屍體。

宋慈聽說過喬行簡，其人在淮西提點刑獄任上斷案洗冤無數，可謂聲名遠揚。他見那查驗屍體之人戴著皮手套，想來便是喬行簡，當即上前行禮，道：「提刑幹辦宋慈，見過喬大人。」行禮之時，他朝草席上的屍體看了一眼，辨認其五官長相，正是之前到過梅氏榻房為桑老丈看診的劉太丞。

喬行簡抬頭瞧了宋慈一眼，旋即又低下頭去，繼續驗看劉鵲的屍體。他湊近了劉鵲的右手，盯著指甲看了一陣，伸手道：「文修，小刀和白紙。」

原本在試看糟醋溫度的文修，立刻取來小刀和白紙。喬行簡接過小刀，拿起劉鵲的右手，示意文修把白紙伸到下方。他將刀尖伸入劉鵲的指甲縫裡，又輕又細地刮動起來，很快有些許白色粉末從指甲縫裡掉出，落在紙上。他刮完了右手的五根手指，又拿起劉鵲的左手看了看，沒在指甲縫裡發現異物。

「大人，這是……」文修看著紙上的白色粉末。

「是砒霜。」喬行簡道，「包起來，當心別弄到手上。」

文修點了點頭，把紙上的砒霜小心翼翼地包起來，作為證物收好，又取來了檢屍格目，將屍體右手指甲縫裡發現砒霜一事記錄了下來。

「糟醋好了嗎？」喬行簡又道。

文修再去查看糟醋的溫度，道：「大人，已經溫熱了。」說著，將一罐子糟醋抱離爐火，放在喬行簡的身邊。

喬行簡用熱糟醋洗敷劉鵲全身，一連洗敷了三遍，仔細驗看有無其他傷痕，最終沒有任何發現。他慢慢地摘下皮手套，道：「用熱糟醋洗敷三遍，無其他傷痕顯現，死者確是死於中毒，無須再用梅餅法驗傷。」

文修執筆在手，依喬行簡所言，在檢屍格目上加以記錄。

「你便是近來屢破奇案的宋慈？」喬行簡將摘下來的皮手套放在一旁，把捲起的袖口放下，這才將目光投向宋慈。

「宋慈一介太學學子，才學難堪大任，只是僥倖得以破案。」宋慈見喬行簡看向劉克莊，又道，「這位是劉克莊，是我在太學的同齋，我查案時請他代為書吏。」

一旁的文修聽了這話，身為喬行簡書吏的他，不由得朝劉克莊多打量了幾眼。

劉克莊鄭重地行了一禮，道：「學生劉克莊，拜見喬大人。」

喬行簡微微頷首，道：「不必多禮。」目光回到宋慈身上，「我此次來臨安上任，沒少聽說你的事，你若不來見我，我倒還要差人去請你。」說著，指了指草席上的無名屍骨，「你來得正好，這裡有枯骨一具，你可驗得出其死因？」

宋慈也不推辭，徑直走到草席邊，見那具枯骨反向弓彎，骨色發黑，尤以肋骨處的顏色最深。他蹲了下來，從屍骨的頭部一直看到腳部，看得極為細緻，除了在左臂尺骨上發現一道尤為細微的裂縫外，其他骨頭上沒有發現任何傷痕。

骨傷有時微不可察，不能單憑目視，需要進一步驗看。他取出隨身攜帶的手帕，用力撕開一道口子，從中抽出一縷棉線。他捏住棉線兩頭，在屍骨上來回揩擦，極其耐心地將所有骨頭揩擦了一遍。倘若骨頭有損傷之處，棉線必然會被卡住，難以活動，但最終沒有。

宋慈起身道：「這具屍骨未見破折，也未見青蔭或紫黑蔭，應該不是死於外傷。」

喬行簡道：「可這具屍骨的左側尺骨上，分明有骨裂存在。」

「左側尺骨正中偏上之處，的確存在一處骨裂，但這處骨裂並無芒刺，而且甚為平整，還有癒合的跡象，應是生前的舊傷。」宋慈回頭朝那具屍骨看了一眼，道，「粗略觀之，其死因應是中毒。」

「何以見得？」

「服毒身死者，骨頭多呈黑色。」

「骨頭雖呈黑色，卻未見得是中毒，也可能是長埋地底，泥汙浸染所致。」

「那便取墓土驗毒。」宋慈道，「服毒身死者，其體內的毒會在五臟六腑腐爛之後，浸入身下泥土之中。可在發現屍骨之地，取屍骨下方的泥土查驗是否有毒，再取周邊泥土查驗，加以比對。倘若屍骨下方泥土有毒，周邊泥土無毒，便可確認死者是死於中毒。」

喬行簡頗為贊許地點了點頭，道：「傳聞果然不假，你的確精於驗屍驗骨。」話題忽然一轉，「你身為太學學子，日常起居應該都是在太學吧？」

宋慈應了聲「是」。

「那我倒要問問，我今早到任一事，眼下並無多少人知道，你既然身在太學，如何得知我已到任，這麼快便趕來提刑司見我？」

宋慈如實說了黃五郎報信一事，道：「不瞞喬大人，我與那對桑姓父女都來自閩北建陽縣，有鄉曲之情。我此番求見大人，是為他父女二人而來。」

「原來如此。這對姓桑的父女此前住在梅氏榻房，曾請過劉鵠去看診，那叫桑榆的女子昨日去了劉太丞家，當面向劉鵠道謝，還送去了一盒親手做的糕點。劉鵠吃過糕點之後，當晚在醫館書房中伏案而死，屍體嘴唇青紫，舌有裂紋，膚色青黑，渾身遍布小皰，此乃中砒霜之毒而死之狀。

劉鵠一日三餐經查驗無毒，書房門窗從裡面上閂，不可能有外人進入，事後經我查驗，桑榆送去的那盒糕點裡有砒霜。這對姓桑的父女，本是來臨安做貨擔生意，如今上元佳節將至，他們卻突然從梅氏榻房退房，僱了牛車要離開臨安，幸好我派武偃及時攔截，將他們在清波門追了回來。這對父女有極大嫌疑毒殺了劉鵠，你說是為他父女二人而來，難道是想求我網開一面，放了他們二人嗎？」

宋慈聽了這番話，才知桑氏父女是如何與劉鵠之死扯上了關係。他搖了搖頭，以示自己絕無此意，道：「喬大人，你說劉太丞家的書房門窗從裡面上閂，劉鵠是在房中伏案而死？」

「不錯。」

宋慈略微一想，道：「敢問喬大人，桑榆送去的那盒糕點，事後是在什麼地方發現的？」

「糕點擺放在書案上，就在劉鵲的身邊。」

宋慈微微皺眉，道：「倘若真是桑榆姑娘下毒，此舉未免太過明顯了些。在自己送去的糕點裡下毒，糕點事後還留在現場，不是等同於告訴別人，下毒的是她自己嗎？」

喬行簡道：「查案最忌諱有先入之見，你這麼一說，豈不是先認定了下毒的不是桑榆？」

宋慈卻道：「喬大人方才說了那麼多，不也是持先入之見，認定下毒的便是桑榆姑娘嗎？」語氣之中透著剛直。

喬行簡聽了這話，神色微微一變，雙眼直視著宋慈。宋慈不為所動，用同樣的目光直視著喬行簡。

文修跟了喬行簡多年，還從未見過有哪個下屬官吏，敢用這等語氣跟喬行簡說話，敢用這般眼神與喬行簡對視，不由得面露驚訝之色。

劉克莊趕緊挨近宋慈身邊，偷偷拉扯宋慈的衣袖，心裡暗道：『你個直葫蘆，來的路上對你千叮嚀、萬囑咐，叫你見了喬行簡好生說話，將查案之權爭取過來，你明明答應得好好的，怎麼突然又犯了直脾氣，三言兩語便把話說死了？』連連衝宋慈使眼色，示意宋慈趕緊服軟道歉。

哪知宋慈卻道：「聖上以上元節為限，破格擢我為提刑幹辦，眼下期限未到，我想接手劉太丞一案，望喬大人成全。」

喬行簡聽了這話，忽然大笑起來，笑聲甚為直爽。

劉克莊將眼睛一閉，心道：『你剛把話說死，立馬又去提要求，還是用這麼強硬的口氣，別人能答應嗎？宋慈啊宋慈，有時你那麼高深莫測，有時怎麼又這般木訥？』

喬行簡這陣笑聲雖然聽起來直爽，可官場上笑裡藏刀的人實在不少，宋慈言語衝撞了喬行簡，劉克莊覺得喬行簡必不會答應宋慈所求。

果不其然，喬行簡笑聲一頓，道：「你這人，很合我的脾氣。不過查案講究明公正道，不徇私情，你既與那父女二人是同鄉，他們所牽涉的案子，自然不能由你來查。」

劉克莊忙道：「喬大人，宋慈說話雖然直，可他行事一向不偏不倚，此前所查的岳祠案和西湖沉屍案，哪怕涉及當朝權貴，他也是公正不阿。劉太丞一案若是交給他查辦，他必會持心公正，明辨是非，絕不會徇私廢公的。」

「劉太丞一案，我自會秉公查處，桑氏父女若沒殺人，我自會還他們清白。宋慈，我昨日便到了臨安，城裡、城外走訪了一日，市井百姓對你是交口稱讚。倘若你當真有心查案，」喬行簡朝停放枯骨的草席一指，「那這具無名屍骨的案子，便交由你來查，如何？」

宋慈看了看那具無名屍骨，幾乎沒有任何猶豫，拱手應道：「宋慈領命。」又道，「不知我可否以同鄉身分，去獄中探視桑氏父女？」

喬行簡點頭道：「這個自然可以。」當即吩咐文修，帶宋慈前去提刑司大獄，監督宋慈探視過程的同時，也將發現無名屍骨的經過講給宋慈聽，以便宋慈接手此案。他吩咐完後，獨自離開了偏廳。

文修道：「宋提刑，我叫文修，是喬大人的書吏，請吧。」說罷，領著宋慈和劉克莊離開偏廳，很快來到了提刑司大獄。

桑老丈和桑榆被關押在兩間不相鄰的牢獄中，宋慈先見到的是桑老丈。

桑老丈原本佝僂著脊背，蹲坐在牢獄的角落裡，見宋慈和劉克莊來了，顫巍巍地起身，渾濁的老眼中泛出一絲亮光，道：「宋公子、劉公子，是你們……」

宋慈道：「老丈不必起身，你身子可還好？」

桑老丈嘆道：「一把老骨頭了，好與不好，不打緊……只是可憐了榆兒，她真沒有害過人，她是被冤枉的啊……」

「昨天桑姑娘去劉太丞家道謝，還送去了一盒親手做的糕點，當真有此事？」

桑老丈聽宋慈提起這事，不由得唉聲嘆氣，道：「都怪我，我用了劉太丞開的藥，身子有所好轉，便想著讓榆兒上門去道謝。我們拿不出多餘的錢財，榆兒便說做一些糕點送去。若不是我叫她上門道謝，她又如何會惹上這等禍事？都怪我啊……宋公子，聽榆兒說你是提刑官。榆兒沒有害過人，她是無辜的，我求求你，你救救她吧，我給你跪下了……」說著老淚縱橫，顫巍巍地跪了下去。

宋慈忙道：「使不得，老丈快請起。新任浙西提刑喬大人，一向秉公查案，只要桑姑娘是無辜的，喬大人必會還她清白。」

劉克莊也道：「老丈趕緊起來吧。你放心，有宋慈和我在，桑榆姑娘一定會沒事的。」

桑老丈連聲道謝，扶著牢柱，吃力地站起身來。

宋慈離開了桑老丈所在的牢獄，轉而來到了關押桑榆的牢獄外。

與桑老丈不同，桑榆看見宋慈後，並未起身，仍舊抱著膝蓋，側身坐在獄床上。

宋慈見了桑榆這般模樣，不由得想起昨晚桑榆突然告別離開的事，道：「桑姑娘，妳昨晚在保康巷口同我告別，是打算離開臨安，與我再也不見的意思嗎？」

一旁的文修聽了這話，有些詫異地瞧了宋慈一眼。他雖然知道宋慈與桑榆是同鄉，卻沒想到兩人昨晚竟見過面。

桑榆一動不動地坐在原處，沒有回應宋慈，甚至沒有轉過頭來看宋慈一眼。

宋慈有一種感覺，自打昨晚提起蟲達後，桑榆整個人彷彿變了個模樣，往日她身上洋溢的那份靈氣，好似全然消失了一般。

他道：「桑姑娘，妳這般樣子，是因為劉太丞的案子還是因為妳昨晚問我的事？」

劉克莊想起昨晚留宋慈與桑榆獨處的事，又想起今早鬥射時宋慈心不在焉的樣子，心想：『這兩人昨晚到底是怎麼處的？定然又是宋慈的直脾氣壞了事。』想到這裡，暗暗搖了搖頭。

桑榆仍舊沒有回應。

文修忽然道：「此女自打進了大獄，便一直這般默然坐著，不管喬大人問她什麼，始終沒有任何回應。宋提刑是她的同鄉，我以為你來探視，她說不定會有所改變，想不到依然如此。試想她若是無辜的，面對你和喬大人的問話，怎麼會是這般樣子？」

宋慈也是不解，以往桑榆臉上常掛著笑容，對他比畫各種手勢，握著他的手掌寫字交流，如何突然變成了這般模樣？

宋慈見桑榆始終默然不應，自己問得再多也是無用，想了一想，道：「桑姑娘，妳既然不願回應，我也不再勉強妳。我只問妳一件事，妳到底有沒有殺害劉太丞？有妳便點頭，沒有妳便搖頭。」

宋慈說完這話，一動不動地站在牢獄外，就那樣目不轉睛地看著桑榆。他剛剛才說不勉強桑榆，可看他的樣子，似乎桑榆不給出回應，他便不打算離開大獄。

過了好一陣子，桑榆終於給出了回應，搖了搖頭。

宋慈得到了想要的回答，轉身便走，離開了提刑司大獄。

宋慈沒有忘記無名屍骨案，從大獄裡出來後，向文修道：「我聽提刑司的差役說，偏廳裡那具無名屍骨，是在淨慈報恩寺後山發現的。個中詳情，還請文書吏告知。」

文修記得喬行簡的吩咐，即便宋慈不問，他也會說起無名屍骨的事，道：「喬大人但凡調任一地，都是讓家眷在後慢行，帶著我和武偃先行一步，此次來臨安赴任，其實昨日一早便已抵達，只是喬大人素來有一習慣，趕到當地後，先不去官署，而是就地走訪，打聽當地有哪些貪官汙吏、窮凶極惡之徒，過往幾年間有什麼糾紛爭端、冤假錯案，心裡有了底，這才去官署上任。

此次亦不例外，喬大人昨日一到臨安，便在城中四處走訪，今早又去了西湖一帶，路上遇到了幾個府衙差役。那幾個府衙差役行色匆匆，似乎出了什麼事，喬大人便帶著我和武偃跟了上去。原來是一個叫葛阿大的勞力，在淨慈報恩寺後山挖出了一具無名屍骨，趕去府衙報了案，叫來了那幾個差役。」

突然聽到葛阿大的名字，宋慈和劉克莊忍不住對視一眼。兩人都記得，此前僱傭挖土葬墳的幾個勞力當中，便有此人。

「喬大人雖然官居高位，可但凡有命案發生，他總是親至現場勘驗，此前在淮西提點刑獄任上便是如此。他在現場初檢了屍骨，命幾個差役將屍骨運來提刑司停放，又聽說劉太丞家發生了命案，便趕往劉太丞家，卻發現韋應奎查案草率，於是當場接手了劉太丞一案。」文修說起喬行簡，滿臉皆是敬仰之色，「喬大人一到臨安便遇上了兩起命案，原本是打算兩起命案一起查的，這也是他多年來的習慣，從不放心將案子交給他人查辦，遇上再多的案子都是親力親為。昨日在城中走訪時，喬大人聽說了不少關於你的傳聞，私下與我和武偃談論時，曾多次提起你，如今他將其中一件案子交給了你，足可見他對你寄予厚望，還盼你不要讓他失望。」

宋慈沒有過多的表示，只是點了一下頭，應道：「我會盡力而為。」說完便向文修告辭，與劉克莊一同離開了提刑司。

「我叫你來見喬行簡，主動爭取查案之權，爭的是劉太丞一案，最後卻爭來了什麼無名屍骨的案子。」一出提刑司，劉克莊忍不住道，「你那臭脾氣啊，別說是喬大人，換了是我，我也會當場拒絕你的請求。」

宋慈默不作聲。

「事已至此，光明正大地查案是行不通了。」劉克莊道，「既然喬大人不同意你查案，那我們便偷偷去劉太丞家，私下裡查個水落石出，絕不能坐視桑姑娘受冤替罪。」

宋慈抬頭看了看天，正午已過，天空卻依舊陰著。

他道：「走吧，去淨慈報恩寺後山。」說罷，向南而行。

劉克莊一愣，道：「桑姑娘還關在牢獄裡呢，你是真不打算管了？喂，你等等我，你還真要去查那什麼無名屍骨的案子啊？」

劉克莊嘴上念叨個不停，腳下卻追著宋慈去了。

出錢塘門，行經蘇堤，宋慈提著一個布裹，來到了淨慈報恩寺外。

在這裡，他遇到了許義。許義和幾個差役在寺門外奔來走去，逮住一個個香客打聽詢問，花了近半個時辰，仍是一無所獲，不免有些垂頭喪氣。

宋慈將自己接手無名屍骨案的事告訴了許義，問許義是怎麼打聽走訪的。

許義應道：「小的見人就問最近幾年這一帶有沒有什麼人失蹤，得到的回答要麼是沒有，要麼是不知道。」

「你不妨換一個問法。」宋慈道，「你就問，知不知道有誰斷過左臂。」

「斷過左臂？」許義不禁一奇。

無名屍骨的左臂尺骨存在一處骨裂，那處骨裂已有癒合跡象，顯然死者生前曾斷過左臂。斷骨癒合，少說也要兩、三個月，那處骨裂尚未完全癒合，也就是說，死者左臂折斷，應該是死前兩、三個月內的事。

宋慈點了點頭，道：「你只管這麼問就行。」

許義雖不明其意，但知道宋慈一向料事如神，於是應了聲「是」，招呼其他差役，按宋慈所言向過往行人打聽。

宋慈靜靜地等在淨慈報恩寺門外，眼前煙氣繚亂，人來人往。他不是在等許義，而是在等劉克莊。在來淨慈報恩寺的路上，他讓劉克莊再去把葛阿大找來。葛阿大是最早發現無名屍骨的人，他有一些疑問需要找葛阿大問個清楚。

宋慈等了約莫兩炷香的時間，劉克莊終於領著葛阿大來了。

「見過宋大人。」葛阿大一見宋慈，連忙行禮。

他今早挖出無名屍骨報案之後，心想這回依照薛一貫的指點破了霉運，總該走大運了吧，於是又去櫃坊賭錢，不想仍是一通虧輸。正煩悶之時，其他勞力找來了，說是劉克莊有請。他知道劉克莊是有錢的主，以為又有什麼掙錢的活，急忙趕去見了劉克莊，隨後便被劉克莊帶來了淨慈報恩寺。

宋慈道：「還請帶路，一起去發現屍骨的地方瞧一瞧。」

葛阿大當先而行，領著宋慈和劉克莊繞過淨慈報恩寺上了後山，來到一處土坡下，指著地上一處土坑道：「宋大人、劉公子，就是這裡了。」

宋慈瞧了瞧那土坑，又往四周看了看，這裡離蟲氏姐妹的墳墓很近。

他道：「你今早為何到這裡掘土？」

葛阿大將自己掘土的前因後果如實說了。

宋慈想了一想，道：「你看見骷髏頭爬坡，是在何處？」

葛阿大朝前方的土坡一指，道：「就在那裡。」

那處土坡下有挖掘的痕跡，是昨天安葬蟲氏姐妹和袁晴的時候，幾個勞力在此取土留下的。昨日取土之時，幾個勞力曾挖出一塊灰白色的石頭，那塊石頭通體扁圓，被扔在了土坡下。宋慈見葛阿大所指，正是那石頭所在之處。劉克莊順著望去，也瞧見了那塊石頭。

「這裡沒你什麼事了，你回去吧。」宋慈道，「往後查案若有需要，我會差人來找你。」

葛阿大見劉克莊沒有打賞的意思，自己跑這一趟沒討著任何好處，便板著個臉，不大高興地下山去了。

望著葛阿大遠去的背影，劉克莊道：「這葛阿大成天賭錢虧輸，便疑神疑鬼，喝酒喝得醉眼昏花，把好好的一塊石頭，看作了什麼骷髏頭，還相信薛一貫那套冤鬼纏身的鬼話。」

宋慈將一直提在手中的布裹放在地上，打開來，裡面是一只裝滿清水的水袋、一只碗和一個瓦罐，此外還有一把很小的鏟子，以及幾個皂角。

他在附近找來幾塊石頭，就地壘成一圈，將瓦罐放在上面，倒入一些清水，再放入掰碎的皂角。劉克莊拾來一些乾柴，在瓦罐下生起了火。乾柴劈里啪啦地燃燒著，如此煮製了一陣，一罐皂角水便煮好了，宋慈將皂角水倒入碗中放涼。

宋慈將瓦罐清洗乾淨，又倒入一些清水，然後在土坑周圍選了幾個位置，用鏟子各取了一些土，一併放入瓦罐之中，攪拌均勻，好好一罐清水很快變成了泥漿。他從懷中摸出早就準備好的一支銀針，將其放進泥漿之中，然後將瓦罐封了口。

如此靜置了好一陣子，宋慈揭開封口，將瓦罐裡的銀針取出來。銀針上裹滿了泥漿，揩拭乾淨之後，只見銀針色澤依舊，並未變色。由此可見，土坑周圍的泥土是沒有毒的。

接下來就該查驗土坑裡的泥土了。

宋慈見土坑正中央的泥土是黑色的，於是將鏟子插進那裡，挖取了不少泥土。然而就在鏟子拔出來時，他忽然微微一愣，將這一鏟泥土倒在地上，撥弄了幾下，裡面露出了一段黑乎乎的東西。

「這是什麼？」劉克莊湊了過來。

宋慈取來水袋，用清水將那段黑乎乎的東西清洗乾淨，拿起來辨認道：「是一段木頭，看起來有燒過的痕跡。」

「有什麼問題嗎？」劉克莊見宋慈一直盯著那段木頭看，不禁問道。

宋慈搖了搖頭。他沒覺得這段木頭有何異樣，只是這段木頭是在土坑裡發現的，說不定與無名屍骨存在什麼關聯，於是取出手帕，將這塊燒過的木頭包好收起。他依先前的法子，在瓦罐裡倒入清水，再將取來的泥土倒入瓦罐攪勻，放入銀針，封口靜置。

這墓土驗毒之法，是宋慈從建陽縣的仵作行人那裡學來的。時隔多年，他還記得那仵作行人是個姓卞的老頭，曾瞞著宋鞏，私下裡教過他不少驗屍的方法。如今，以此法驗毒，他不禁又想起當年背著父親學習驗屍的日子。只是卞老頭要他不准對外提起教習一事，這些事一直是他心中的祕密，多年來從未對任何人提及。

在等待的過程中，宋慈拿起鏟子，在土坑裡撥弄起來。這土坑是挖出無名屍骨的地方，他想看看裡面還有沒有什麼遺漏的東西。如此來來回回地撥弄了好幾遍，除了方才發現的那段燒過的木頭，土坑裡再無任何發現。

宋慈把目光轉向土坑旁，那裡有一堆土，是最初府衙差役挖掘無名屍骨時，將挖出來的泥土堆在了那裡。他撥弄起這堆土來，一些稍大一點的土塊，也不忘一塊塊地掰開來，以免其中有遺漏的線索。這一番尋找下來，果然又有發現，他找到了一些散碎的玉塊。這些玉塊很小，裹在泥土之中，便如尋常土塊一般，若非他仔細撥弄，又將土塊一一掰開，絕難發現。

宋慈用水袋中僅剩的一點清水，將這些玉塊逐一清洗乾淨，發現這些玉塊都帶有裂紋，質地完全一樣，似乎是由一塊完整的玉碎裂而成。他嘗試拼接，劉克莊也來幫忙，沒用多長時間，所有玉塊便被拼在了一起，湊成了一塊完整的玉飾。

這玉飾約莫雞蛋大小，通體呈獸形，看起來是雕刻的獅子，獅口中含著一顆黑色的珠子。整塊玉飾沒有光澤，又遍布裂紋，像是被火燒過。這玉飾是在挖出來的泥土中發現的，它與無名屍骨埋在同一個地方，說不定與其大有關聯。

宋慈要來劉克莊的手帕，將玉飾包好，揣入懷中。

這時時間差不多了，宋慈打開瓦罐封口，取出銀針，將上面的泥漿揩拭乾淨，定睛看時，不由得眉頭一皺。

那無名屍骨除了尺骨上的骨裂，從頭到腳找不出任何損傷，骨色又透著烏黑，尤其是靠近腸胃的肋骨，烏黑色很深。他心中其實早已認定其死因是中毒，之所以用墓土驗毒法加以查驗，只是為了確保萬全。他之前見土坑正中央的泥土是黑色的，更覺萬無一失，銀針必定會變黑，哪知此時取出銀針一看，其色澤竟毫無變化。

「怎麼會這樣？」宋慈舉起銀針翻來覆去地查看，的的確確沒有變色。

劉克莊湊了過來，道：「這銀針絲毫不見變色，那不就是說，今早發現的那具無名屍骨，不是死於中毒？」

宋慈想了想，將銀針往懷裡一揣，道：「我們回提刑司去，再驗一次骨。」

劉克莊立刻將沒燃盡的柴火滅了，還不忘去蟲氏姐妹的墳前拜了一拜，然後與宋慈一道下山。

兩人不多時便回到了淨慈報恩寺外，許義和幾個差役還在這裡尋人打聽，這一次宋慈沒有再去詢問許義，而是朝蘇堤方向走去。

可是沒走出幾步，宋慈忽然腳步一頓，回頭望著人進人出的淨慈報恩寺，緊跟著眉頭一凝，掉頭朝淨慈報恩寺的大門走去。

劉克莊一見宋慈的神情舉止，便知宋慈定是想到了什麼。他也不多問，只管緊隨在後。

宋慈進入淨慈報恩寺之後，徑直去往大雄寶殿背後的靈壇，找到了正在對香客們一一還禮的居簡和尚。此前曾在巫易墓前做過法事的幾位僧人，一如往日那般守在靈壇的兩側。

宋慈合十一禮，道：「居簡大師，可否借一步說話？」

「阿彌陀佛，原來是宋施主。」居簡和尚認得宋慈，宋慈此前曾來淨慈報恩寺找過他兩次，「不知宋施主此次前來，所為何事？」

宋慈抬手相請，將居簡和尚請到一旁僻靜之處，道：「大師應該還記得，初五那天一早，我來找過你，問起過貴寺僧人彌苦之死。」

居簡和尚點頭道：「記得。莫非宋施主仍懷疑彌苦未死？當年本寺僧眾都曾見過彌苦的屍體，不會有假的。」

「我此次來，不是為了查問此事。」宋慈道，「彌苦死於一年前的大火，我是想知道當年那場大火是如何燒起來的。」

劉克莊聽宋慈這麼一問，一下子恍然大悟。宋慈在挖出無名屍骨的土坑之中，發現了一段燒過的木頭和一塊燒過的獅子玉飾，下山時恰好路過淨慈報恩寺，看見只重修了一半的寺院，不禁想到一年前將整個淨慈報恩寺燒毀的那場大火。燒過的木頭和獅子玉飾，與無名屍骨是在同一個地方發現的，無名屍骨若不是死於中毒，那會不會是死於大火呢？無名屍骨掩埋在淨慈報恩寺後山，而淨慈報恩寺曾在一年前遭遇過大火，二者會不會有所關聯？正因為想到了這些，宋慈這才突然入寺，尋居簡和尚打聽當年那場大火的事。

被問起一年前的大火，居簡和尚忍不住低聲誦道：「阿彌陀佛。」他看了看不遠處重建起的大雄寶殿，眼前浮現出了當年火光沖天、哭號四起的慘烈場景，臉上猶有驚怖之色，道：「當年那場大火是在半夜裡燒起來的，我記得最初起火的是本寺住持德輝禪師的禪房，很快蔓延至其他僧人居住的寮房，然後是廂房、偏殿、慧日閣、大雄寶殿和其他殿宇，最後整座寺院除了藏經閣外，全都被燒毀了。因是在半夜，寺中僧人都已入睡，不少僧人來不及逃離，被活活燒死在了房中，連德輝禪師也……」說到這裡，搖了搖頭，嘆了口氣。

「火是從德輝禪師的禪房燒起來的，那事後可有找到起火的原因？」宋慈問道。

居簡和尚應道：「禪房被燒成了廢墟，連德輝禪師也圓寂了，照顧德輝禪師的道隱師叔也死於大火之中，哪裡還找得到起火的原因？」頓了一下又道，「當時正值中秋，天乾物燥，道隱師叔熬燈守夜地照料德輝禪師，興許是火燭引起的吧。」

「熬燈守夜地照料？德輝禪師是病了嗎？」

居簡和尚點頭道：「那時德輝禪師身患重病，長期臥床難以下地，是道隱師叔不分日夜地守在禪房加以照料。我記得起火那晚，道隱師叔還特地差彌音去城北請來了劉太丞，為德輝禪師診治……」

「劉太丞？」宋慈和劉克莊幾乎是異口同聲。

宋慈追問道：「你說的可是城北劉太丞家的劉鵲？」

「劉鵲施主那晚是來了，不只是他，還有劉扁施主。」

「劉扁是誰？」

「劉扁施主便是劉太丞。」

宋慈和劉克莊聽得有些糊塗。居簡和尚見二人似乎沒太明白，道：「劉扁施主是劉鵲施主的兄長，曾在宮中做過太丞，他開設的醫館便是劉太丞家。」

「我知道劉太丞家，」宋慈道，「可我沒聽說劉鵲還有一個叫劉扁的兄長。」

居簡和尚嘆道：「劉扁施主那次來為德輝禪師看病，說病情太過嚴重，他不放心，便留宿於寺中，劉鵲施主也留了下來。那場大火燒起來後，劉鵲施主逃了出來，劉扁施主卻沒有……劉扁施主死了已有一年多，二位施主沒聽說過他，也不奇怪。」

宋慈原本只是因為燒過的木頭和獅子玉飾，聯想到淨慈報恩寺曾有過一場大火，這才找居簡和尚打聽，哪知這場大火竟會與劉太丞家扯上關聯。

他稍加思慮，問道：「大師，起火那晚，貴寺可有發生什麼奇怪之事？有沒有什麼人舉止可疑？」

「宋施主，那場大火已經過去一年多了，不知你為何要打聽這些事？」居簡和尚見宋慈不斷地追問當年那場大火，不免心生好奇。

宋慈沒有回答，只道：「大師，此事關係重大，起火前貴寺究竟發生過什麼事，但凡你知道的，都請詳加告知。」

居簡和尚猶豫了一下，見宋慈目光中透著堅毅，道：「雖不明白宋施主為何打聽此事，可我聽說宋施主查案公允，持正不阿，我雖是佛門中人，卻也心生敬佩。既然你執意要問，那我便把那一晚的事，但凡能想起來的，都說與你知道。」

他回想了一下，徐徐道來：「那是一年前中秋節的前一夜，不少香客留宿於本寺廂房之中。當晚月亮很圓很亮，留宿的香客們聚在廂房外的院子裡，一邊閒情賞月，一邊吟詩作對。我當時住在東側的寮房，與廂房只有一牆之隔，聽著香客們的笑聲傳來，想到德輝禪師的病情，心裡很不是滋味。道濟師叔從寮房外路過，見我坐在門前煩悶，衝我笑了一笑。

他去到廂房那邊，我還當他是去阻止香客們吵鬧，哪知他竟談笑風生，與香客們共同吟詩賞月。道濟師叔行事一貫如此，總是一反常態，以前他還在靈隱寺出家時，便不喜念經，還嗜好酒肉，成天嘻嘻哈哈，穿著破衣爛衫，遊走於市井之間，被人當作顛僧，喚他作『濟顛和尚』。

四年前他來到本寺，拜德輝禪師為師，成為德輝禪師最後的入門弟子，但他仍是成天嬉笑，行事總是出人意料。德輝禪師重病之後，道濟師叔前前後後只去看望過一次，不像道隱師叔那樣守在禪房裡照料，他非但不擔心，反而在德輝禪師的病榻前嬉笑如常，我實在是想不明白。」

居簡和尚說著，搖了搖頭，「我當時聽著廂房那邊道濟師叔和香客們的笑聲，心中實在煩亂，便關起門來抄寫經文，過了許久，廂房那邊才安靜下來。後來我便睡下了，不知睡了多久，忽被一陣叫喊聲驚醒，寮房裡已是煙氣彌漫。我捂住口鼻，衝出寮房，看到了沖天的大火，看到了奔走的人影，才知道寺中起了大火……唉，起火前我看到過的、聽到過的，就是這些了。」

宋慈想了一想，問道：「當晚第一個發現寺中起火的人是誰？」

「是彌音。德輝禪師的禪房燒起來時，彌音正好起夜去茅房，瞧見了大火。他呼人救火，還衝進禪房試圖救人，結果人沒救到，反而把自己燒傷了。」居簡和尚說這話時，扭頭朝靈壇望去，此時彌音正守在那裡。

宋慈也朝彌音望了一眼。當初在巫易墓前做法事時，楊菱從始至終一直注視著的僧人便是這位彌音。方才居簡和尚言語間提及，淨慈報恩寺起火那晚，受道隱和尚的差遣去請劉扁和劉鵲來給德輝禪師看病的僧人，也是這位彌音。

『看來一會兒要請這位彌音師父問一問話了。』宋慈這麼想著，又向居簡和尚道：「火滅之後，貴寺又發生過什麼事？」

居簡和尚回憶道：「我記得那場大火過後，本寺只剩殘垣斷壁，到處都是焦糊味。

事後清點，共有十四人死難，除了劉扁施主外，其他都是本寺的僧人，其中德輝禪師和道隱師叔，還有四位居字輩僧人和七位彌字輩僧人，全都被大火燒焦，面目難辨，此外還有多人被燒傷。

大火後的那天適逢中秋，原本寺中要舉行皇家祈福大禮，聖上要駕臨本寺祈福，前一夜之所以有那麼多香客留宿本寺，便是為了第二天一早參加這場祈福大禮。本寺原名永明禪院，當年高宗皇帝為奉祀徽宗皇帝，下詔賜名為淨慈報恩寺，後來高宗皇帝和孝宗皇帝都曾來本寺祈福，孝宗皇帝還曾手書『慧日閣』匾額賜予本寺。

可是那場大火燒毀了一切，中秋當天的祈福大禮只能取消。聖上聞聽本寺焚毀，下詔將所有死難者火化，在寺中築壇祭祀。韓太師當天帶著詔令來到本寺，在所有僧人的誦經聲中，火化了死難之人。」

「你是說死難之人火化，是在中秋當天？」宋慈眉頭一凝。

「是在中秋當天。」居簡和尚應道，「當時寺中救治傷者，清理火場，搜尋屍體，甚為忙亂。一直到入夜之時，才火化了所有死難之人。」

宋慈暗暗覺得有些奇怪。僧人死後通常不行土葬，而是火化成灰，這在佛門中稱為荼毗。皇帝下詔火化僧人，築壇祭祀，這並不奇怪，奇怪的是火化似乎來得太快了些。大火焚毀寺院，死了十四個人，事後不是該追查起火原因，查清是意外失火還是人為縱火嗎？按理說，屍體上可能會留有線索，比如岳祠案中的何太驥，可以透過查驗死者是死於大火還是死後焚屍，進而追查起火原因，所以應該等所有疑問查明之後，再火化死難之人的屍體。可是為何大火後不到一天時間，便將所有屍體火化了？這便等同於何太驥的屍體第二天便被火化成灰，那就什麼痕跡都沒留下，真相也就永遠查不出來。

他道：「那場大火後，官府可有來人查驗死難之人的屍體，追查起火的原因？」

居簡和尚搖頭道：「知府大人隨同韓太師來本寺看過，說是意外失火。」

宋慈皺起了眉，暗想了片刻，道：「你先前說，劉扁和劉鵲當晚都留宿於寺中，劉扁死於大火，劉鵲卻逃了出來。他們二人既是兄弟，為何一個逃出了火場，另一個卻沒有，難道他們二人沒住在一起嗎？」

「劉扁施主為了時刻照看德輝禪師的病情，留宿於德輝禪師的禪房中，劉鵲施主另住一間廂房，他們二人沒住在一起。」

「那事後劉扁的屍體呢？是讓劉鵲帶回去安葬了嗎？」

「劉扁施主的屍體，是與本寺死難僧人一起火化的。」

宋慈心中那種奇怪的感覺又強烈了一些，轉頭朝後山望了一眼，忽然道：「那場大火中死去的十四個人，可有誰斷過左臂？」

居簡和尚回想了一下，應道：「有的，我記得劉扁施主來看診時，他的左臂綁著通木，聽說是不小心摔斷了。劉扁施主帶著斷臂之傷，還連夜趕來為德輝禪師診治，真是仁心仁術，令人敬佩。」

宋慈聽了這話，暗暗一驚，心想：『後山上發現的那具無名屍骨，莫非是劉扁？』接著問道：「大師，你確定當年劉扁的屍體火化了嗎？」

「我記得當時在禪房的廢墟前架了柴堆，所有死難之人的屍體被搬到柴堆上一起火化。只不過火化之時，卻出了意外。」

「什麼意外？」

「當時本寺全被大火燒毀，唯有藏經閣離其他殿宇較遠，未被殃及，可是火化之時，藏經閣那邊卻突然著了火。藏經閣中收藏了許多佛經典籍，還有高宗皇帝御賜的各種珍貴經藏，能在之前那場大火中倖免於難，已是不幸中的萬幸，哪知突然又起了火。

寺中僧人大都聚在禪房附近誦經超度，見突然火起，有的嚇得慌亂躲逃，有的匆忙趕去救火。可當時已經天黑，藏經閣藏書眾多，燒起來很快，最終沒能救著火，藏經閣燒了個精光，同時所有死難之人也在那場混亂中火化成了灰。」

「也就是說，屍體火化之時，不僅是天黑，而且現場一片混亂？」

居簡和尚回憶著當時的場景，點了點頭。

「藏經閣的火是怎麼燒起來的？」宋慈又問。

居簡和尚搖頭道：「那就不知道了，事後沒有查出原因來。」

宋慈暗暗心想：『前一夜的大火，也許是不小心失火，可剛剛經歷了一場那麼慘烈的大火，寺中僧人應該都會小心火燭，藏經閣再失火的可能性很小，極有可能是有人故意縱火。倘若後山上那具無名屍骨真是劉扁，會不會是有人故意在藏經閣縱火製造混亂，趁亂動了柴堆上的屍體，將劉扁的屍體藏匿起來，事後埋到了後山？果真如此的話，那縱火的人是誰？又為何要大費周折移屍掩埋呢？』

宋慈越想越是困惑，好一陣沒有說話，最後從懷中摸出那塊獅子玉飾，讓居簡和尚看了，問是否識得。居簡和尚搖了搖頭，他從沒見過這樣的獅子玉飾。宋慈向居簡和尚道了謝，轉身向靈壇走去。

「彌音師父，」宋慈徑直來到彌音的身前，「我有些事，想問一問你。」

彌音身形高大，一張臉被燒毀了大半，看起來已有三十來歲，是所有彌字輩僧人中年齡最大的一位。他站在靈壇左側，祭拜靈壇的香客們從他身前絡繹而過，他一直閉眼合十，低聲誦經，聽見宋慈的聲音，他睜開眼道：「阿彌陀佛，不知施主要問何事？」聲音甚是低沉。

宋慈沒有回答，只是抬手道：「這邊請。」

彌音轉頭向居簡和尚看去，居簡和尚點頭道：「宋施主既然有事問你，你便跟著去吧。」

「是，師伯。」彌音應了，這才隨宋慈去到一旁僻靜之處。

「彌音師父，你到淨慈寺出家，有多久了？」宋慈開始了詢問。

彌音答道：「有五、六年了。」

「一年前的中秋前夜，貴寺曾起了一場大火，你應該還記得吧？聽說當時最先發現起火的人是你。」

彌音不由自主地摸了摸臉上的燒傷，道：「那場大火，如何能忘？」

「那晚起火時是何情形？還請你原原本本道來。」

彌音點了點頭，道：「我那晚半夜醒來，肚子脹痛，去了一趟茅房，回來時見寮房的西邊亮著光。寮房的西邊是本寺住持德輝禪師的禪房，那時德輝禪師臥病在床，日夜都需要人照顧，禪房裡常常半夜還點著燈火。可那光實在太亮了，不像是燈火，我走過去一瞧，竟是禪房燃起了大火，正往外冒著濃煙，還把鄰近的寮房引燃了。

我嚇得大喊大叫，又撞開門衝進禪房救人，可裡面火勢太大，我試了幾次都衝不進去，不得不退了出來。我又去附近擔水救火，往返了好幾趟，還是沒用。那時寮房也已經引燃，火勢燒得很快，連我居住的房間也著了火。與我同住的都是彌字輩的師兄弟們，大都逃了出來，只是不見彌苦師弟。我與彌苦師弟一向交好，不顧師兄弟們的阻攔，拿水淋濕身子，又衝進寮房試圖救彌苦師弟，最後燒了自己一臉傷，還是沒救著人。」說著低下頭去，低聲誦道，「阿彌陀佛。」

在巫易墓前做法事時，楊菱自始至終注視著彌音，此時得知彌音曾與彌苦同寮，又彼此交好，還曾奮不顧身地衝進火場救彌苦，宋慈這才明白楊菱為何對彌音另眼相看。

宋慈問道：「大火過後，韓太師帶來聖上旨意，要將所有死難之人的屍體搬到一起火化，藏經閣卻在那時突然著火，當時你也在場嗎？」

彌音搖頭道：「我那時燒傷得不輕，敷了藥，在臨時搭的草棚裡休息，後來才聽說了藏經閣起火的事。」

宋慈懷疑有人在藏經閣起火之時，趁亂搬動過死難之人的屍體，本想向彌音打聽此事，可當時彌音不在場，那就不必多問了。他想了想，沒再打聽起火之事，轉而問起了劉扁和劉鵲，道：「我聽說貴寺起火那晚，劉太丞家的劉扁和劉鵲曾來為德輝禪師看病，當時是你去請他們來的。你可還記得劉扁那時的樣子？他的左臂是不是斷了，綁著通木？」

彌音點頭道：「劉扁施主是傷了左臂，我去請他看診時，還怕他多有不便，可他說自己的左臂雖然摔斷了，但早已接好，而且他替人診脈都是用的右手，並不礙事。劉鵲施主擔心劉扁施主手臂有傷，怕他看診時不太方便，於是也帶上藥箱，一起跟了來。」

「這麼說你只請了劉扁，劉鵲是不請自來的？」

彌音又點了點頭，道：「劉扁施主曾是宮中太丞，聽說他過去專門替皇上看病，醫術甚是精湛，去劉太丞家請大夫，自然是去請他。」

「劉扁和劉鵲關係如何？」

彌音微微皺眉，沒聽得太明白。

「比如來貴寺的路上，他們二人交談多嗎？彼此說話時可是和顏悅色？」

彌音回想了一下，道：「我記得來的路上，二位施主沒怎麼說過話，好像心事重重的樣子，有路人認得他們，跟他們打招呼，他們也都沒應。」

宋慈想了一想，又問：「你最初發現禪房起火時，可有在禪房附近看見過什麼可疑之人？」

彌音搖頭道：「沒有。」頓了一下，似乎突然想起了什麼，「我在禪房附近沒看見人，倒是之前去茅房時，遇到了劉鵲施主，他也起夜去上了茅房。」

「你看清了，當真是劉鵲？」

「雖然隔了一段距離，可那晚月光很亮，我認得劉鵲施主的樣子。」

「能看見月光，這麼說你不是在茅房裡遇到的他？」

「我看見劉鵲施主時，他走在茅房外的小路上，往廂房那邊去了。」

「那你怎麼說他是起夜上了茅房？」

「那麼晚起夜，又是在茅房外，不是去上茅房，還能是什麼？」

宋慈若有所思地點了點頭。他沒再發問，拿出那塊獅子玉飾請彌音辨認，然而彌音也不識得。宋慈向彌音道一聲「叨擾了」，又去到靈壇旁向居簡和尚行禮告辭，隨後離開了淨慈報恩寺。

「你是在懷疑劉鵲嗎？」從淨慈報恩寺出來，劉克莊見宋慈一直凝著眉頭。

宋慈點了點頭，道：「按照居簡大師和彌音師父所述，劉扁才是真正的劉太丞，劉太丞家也是劉扁開設的醫館，當晚明明只請了劉扁去寺裡看病，劉鵲卻要跟著去，大火發生時，偏偏劉鵲沒在廂房睡覺，而是起了夜，最後劉扁死於大火，劉鵲卻沒事，後來還成了醫館的新主人，變成了新的劉太丞，這些難道不可疑嗎？」

「可疑，」劉克莊接口道，「極其可疑！」

宋慈原先打算回提刑司查驗無名屍骨，可經過了淨慈報恩寺這一番查問，他懷疑那具無名屍骨極有可能是劉扁，因此決定先走一趟劉太丞家，查清楚無名屍骨是不是劉扁之後，再回提刑司查驗其真正死因。

劉克莊跟隨宋慈多次奔走查案，如今思路竟也漸漸跟上了宋慈，道：「現在是先回提刑司，還是先去劉太丞家？」

宋慈抬眼北望，不遠處是水波浩渺、遊人如織的西湖，更遠處是鱗次櫛比、恢宏壯麗的臨安城，應道：「先去劉太丞家。」

一根短短的木棍不時伸進碗中，蘸上些許的清水後，再在地上寫寫畫畫，「師」、「麻」、「辛」、「苦」等字，一個個歪歪扭扭地出現了，不一會兒又一個個地相繼隱去。

五歲的劉決明就這麼在側室門外的空地上蘸水寫字，已經好一陣子了。

一門之隔的側室房中，高良薑將說話聲壓得極低：「師父當真沒把《太丞驗方》給妳？」

「給我做甚？」鶯桃聲音嬌脆，「我又不會醫術。」

「師父那麼喜愛泱明，萬一他想把畢生醫術傳給泱明呢？」

「瞧你這腦袋，泱明那麼小，連字都不認識幾個，怎麼學得了醫術？你就別管什麼醫書的事了，先替我想想辦法。過去有老爺護著我，那悍婦還不敢對我怎麼樣，如今老爺沒了，她立馬給我甩臉色看，往後還不把我給生吞活剝了！」

「妳就再多忍忍，等過上幾年，泱明長大些，這劉太丞家可是姓劉的，到時還由得師娘頤指氣使？」

「你還叫她師娘呢！」鶯桃哼了一聲，「別說幾年，便是幾天我也不想忍，你又不是不知道那悍婦的脾氣。」

「這家裡不是還有我嗎？我可是師父的大弟子，姓居的又不懂醫術，往後醫館的事都是我說了算。這劉太丞家若是沒有醫館賺錢，姓居的還不喝西北風去？放心吧，有我在，哪能捨得讓妳受苦……」

「哎呀，你快把嘴拿開。老爺才剛死，你……你別這麼急……」

「能不急嗎？我都多久沒碰過妳了？」

「不行呀……你快鬆開，門還沒鎖呢……外面來人了！」

一陣說話聲忽然在側室外響起，嚇得摟抱在一起的兩人趕緊分開。

「小少爺，你一個人在這裡玩耍呀。」

「娘頭疼，在屋裡治病呢，叫我出來玩一會兒。」

「小少爺真乖。」

很快敲門聲響起，門外傳入聲音道：「二夫人，您在裡面嗎？」

鶯桃理了理有些散亂的髮髻，扶正了珠釵，走過去拉開了房門，見門外是遠志。

遠志收起了敲門的左手，朝屋裡看了一眼，見鶯桃的身後還有一人，是高良薑。此刻高良薑正在收拾桌上鋪開的針囊，嘴裡道：「二夫人不必憂慮，妳這是傷心過度，引發了頭疼。我給妳施了幾針，妳多休息休息，便不礙事了。」

「有勞大大夫了。」鶯桃對高良薑說了這話，又看向遠志，「找我有什麼事？」

遠志看起來十七、八歲，臉上有不少的痘印，高高的個子卻躬著腰，說起話來柔聲細氣：「打擾二夫人了。提刑司來人查案，請您去醫館大堂。」說完，又朝高良薑看了一眼，「也請大大夫去醫館大堂。」

高良薑收好針囊，道：「怎麼又來了人？凶手不是抓到了嗎？還來查個什麼勁？」

說著走出側室，來到遠志的身前，低聲道：「你跟著我一年多了，應該不用我再提醒你了吧。」

劉太丞家一共三個藥童，其中黃楊皮是劉鵲的貼身藥童，當歸是羌獨活的藥童，遠志則是高良薑的藥童。

遠志低著頭，小聲應道：「大大夫，我什麼都沒看見。」

高良薑滿意地點了點頭，隨手將針囊交給了遠志，朝醫館大堂走去。遠志左手拿著針囊，跟在高良薑的身後。鶯桃掩上房門，拉上劉決明的小手，也隨著一起去往醫館大堂。

家宅後院的一間屋子裡，門閂已經拉上，羌獨活從床底下拖出一口箱子，打開來，裡面裝滿了各種瓶瓶罐罐。

他從中拿起一只黑色的小藥瓶，拔掉塞口，小心翼翼地倒出一丁點黑乎乎的黏液。

這黑乎乎的黏液被他倒入早就準備好的米飯裡，揉搓成一個飯糰。

他把黑色藥瓶放回箱子裡，又把箱子塞回床底下，然後拉開門閂，拿著飯糰去了後院。後院裡養著一黑一黃、一小一大兩隻狗，分別被拴在後院的左右兩側。那隻小黑狗是遠志撿來的，此前被養在醫館偏屋裡，只因今早韋應奎領著府衙差役進入醫館查案時吠叫不止，事後便被石膽牽到家宅後院，與看守家宅的大黃狗拴在一處，以免以後再有官員和差役出入醫館時，牠又狂吠亂叫。

大黃狗原本在原地轉圈，見羌獨活來了，立刻撲了過來，將繫繩拉得筆直，牠涎水長流，眼睛有些發紅，看起來極為興奮。

羌獨活扭頭看了看四周，確定沒有其他人，這才將攏在袖中的手伸了出來，將飯糰扔給了大黃狗。大黃狗一口叼住，飛快地吞進了肚裡，另一邊的小黑狗沒得到吃食，「嚶嚶嚶」地亂叫，拚命地搖動尾巴。

羌獨活在後院裡站了一會兒，見大黃狗吃過飯糰後，又在原地轉起了圈，時不時拿爪子四處亂刨，發出一、兩下奇怪的叫聲，像是有些瘋瘋癲癲。他點了點頭，轉身準備回自己的屋子。

正要推開房門，一聲「二大夫」忽然傳來。羌獨活把手抵在門上，回過頭去，看見了趕來的當歸，道：「何事？」

「提刑司來了人，請二大夫去醫館。」當歸回答道。

羌獨活把頭一點，揮了揮手，讓當歸先去了。他回到屋子裡，將沾有飯粒的手擦乾淨，這才關上房門，又上了鎖，往醫館大堂而去。

醫館大堂裡等著兩人，都穿著一身青衿服，是宋慈和劉克莊。

高良薑和鶯桃來到醫館大堂時，白首烏已經等在這裡了，不多時羌獨活也來了，最後是居白英。居白英仍是沉著一張臉，拄著拐杖，由石膽小心翼翼地攙扶而來。

眼見來查案的不是喬行簡，而是兩個面生之人，還是太學學子打扮，眾人都是一愣。

高良薑問遠志道：「你不是說提刑司來了人嗎？」

遠志看著宋慈和劉克莊，道：「大大夫，這二位便是。」

劉克莊笑道：「各位不必奇怪，這位是浙西路提刑幹辦宋慈宋大人，你們應該都聽說過吧。」

在場眾人都是微微一驚，早就聽說太學出了個奉旨查案的提刑官，姓宋名慈，先後破了岳祠案和西湖沉屍案，沒想到來查案的竟是此人。

宋慈問清楚在場眾人姓甚名誰，與劉鵲是何關係，接著道：「諸位應該都知道劉扁吧？」

原以為宋慈是來查劉鵲被毒殺一案，哪知一上來問的卻是劉扁，眾人一愣之下，大都只是點了點頭，唯有白首烏應了聲「是」。

宋慈看向白首烏，道：「你是劉鵲的師侄，那就是說，你是劉扁的弟子？」

白首烏又應了聲「是」。

「聽說這劉太丞家是你師父開設的？」

「這家醫館是先師十年前所開。」

「你師父是高是矮，胖瘦如何？」

「先師個子不高，身子一直很消瘦。」

宋慈回想無名屍骨的模樣，從骨架來看，確實是既不高也不壯，這一點倒是與劉扁對應得上。他道：「聽說你師父一年前去淨慈報恩寺出診，因失火死於寺中。在那之前，他左臂是不是曾受過傷？」

白首烏面露詫異之色，道：「宋大人怎麼知道先師左臂受過傷？你認識先師嗎？」

「你不必問這麼多，只管回答我所問即可。」

「先師左臂是受過傷，他在藥房搭梯取藥時，不小心跌過一跤，折了左臂，當時還是我為他接的骨。」

「那是什麼時候的事？」

白首烏回想了一下，道：「應是先師遇難前兩個多月的事。」

宋慈暗暗點了點頭，劉扁是死前兩個多月摔斷了左臂，這與無名屍骨左臂尺骨的骨裂癒合程度對應得上。他道：「你為你師父接骨時，可有綁上通木？」

「接骨正骨，自然需要綁上通木。」白首烏應道，「我記得通木是在藥房裡拿的，是醫館裡最好的通木。」

「這種通木，眼下醫館裡還有嗎？」

「還有。」

「煩請你取來看看。」

白首烏當即走進一旁的藥房，片刻即回，取來了一段色澤發紅、帶有黑色紋路的通木。

宋慈接過通木，又從懷中取出那段燒過的木頭，湊在一起細看。

在場眾人不明白宋慈在做什麼，不由得面面相覷。

宋慈細看了一陣，將那段燒過的木頭遞給白首烏，道：「白大夫，請你看看這段木頭，有沒有可能是你們醫館的通木？」

白首烏接過去看了，那段燒過的木頭殘缺不全，遍布焦痕，與藥房取來的通木在外形上已無法比對。他湊近細嗅其味，又朝宋慈手中那段紅色通木看了一眼，道：「這種最貴、最好的通木，是用交趾出產的紫檀木製成，有消腫止痛、調節氣血的功效。大人給的這段木頭，雖然外形難以辨別，聞著氣味應是紫檀木，至於是不是醫館裡的通木，我不敢妄下斷言，只能說有可能是。」

宋慈點了點頭，收回了那段燒過的木頭，又拿出那塊獅子玉飾，請白首烏辨認。

白首烏一見那玉飾，神情立刻一變，道：「這……這不是先師的獐獅玉嗎？」

「你可認清楚了？」宋慈道。

白首烏連連點頭道：「認不錯的，先師將這塊獐獅玉隨身帶著，我見過很多次，就是這個。」他面露詫異之色，「大人，這塊玉怎會在你這裡？」

「我再問你一遍，你可千萬確認清楚，這當真是你師父的玉飾？」這塊玉飾關係到無名屍骨的身分，必須確認無誤才行。

白首烏又向獅子玉飾多看了幾眼，道：「錯不了的，雖然這玉碎了，但的的確確是先師的獐獅玉。這塊玉是十年前皇上御賜這座宅子時，一併賜給先師的。獐獅乃神農氏馴養的奇獸，周身透明，能吃百蟲、嘗百草，種種藥性能從牠的臟腑和經絡中看得明明白白。先師對這塊獐獅玉極是珍惜，一直將牠帶在身邊，我認不錯的。」

如此一來，無名屍骨的身分幾乎可以確認，就是劉太丞家的劉扁。

宋慈環顧了整個醫館，道：「你方才說，劉太丞家的這座宅子，是聖上御賜給你師父的？」

白首烏應道：「是的，這是先師十年前為皇上治病所受的賞。」

「賜下這麼大一座宅子，看來你師父為聖上治好的病，不是什麼小疾小痛吧？」

「這我不太清楚，皇上患了什麼病，那是宮中絕密，先師從不對外提起。」

宋慈點了點頭，皇帝患病乃國之大事，擅自對外傳言洩露，那是要掉腦袋的。他正打算繼續發問，醫館大門方向忽然傳來一陣輕細的敲門聲。

醫館大門敞開著，一隻黑乎乎的手正在門上輕輕叩擊，一張長著不少瘡疤的黑臉探進來，似乎怕打擾了眾人，帶著抱歉的笑容，露出一口參差不齊的黃牙，道：「各位東家都在啊。上元節的炭墼，小人給送來了。」

石膽見了來人，頓時露出一臉嫌惡之色，道：「不是叫你明天才送來嗎？」

那黑臉人道：「這一批炭墼打得好，就想著給劉老爺先送來……小人剛到門外時，聽過路之人說……說劉老爺他……」搖頭嘆氣，「劉老爺對小人大恩大德，他那麼好的人，怎麼會……」

居白英忽然朝石膽使了個眼色，石膽立刻打斷那黑臉人的話，道：「祁老二，沒看見官府來人查案嗎？這裡哪輪得到你說話？趕緊把炭墼搬進來，跟著我去領錢，領了趕緊走。」

祁老二唯唯諾諾地應道：「是是是……」便從大門外的板車上搬下一大筐炭墼，背在身上，穿過醫館大堂，跟著石膽朝家宅那邊去了。

宋慈看了一眼祁老二去遠的背影，將目光轉回到白首烏身上，道：「白大夫，你師父在世時，與劉鵲關係如何？」

白首烏答道：「先師與師叔本就是同族兄弟，從小一塊兒學醫。後來先師在宮中做了太丞，師叔則是做了隨軍郎中。十年前先師開設醫館後，師叔便從軍中去職，來臨安幫忙打理醫館。後來先師從太丞任上退了下來，才開始在這醫館中坐診。這些年裡，師叔幫了先師很多忙，他們的關係一向很好。」

「一扁一鵲，取這樣的名字，看來他們二人是出自醫道世家吧？」

白首烏卻搖頭道：「我聽先師說起過，他與師叔年幼時，村子裡曾發生瘟疫，族中長輩先後亡故，只剩他們二人相依為命，後來是路過的師祖皇甫坦收留了他們二人，他們二人從此便跟隨師祖學醫。師祖雖為麻衣道士，但工於醫術，曾在高宗、孝宗、光宗三朝多次應召入宮醫疾問道，尤其是高宗時期，師祖為顯仁皇太后治癒了目疾，那可是眾多御醫費時多年也沒能治好的頑疾。高宗皇帝對師祖大加厚賞，還御賜『麻衣妙手』金匾，這塊金匾至今還供奉在祖師堂裡。先師和師叔的名字，是當年他們二人被師祖收留後，師祖給取的。」

宋慈沒聽說過皇甫坦的名頭，但他知道顯仁皇太后，那是高宗皇帝的生母，曾在靖康之變中被金軍擄走，紹興和議後才得以回鑾臨安，高宗皇帝對她倍加侍奉，皇甫坦能治好她的目疾，高宗皇帝自然是厚加賞賜。

宋慈道：「你師父與劉鵲既然師出同源，那他們二人之間，不知誰的醫術更高？」

白首烏朝高良薑和羌獨活看了一眼，稍微猶豫了一下，道：「若論醫術，先師做過太丞，曾為光宗皇帝和當今聖上治過病，應是先師更勝一籌。」

「那可不見得。」高良薑忽然插嘴道，「前年韓太師溺血，師伯去了好幾次都沒能治好，最後還是我師父出的驗方，以牛膝一兩、乳香一錢，以水煎服，三、兩日便藥到病除，為此韓太師還賞了師父不少金子。再說了，師父近來著述《太丞驗方》的事，醫館裡人人都知道。過去敢著醫書留於後世的大夫，像張仲景、孫思邈等，哪個不是神醫妙手？師父敢著醫書傳之後世，足可見他老人家的醫術有多麼高明。只是不知誰背地裡眼紅，不但將他老人家殺害，還將他即將完成的《太丞驗方》給偷了去。」說罷，朝白首烏冷眼一瞪，一旁的羌獨活也朝白首烏斜去了目光。

白首烏平日裡說話做事，常給人一種與世無爭的感覺，可這番言論關乎先師醫術的高低，他似乎不甘心退讓，道：「著述醫書，並非只有師叔如此，師祖生前就曾著有醫書，先師也曾著過醫書，收錄了許多獨到的驗方，只是先師將所著醫書視若珍物，常帶在身邊，最後不幸毀於淨慈報恩寺的那場大火，沒能留存下來。再說給韓太師治病，師叔只是治好了那麼一次，過去韓太師身子抱恙，一直都是請先師去看診，先師已不知為韓太師治好過多少病痛了。」

高良薑道：「好啊，師父剛死，你便硬氣了，敢跟我這麼說話了。你師父是給韓太師治過那麼多次病痛，卻把韓太師的身子越治越差，染病抱恙的次數越來越多。這兩年換了我師父看診，韓太師的身子卻是日漸康健，再沒有生過什麼病。」

「可是韓太師昨天才派人來，說他患有背疾，請師叔今日去南園看診。」白首烏言下之意，是說高良薑在睜著眼說瞎話。

高良薑正要還口，宋慈忽然道：「韓太師病了？」

上次去韓府拜見韓侂胄時，韓侂胄曾當著他的面舞過劍，兩天前破西湖沉屍案時，韓侂胄也曾出現在臨安府衙，看起來一切皆好，不像是有病痛的樣子。

白首烏應道：「昨天上午夏虞候來了醫館，說近來這段日子，韓太師後背不太舒服，時有刺痛之感，常常難以睡臥，請師叔今日一早去吳山南園看診。」

宋慈道：「韓太師既然病了，為何不……」

話未說完，醫館大門方向忽然傳來聲音道：「宋慈，不是說過你不能查此案嗎？」

這聲音聽著耳熟，是喬行簡的聲音。

宋慈轉頭望去，果然是喬行簡到了，隨同而來的還有文修和武偃。他向喬行簡行了一禮，道：「是大人命我來查無名屍骨案的。」

「那你該去的是淨慈報恩寺後山，而不是這劉太丞家。」喬行簡來到宋慈身前。

這時石膽從家宅那邊回來了，祁老二背著空筐，跟著石膽回到了醫館大堂。祁老二得了炭墼錢，向居白英躬身道謝。居白英沉著老臉，看起來大不耐煩。石膽趕緊揮手，打發走了祁老二。

宋慈看了看走出醫館的祁老二，在劉克莊耳邊低語了幾句。

劉克莊點點頭，趁醫館此刻人多，無人注意他，快步走向大門，追出了醫館。

劉克莊走後，宋慈將自己查案所得逐一向喬行簡說了，最後道：「無名屍骨已能確認是劉扁，我來劉太丞家，是為了追查無名屍骨的案子。」他拿出那段燒過的木頭和猙獰玉，還有劉太丞家的那段紫檀通木，一併呈給喬行簡過目。在此期間，劉克莊已去而復返，回到了宋慈身邊。

喬行簡看過之後，道：「我還當是風馬牛不相及的兩起案子，想不到竟能牽扯上關係。」他將這些東西一一還給了宋慈，「泥土裡還藏有線索，我身在現場卻沒能發現，當真是天大的疏漏。宋慈，你驗得這些線索，這麼快便查出無名屍骨的身分，實屬難能可貴，值得好生嘉獎。」

喬行簡貴為提點刑獄，面對身為屬官的宋慈，還是當著這麼多外人的面，竟能坦然承認自己的疏漏，不僅沒為自己做任何辯解，反而毫不吝嗇地誇讚宋慈，這讓一旁的劉克莊頗感意外。之前劉克莊還將喬行簡想成是那種笑裡藏刀的官員，然而僅憑當眾認錯這一點，便可見喬行簡絕非那樣的人。

劉克莊再看喬行簡時，目光為之一變，眼神中大有敬意。

「喬大人過譽了。」宋慈道，「不知大人突然到此，所為何事？」

喬行簡微微一笑，道：「不是你提醒我來的嗎？」話音一落，便朝貼有封條的書房走了過去。文修快步上前，揭下封條，推開了房門。

喬行簡步入書房，徑直走到書案前。他朝書案上擺放的書冊、燭臺和筆墨紙硯看了看，在椅子上坐了下來，隨後將上身慢慢地伏在書案上，一如劉鵲死後的樣子，就此良久不動。

宋慈和劉克莊隨後進入書房。宋慈進入書房時，腳步微微一頓，看了一眼門閂，又稍稍斜著身子，朝門框上的門閂插孔看了看，這才進入房中。

見了喬行簡的奇怪舉動，劉克莊不明所以，宋慈卻是了然於胸，道：「看來大人已經察覺到劉鵲的死狀不對了。」

聽了這句話，伏案好一陣子的喬行簡站起身來，回頭看著宋慈，道：「死狀有何不對？」

「今早大人提起劉鵲之死，曾說他是中了砒霜之毒，在書房裡伏案而死。」宋慈應道，「可據我所知，砒霜中毒之人，往往伴有強烈的腹痛，有的甚至會頭暈、嘔吐，並不會一下子便毒發身亡。倘若劉鵲真是吃了糕點中毒身亡，那麼毒發之時，他應該會喊叫，會呼救，即便疼痛太過強烈，痛到他無法做聲，但他也至少會有所掙扎，甚至是極為劇烈的掙扎，不可能就那麼安安穩穩地坐在椅子裡，伏在書案上死去。」

喬行簡微微頷首。之前宋慈在提刑司偏廳見他之時，曾特意問過一句：「喬大人，你說劉太丞家的書房門窗從裡面上閂，劉鵲是在房中伏案而死？」後來宋慈離開後，喬行簡獨坐在提刑司大堂裡凝思案情，忽然想起宋慈這一問，這才帶著文修和武偃返回劉太丞家再行查驗。

喬行簡道：「依你之見，劉鵲的死狀為何會變成這樣？」

「無非兩種可能。」宋慈早就想過這個問題，此時被喬行簡問起，當即回答，「一是劉鵲並非死於他殺，而是服毒自盡，且他死志已決，所以才沒有太多掙扎的跡象。另一種可能，劉鵲不是自己吃下的砒霜，而是被凶手逼迫的，他毒發時被凶手制住，因此發不了聲，也掙扎不得。」

「所以你才會認為桑榆不是凶手？」喬行簡道。

宋慈點頭應道：「不錯。」

喬行簡在書案前來回踱了幾步，道：「劉鵲的《太丞驗方》尚未完成，而且他昨晚還惦記著病人的病情，吩咐白首烏今早替他回診，他應該不大可能自盡，你說的第一種可能，其實微乎其微。至於第二種可能，凶手強迫劉鵲吃下砒霜也好，毒發時制住劉鵲也罷，都需要進入書房才能完成。可書房的門窗都是從裡面上了閂的，試問凶手如何能在不破壞門窗的情況下進出書房呢？」

「那也不難。」宋慈應道，「只需一根細繩，便能辦到。」

「哦？」喬行簡道，「如何辦到？」

宋慈走到門閂旁。門閂在今早高良薑破門而入時被踢斷了，但門閂插孔還是完好的。宋慈指著門閂插孔，道：「喬大人，你過來看看。」

喬行簡走了過去，彎下腰，朝門閂插孔裡看去。門閂插孔是用一塊拱形的限木釘在門框上製成，在限木與門框之間存在一絲夾縫，夾縫中卡著些許麻線。

宋慈方才走入書房時，便已注意到了卡在門閂插孔裡的麻線。他道：「取一根細麻繩，對折之後，在門閂上套一圈，再把兩個繩頭穿過門閂插孔，一起握在手中，此時只需從外面將門合上，隔著門縫拉拽繩頭，多嘗試幾下，便可將門閂拖入插孔之中，從而做到從房外關門上閂，接著再鬆掉兩個繩頭中的一個，拉拽另一個，便可將整條麻繩抽出房外。」他把手伸進門閂插孔，將卡在裡面的些許麻線取下，「只可惜百密一疏，麻繩被插孔裡的夾縫卡住，雖說整條麻繩還是被抽出去了，但在夾縫中，卻留下了些許的麻線。」

喬行簡點點頭道：「不錯，凶手以此法子，的確能從房外關門上閂。你說的第二種可能，的確有可能存在。」說著，招呼文修過來，從宋慈手中拿過這些麻線，作為證據收好。

「劉鵲死後，他所著的醫書《太丞驗方》不見了，極有可能是凶手進入過書房，拿走了這部醫書。」宋慈說道，「所以我覺得，桑榆姑娘應該不是本案的凶手。」

「那倒未必。」喬行簡道，「還有第三種可能，劉鵲吃了桑榆送來的糕點毒發身亡，只不過後來又有人偷偷進入過書房，拿走了他所著的《太丞驗方》。」

宋慈卻道：「倘若如大人所言，此人偷偷進入書房，拿走《太丞驗方》倒也說得通，可他為何要改變劉鵲的死狀呢？」

「我知道你說這麼多，無非是想證明桑榆的清白。」喬行簡道，「可這位桑榆姑娘身上處處透著嫌疑，我問她任何事情，她都不予回應。昨日她來劉太丞家上門道謝，曾與劉鵲在這書房中閉門相見長達半個時辰之久，我問起他們二人在書房裡說過什麼話、做過什麼事，她始終不應。她若與劉鵲之死沒有關係，何以要百般緘口加以遮掩呢？」

這番話說得宋慈無言可對。雖然他認為桑榆不是凶手，但對於桑榆的種種反常之舉，他也無法給出合理的解釋。

喬行簡與宋慈辨析案情之時，劉太丞家眾人全都聚在書房門外，被武偃攔住不得入內，只能探頭向房中張望。這時，喬行簡走出書房，來到黃楊皮、當歸和遠志身前，指著醫館的後門，道：「昨晚你三人睡覺之時，有沒有閂上這道門？」

黃楊皮朝後門望了一眼，道：「回大人的話，小人每晚睡前，都不忘閂上大門，但後門連通家宅，只是掩上，不會上閂。」

「這麼說，即便到了後半夜，家宅那邊任何人也都可自由出入醫館？」

「是的。小人有時起夜上茅房，也要走後門出去。」

「那昨晚你們睡著後，家宅那邊有沒有人來過醫館？」

黃楊皮搖頭道：「應該沒人來過。後門前些日子鬆脫了，還沒來得及修理，開門時會有很大的響聲。小人一向睡得淺，昨晚又鬧肚子，沒怎麼睡著過，便是睡著也迷迷糊糊的，後半夜家宅那邊若有人來醫館，後門只要一響，小人應該是能聽見的。就算小人聽不見，遠志近來養了一隻小黑狗，就養在偏屋裡，那隻小黑狗一聽見動靜便會大叫，夜裡如果後門有響動，小黑狗必會吠叫，可昨晚後半夜，小黑狗並未叫過。」

「你昨晚鬧了肚子？」喬行簡狐疑道。

黃楊皮應道：「昨晚小人在大堂裡分揀藥材時，肚子便開始不舒服，後來跑了好多趟茅房，一直到後半夜睡下後才有所好轉。」

「你們二人呢？也有鬧肚子嗎？」喬行簡看向遠志和當歸。

遠志臉色發白，低頭答道：「我與當歸鬧了一夜肚子，今早才稍微好些。」

當歸的年齡與遠志相仿，也是十七、八歲，身子比遠志壯實一些，他臉色也有些發白，沒有說話，只是跟著點了一下頭。

喬行簡今早初次來劉太丞家查案時，曾留意到遠志和當歸臉色不對，一開始他起過疑心，認為二人或許與劉鵲之死有關聯，眼下看來，應該是腹瀉了一夜的緣故。他道：「昨晚你三人有同時離開醫館去上茅房嗎？」

黃楊皮答道：「先生著書期間，有時會有吩咐，比如去家宅那邊叫人，或是找某樣東西送去書房，小人們怕有差遣，不敢同時離開。昨晚我們三人都是輪流去茅房，一個人去時，另兩人便留在大堂裡，沒同時去過。」

喬行簡看向劉太丞家的其他人，道：「昨晚還有誰鬧過肚子嗎？」

眾人都回以搖頭。

喬行簡暗暗起疑：『劉太丞家所有人的飯食都是一樣的，鬧肚子的卻只有三個藥童，莫非是有人故意給三個藥童下了瀉藥，想趁三個藥童上茅房時偷偷溜進醫館？劉鵲能保持伏案而死的死狀，極大可能如宋慈所說，有人曾進入過書房。可據三個藥童所言，後半夜沒人進出過醫館，昨晚進過書房的，只有前半夜被劉鵲叫去的高良薑、羌獨活和白首烏。可那時劉鵲分明還活著，還沒有死……』他越想越有千頭萬緒的感覺，原本一樁簡單明瞭的案子，隱隱然變得複雜了起來。

他看向白首烏，道：「昨晚劉鵲叫你到書房見面，是什麼時辰？」

白首烏答道：「當時二鼓已經敲過很久，我原本準備睡下了，應該是亥時已過了大半。」

喬行簡又問三個藥童：「昨晚劉鵲是什麼時辰熄燈休息的？」

「約是子時吧。」黃楊皮應道，「書房燈火滅了後，小人回偏屋休息時，街上正好傳來梆聲，是敲的三鼓。」

遠志和當歸跟著點了點頭。

「見過白大夫後，到熄燈休息，其間將近半個時辰，劉鵲一直待在書房裡，沒有出來過嗎？」喬行簡問道。

黃楊皮應道：「書房一直關著門，先生沒出來過。」

宋慈聽著喬行簡的這番查問，眼睛卻一直盯著書案。書案上擺放著筆墨紙硯，鋪開的紙張上寫著三行字，粗略讀來，像是記錄某種藥材的性味。他又注意到了書案上的燭臺，忽然問道：「劉鵲用的蠟燭，為何這麼粗？」

燭臺上剩餘的半支蠟燭，粗如手腕，比普通蠟燭粗大了許多。

黃楊皮答道：「先生每晚著書太久，有時要忙上一、兩個時辰，尋常蠟燭頂多能燒半個時辰，他不愛頻繁更換蠟燭，便吩咐小人買了這種最粗長的蠟燭，一次能燒兩個多時辰。」

「那書房裡的燭火熄滅時，」宋慈看向黃楊皮，「窗戶上可有劉鵲的影子？」

「影子？」黃楊皮搖了搖頭，「好像沒有。」

「你仔細想想，別說好像，到底有是沒有？」宋慈問道。

黃楊皮想了一想，道：「窗戶一直很亮堂，小人沒見到過影子。」

宋慈又問遠志和當歸：「你們二人呢？」

遠志應道：「我也沒見到影子。」當歸也跟著搖了搖頭。

喬行簡聽宋慈問起影子的事，轉頭向書案上的燭臺看去，霎時間明白過來。燭臺上剩有半支蠟燭，擺放於書案的裡側，再加上椅子和窗戶，三者正好處在一條線上，倘若劉鵲坐在書案前著書，那麼他的影子必定會被燭火投在外側的窗戶上。

喬行簡立刻追問道：「上一次有影子出現在窗戶上，是什麼時候的事，你們三人還記得嗎？」

黃楊皮答道：「小人記得大大夫、二大夫和白大夫來見先生時，窗戶上都是有影子的。白大夫走後，窗戶上就沒影子了。自那以後，一直到書房裡燈滅，小人都沒見過窗戶上有影子。」

當歸沒有說話，遠志則是回想了一下，回道：「白大夫走時，我剛要分揀完一筐藥材，等收拾好藥材再抬頭時，窗戶上便沒影子了。」

喬行簡聽了這話，頓覺迷霧撥開，眼前一亮。白首烏見過劉鵲後，劉鵲的影子便從窗戶上消失了，很可能那時劉鵲便已遇害，所以他的影子才沒有再出現。如此一來，白首烏的嫌疑大大增加。喬行簡立刻吩咐武偃上前，將白首烏拿下。

白首烏的兩隻手被武偃反擰至身後，一臉茫然道：「大人，這是為何？」

高良薑見白首烏被抓，立刻叫了起來：「好啊，姓白的，原來真是你殺害了師父！想當初師伯死後，師父沒趕你走，把你留在劉太丞家，待你一直不薄，不想你卻狼子野心，反過來恩將仇報。你把《太丞驗方》藏在了何處？還不快點交出來！」

白首烏卻道：「我沒有拿過《太丞驗方》，我也沒有害過師叔！」

喬行簡道：「若不是你，那為何昨晚你離開書房之後，劉鵲的影子便從窗戶上消失了，再也沒有出現過？」

「這……這我如何知道？」白首烏的語氣有些急了，「我走的時候，師叔明明還活著的，他還是好好的……」

「喬大人，」宋慈忽然道，「窗戶上的影子不見了，恰恰證明白大夫不是凶手。」

「哦？」喬行簡道，「為何？」

「因為劉鵲的死狀。」宋慈應道。

喬行簡稍加琢磨，很快明白了宋慈的意思。劉鵲最終的死狀是伏案而死，倘若是白首烏殺害了劉鵲，那劉鵲此後該是一直伏在書案上，其影子不應該消失，而應該一直投在窗戶上才對，燭臺上的蠟燭也該自行燃盡，而不是在子時前後熄滅，剩下半支沒燒完的蠟燭。

喬行簡道：「你所言是有道理，可是白首烏走後，長達半個時辰的時間，劉鵲的影子一直消失不見，按常理來講，他應該是遇害了才對，否則他不可能不在書房走動。」

「倘若那時劉鵲已經遇害，他的影子又一直沒出現在窗戶上，說明他整個人不在書案前，而是倒在地上，或是死在書房裡的其他地方。但他最終卻伏在書案上，可見他的屍體後來被人挪動過，凶手若真是白大夫，那白大夫事後必定返回過書房才對。」宋慈道，「可是據三個藥童所言，自白大夫之後，昨晚再也沒人進入過書房，直到今早發現劉鵲已死。」

喬行簡道：「既然自白首烏之後，再也沒人進入過書房，那凶手不是白首烏，還能是誰？」

「倘若凶手不是後來進入的書房，而是早就在書房裡了呢？」

宋慈此言一出，所有人都驚訝地向他望來。

喬行簡語氣一奇：「早就在書房裡？」

宋慈說道：「昨晚除了三位大夫，沒有其他人進出過書房，倘若劉鵲不是自盡，那麼凶手只可能是提早藏在了書房裡。書房雖然不大，但以我觀之，床底下應該是可以藏人的。昨晚凶手或許是在白大夫離開後不久，便現身殺害了劉鵲。此後凶手在書房中等待，一直等到子時才滅掉蠟燭，然後將死去的劉鵲擺成伏案的樣子。」

喬行簡道：「真如你說的這般，那凶手為何要等上半個時辰，到了子時才熄滅燭火？」

宋慈沒有立刻回答喬行簡這一問，而是看向三個藥童，道：「劉鵲平日裡大概幾時就寢？」

黃楊皮答道：「回大人的話，先生最近一個多月忙於著書，每晚都會忙到深夜，很晚才休息，書房的燈火通常都是子時前後才熄滅的。」

「這便說得通了。」宋慈道，「凶手知道劉鵲近來忙於著書，知道劉鵲每晚就寢的大概時辰，為免露出破綻被藥童察覺，這才故意等到子時才熄滅燭火。能熟知劉鵲的起居習慣，此人極大可能是劉太丞家裡的人。」說罷，看向劉太丞家眾人。

面對宋慈投來的目光，居白英依舊沉著臉色，石膽垂手站在居白英身邊，鶯桃緊緊摟著劉決明，高良薑和羌獨活彼此懷疑地互看一眼，又向白首烏投去懷疑的目光，白首烏則是望著宋慈。

「還是不對。」喬行簡忽然搖頭道，「凶手若是一刀捅死了劉鵲，你這番推想便有存在的可能，但劉鵲是死於砒霜中毒，如你之前所說，毒發身亡並非頃刻間的事，劉鵲必定會掙扎反抗，書房裡不可能一點響動都沒有。然而昨晚三個藥童一直守在大堂裡，並未聽見書房裡傳出任何聲響。」

宋慈直視著喬行簡，道：「倘若劉鵲不是死於中毒呢？」

喬行簡此前已查驗過屍體，確認劉鵲死於砒霜中毒，此時宋慈忽然說出這話，等同於是在質疑喬行簡驗屍的結果。

文修甚是驚訝地看著宋慈，雖然他與宋慈照面還不到半日，但這已不是他第一次用這種目光打量宋慈了。

喬行簡直視著宋慈，道：「既然你這麼說，那便回提刑司，改由你來查驗劉鵲的屍體，親自確認他的死因，如何？」

這話一出，劉克莊不免有些緊張地望著宋慈。一旦答應下來，若驗出相同的結果，那便是公然質疑上官；若是驗出不同的結果，便會令上官顏面掃地。這種兩面不討好的事，換作他人，必定找出各種藉口加以推脫。

宋慈雙手作揖，朗聲應道：「宋慈領命。」話音一落，立即走出醫館，彷彿怕喬行簡改變主意似的，打算即刻前往提刑司。

『果然又是這樣，你若不答應，那就不是宋慈了。』劉克莊如此暗想，面露苦笑，向喬行簡行了一禮，跟了上去。

喬行簡望著宋慈的背影，頗為贊許地點了點頭。他吩咐文修將書房重新貼上封條，又吩咐武偃押著大有嫌疑的白首烏，一起往提刑司而回。

宋慈、喬行簡等人剛走，石膽忽然道：「我說今早茅房怎麼臭氣熏天，原來是你們兩個鬧肚子弄的，還不趕緊去把茅房打掃乾淨！」他這話是衝遠志和當歸說的，一邊說著一邊伸手到鼻子前面，裝模作樣地搧了幾下。

當歸道：「這些不該我們做。」

家宅那邊有專門負責灑掃的奴僕，他和遠志身為藥童，一向在醫館裡做事，從不負責清掃茅房。

「有什麼該不該的！」石膽喝道，「叫你們去，你們便去！」

當歸黑著臉，站在原地不動。

遠志忙道：「石管家說的是，我們這就去、這就去。」說著左手拉拽著當歸，一起出了醫館後門，朝茅房去了。

黃楊皮昨晚也鬧了肚子，可石膽卻沒有絲毫針對於他。他望著遠志和當歸的背影，很是得意地一笑。

居白英咳嗽了兩聲，拐杖往地上一點，石膽趕緊將居白英攙扶了起來。居白英瞪了摟在一起的鶯桃和劉決明一眼，在石膽的攙扶下，慢慢離開了醫館大堂。

居白英剛一走，鶯桃那副瑟瑟縮縮的樣子立刻沒了。她朝後門的方向恨恨地瞪了一眼，又朝高良薑看了一眼，牽著劉決明回了側室。

高良薑瞅了一眼羌獨活，冷哼一聲道：「我知道你做過什麼，居然只抓了姓白的，沒把你也抓走。」

羌獨活則道：「你做過什麼，難道我就不知道嗎？」

撂下這句話，羌獨活頭也不回地走了。

高良薑冷笑道：「好你個姓羌的……好，很好！」說完袖子一甩，跟著離開了醫館大堂。

第三章 紅顏薄命

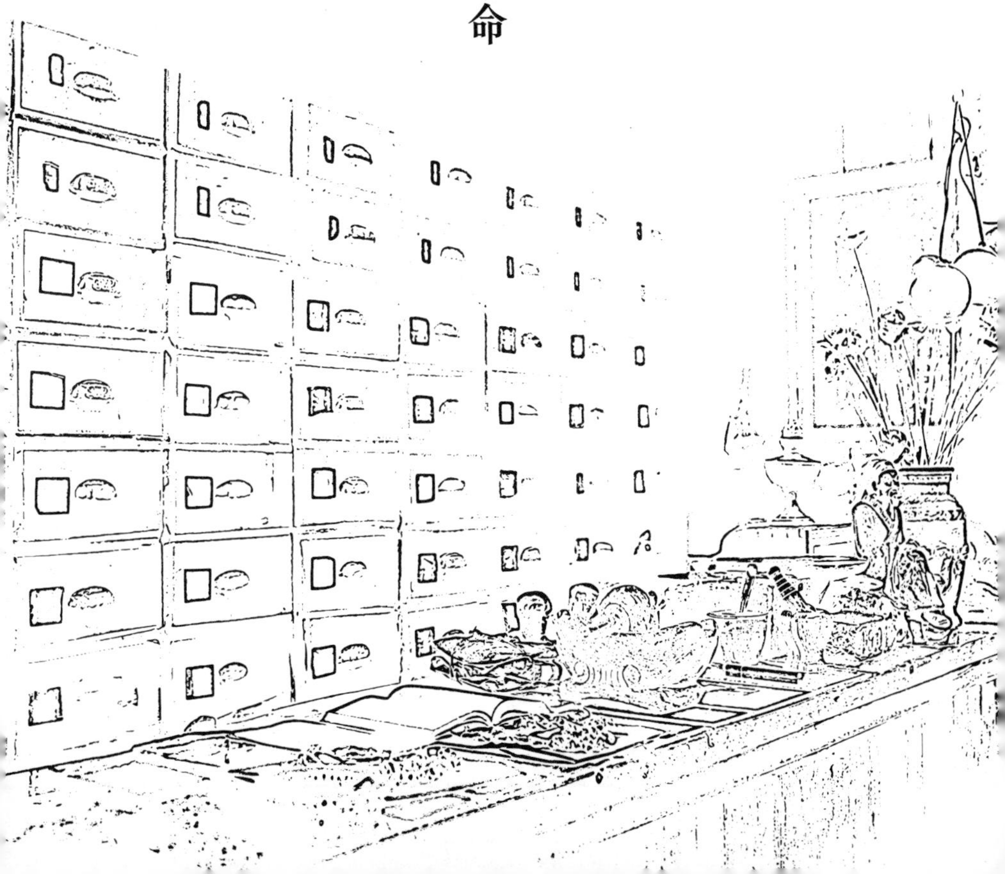

申酉之交，寒風漸起，新莊橋畔酒旗招展，進入瓊樓的食客逐漸多了起來。二樓之上，冬煦閣中，劉克莊就著一碟皂兒糕和一盤鮓脯，已經喝空了一瓶皇都春。他接過酒保送來的第二瓶皇都春，瞧著桌對面的宋慈，道：「還在想剛才驗屍的事？」

宋慈點了一下頭。

「別想那麼多了，你親自也驗過了，劉鵲就是吃了糕點，死於砒霜中毒，難不成你還能驗錯？」劉克莊道，「中午你就沒吃飯了，趕緊吃點東西墊墊肚子吧。」

宋慈看著桌上的吃食，緩緩搖了搖頭。自己再怎麼精於驗屍，也難免會有犯錯的時候，但回想不久前在提刑司偏廳驗屍的過程，自己驗屍時的每一個步驟可謂慎之又慎，的確沒有出現任何錯漏。

當時，他先用熱糟醋仔細洗敷了屍體，再用梅餅法查驗屍傷，沒有在劉鵲的身上驗出任何傷痕，然後他開始驗毒。在驗毒之前，他先仔細檢查了劉鵲的唇齒，發現劉鵲長有兩顆齲齒，齲齒洞中塞有食物殘渣。

他用銀針將食物殘渣挑了出來，在殘渣中發現了韭菜碎末。劉鵲死前的一日三餐分別是河祇粥、金玉羹和雕菰飯，並沒有韭菜，唯一能與韭菜掛上鉤的，便是糕點中的韭餅。由此可見，劉鵲生前的確吃過韭餅，也就是說，劉鵲吃過桑榆送去的那盒糕點。宋慈將這一發現如實呈報出來，讓劉克莊記錄在檢屍格目上。

宋慈查驗之時，喬行簡一直站在偏廳裡，目不轉睛地看著他驗屍。見宋慈細緻到連齲齒中的食物殘渣都沒放過，還發現了足以證明劉鵲吃過糕點的韭菜碎末，喬行簡不由得微微頷首。

接下來就是驗毒了。

為了確保萬全，宋慈沒有使用銀器探喉法，而是改用了另一種驗毒之法。他買來一升糯米，用炊布包好蒸熟，再拿一個雞蛋，只取蛋清，加入糯米飯中抓拌均勻。他抓取些許糯米飯，搓成一個鴨蛋大小的飯糰，趁飯熱之時，掰開劉鵲的嘴巴，將飯糰放在劉鵲的牙齒上，然後用藤連紙浸濕了水，封住劉鵲的嘴，又封住其耳道、鼻孔和谷道。

他再取三升釅醋，用猛火煮得大滾，將幾條新買來的棉絮浸在醋鍋裡煮了一陣，撈起來蓋在劉鵲的身上。如此等候片刻，許多又臭又惡的黑汁從劉鵲的嘴裡噴了出來，染黑了糯米飯糰，還衝開了封口的藤連紙，噴在了棉絮上。

此法名為糯米驗毒法，只要死者口中噴出黑惡之汁，便證明死者生前吃下過毒藥，若沒有，便不是服毒而死。宋慈之所以採用此法驗毒，是因為他知道有些凶手會在殺人之後，往死者喉嚨裡灌入毒藥，偽造死者服毒自盡的假象，倘若驗屍官只用銀器探喉，銀器自然變色，便會得出死者是中毒身亡的結果，從而鑄成錯案。但這糯米驗毒法，是將死者胃中殘留之物逼出來，得到的驗毒結果更為準確。劉鵲的口中噴出了黑惡之汁，證明劉鵲生前的確吃下了毒藥。

這一番驗證下來，得出的結論對桑榆極為不利，但宋慈沒有絲毫遮掩，讓劉克莊如實加以記錄。

查驗完劉鵲的屍體後，宋慈向喬行簡提出了請求，希望能取得桑榆送到劉太丞家的那盒糕點，他要親自查驗過才能放心。喬行簡早就驗過那盒糕點，並確認糕點有毒，宋慈的這一請求，無疑又引來了文修的詫異目光。喬行簡吩咐文修將圓形食盒取來，交給了宋慈。

宋慈打開圓形食盒，從四種糕點中各取了一個。查驗糕點是否下有砒霜，只需用銀針一試便知，他知道以喬行簡的本事，必定不會驗錯。他要查驗的不是糕點有沒有砒霜，而是砒霜位於何處，是在糕點的裡面，還是在糕點的表皮上。

他先拿起一個韭餅，將表皮剝下，置於一碗，剩餘的韭餅置於另一碗，各加清水拌勻，放入銀針，封住碗口靜置一陣。等到揭開封口，發現放置表皮的碗中銀針變黑，另一只碗中銀針並未變色。

他又依葫蘆畫瓢，查驗了蜜糕、糖餅和油酥餅，同樣如此。由此可見，四種糕點的砒霜都只塗抹在表面，這一點對於桑榆是否是凶手至關重要。糕點是桑榆親手製作的，倘若砒霜在糕點內部，下毒的極大可能就是桑榆，倘若砒霜只是塗抹在表面，除了桑榆之外，所有接觸過這盒糕點的人都有可能下毒，凶手便可能另有其人。

喬行簡看到這裡，不由得輕撫鬍鬚，又一次微微頷首。

查驗完糕點後，宋慈緊接著又對劉扁的屍骨進行了檢驗。此前他用墓土驗毒法，驗明劉扁有可能不是死於中毒，而是另有死因。他取來筆墨，在屍骨上仔細地遍塗墨汁，晾乾之後用清水洗淨，倘若骨頭上有損傷之處，哪怕損傷細微到肉眼難以觀察，墨汁也會滲透進去，這樣便會留下墨痕。可是他用了此法，除了左臂尺骨上的那道骨裂留下了墨痕，其他骨頭上沒有出現任何墨痕，由此可見不存在其他骨傷。

宋慈在提刑司偏廳花了大半個時辰進行查驗，對比此前喬行簡的查驗，他除了驗明糕點上的砒霜都是塗抹在表皮上之外，並沒有取得更多的進展。他知道喬行簡一直在偏廳裡看著他查驗，但他絲毫不在意，心中所想都在這兩起案子上。

劉扁的死因查不出來倒還正常，說明他很可能是被大火燒死的，至於骨色為何發黑，屍骨下方的泥土為何也發黑，有可能只是焦屍腐爛後浸染所致，但劉鵲之死卻令他疑惑難解。

劉鵲的的確確吃過糕點，的的確確死於中毒，那他毒發時必定有所掙扎，可書房裡從始至終沒有傳出任何響動，說明當時書房裡除了劉鵲，極可能還有其他人在，此人制住了劉鵲，令劉鵲發不出一點聲音，弄不出一點響動。那此人是何時進入的書房，真是提早便藏在了書房裡嗎？

宋慈細想這兩起案子，不知為何，他心中隱隱生出了一種感覺。劉扁死於淨慈報恩寺大火，與劉鵲被毒殺在醫館書房，彼此雖然相隔一年，但似乎暗藏著某種關聯，只是這種關聯他目前還看不清、道不明而已。他不是第一次有這種感覺了，過去追查蟲娘與月娘的死時，他也曾有過類似的感覺。

此前在劉太丞家，宋慈與喬行簡就劉鵲之死有過一番針鋒相對的辨析。那一番辨析下來，宋慈對喬行簡漸生敬佩之意，之前在岳祠案和西湖沉屍案中，無論是韋應奎、元欽還是趙之傑，很少有人能跟得上他的思緒，可如今喬行簡卻能。

以往不管對案情有什麼感覺，他都是藏在心裡，但這次他選擇了說出來。他將這種感覺如實對喬行簡說了，並再次提出請求，希望喬行簡能同意他接手劉鵲的案子，與劉扁之死兩案並查。

喬行簡仍是搖頭，以宋慈與桑氏父女有同鄉情誼加以拒絕。但這一次喬行簡沒把話說死，道：「劉扁與劉鵲既是同族兄弟，又曾同在一處屋簷下，案情免不了有所糾葛。若有需要，涉及劉鵲的一些事，你也可以追查。」

劉克莊深知宋慈的性子，知道喬行簡若不鬆口，宋慈絕不會擅自追查劉鵲的案子。他明白喬行簡這話意味著什麼，生怕宋慈一不小心又把話說死，忙拉著宋慈向喬行簡行禮，道：「多謝喬大人！」

從提刑司出來後，宋慈隨劉克莊一路來到了瓊樓，二樓的四間雅閣只有冬煦閣沒被客人預訂，兩人便在冬煦閣中坐了下來。劉克莊要來兩瓶皇都春，自斟自飲。在此期間，宋慈一直凝著眉頭，思考著案情。

他回想方才驗屍驗骨的結果，感覺自己兜兜轉轉一大圈，似乎又回到了原地。他望向窗外，望著新莊橋上人來人往，怔怔出神了一陣，忽然道：「來了。」

劉克莊探頭一望，見新莊橋上一人拉著板車走來，笑道：「答應了酉時見面，倒是準時。」他將酒盞一放，走出冬煦閣，去到樓梯處等候。

等了片刻，卻一直不見有人上樓。劉克莊於是走下樓梯，走到瓊樓的大門外，才見來人一直等在街邊，並未入樓。來人身上又黑又髒，十幾個大大小小的瘡疤在黝黑的臉上極為扎眼，正是之前去劉太丞家送過炭墼的祁老二，他拉來的板車就停在街邊，板車上用繩子捆著幾個裝過炭墼的空筐。

祁老二站在瓊樓外不敢進門，臉上滿是局促，只因他身上炭灰太多，長相又太過醜陋，生怕攪了樓中客人的興致。他見了劉克莊，一聲「公子」剛叫出口，胳膊便被劉克莊拉住了。他就這麼被劉克莊拉著走進了瓊樓，穿過一樓大堂，又走上了二樓。他步子小心翼翼，臉上堆著尷尬的笑容，不時朝周圍食客躬身示歉。

劉克莊將祁老二領入了冬煦閣，來到臨窗的酒桌前，朝早就備好的一條長凳抬手，道：「坐吧。」

「公子，這可使不得……」祁老二朝自己身上看了看，「小人這……太髒了些。」

劉克莊卻是一笑，將祁老二摁坐在了長凳上，道：「這位是奉當今聖上旨意查案洗冤的宋慈宋提刑，是他專門為你擺置了這桌酒菜，你可推託不得。」說著喚來酒保，吩咐再送幾道下酒的熱菜來。

宋慈看了劉克莊一眼，約祁老二見面的確是他的意思，但約在瓊樓相見卻是劉克莊定下的。原來之前祁老二去劉太丞家送炭墼時，曾提及劉鵲對自己有過大恩大德，當時居白英忽然朝石膽暗使眼色，讓石膽打斷了祁老二的話。

宋慈瞧見了這一幕，心想祁老二是不是知道劉太丞家什麼不便為外人道的事，於是在祁老二離開時吩咐劉克莊追出去，想辦法留住他。當時祁老二還有一大車炭墼要趕著送去城南的幾家大戶，又說全部送完要到酉時去了，劉克莊便約他酉時在瓊樓相見，這才有了祁老二來瓊樓赴約的事。

祁老二見宋慈年紀輕輕，竟是奉旨查案的提刑官，忙搗頭道：「宋大人太客氣了，小人如何消受得起？您有什麼差遣，只管吩咐就行……」

「沒什麼差遣，只是問你一些事。」宋慈道，「你平日裡送的炭墼，都是自己打的嗎？」

祁老二應道：「小人送的炭墼，都是自個在城北皋亭山裡伐的草木，燒成炭後，搗成炭灰，再一根根打出來的。」

「劉太丞家的炭墼，一直都是你在送嗎？」

「小人送了有一年多了，每十天送一次。」

「之前在劉太丞家，你曾說劉鵲對你有過大恩大德，不知是何恩德？」

祁老二尷尬笑了笑，道：「這恩德嘛，是劉老爺給小人……給小人配了媳婦……」

說完這話，似乎想起了什麼，笑容迅速轉變成了愁容。

「配了什麼媳婦？」

「劉老爺家中有一婢女，名叫紫草，去年劉老爺把她配給了小人。」

宋慈仔細打量祁老二，其人看起來年過四十，滿臉瘡疤，容貌奇醜，又只是個賣炭的外人，劉鵲居然將家中婢女配給他做媳婦，倒是令宋慈頗覺好奇。

他道：「紫草？我怎麼沒聽說劉太丞家有這樣一個婢女？」

「紫草姑娘已經……不在人世了。」祁老二嘆了口氣。

「不在人世？」宋慈好奇更甚，「她是怎麼死的？」

「這個嘛……」祁老二低垂著頭，欲言又止。

劉克莊見狀，遞過去一盞酒，道：「不急不急，有什麼事，喝了這盞酒慢慢說。」

祁老二忙擺手道：「公子使不得，小人怎配喝您的酒？」

「你不肯喝，那就是嫌我的酒髒，看不起我。」

「小人豈敢……」祁老二只好接過酒盞，慢慢地喝了。

劉克莊又接連滿上三盞，勸祁老二飲下。祁老二推託不得，只好一盞接一盞地喝了。他喝得越來越快，最後一盞幾乎是一仰頭便入了喉。

劉克莊見祁老二四盞酒下肚，已微微有了醉意，於是再次問起紫草去世的事。

這一次，祁老二嘆了一口氣，開口道：「都是小人貪心不足，這才害了紫草姑娘的性命……」

「到底是怎麼回事？」劉克莊道，「你仔細說來。」

祁老二晃了晃腦袋，腦海裡浮現出了過去一年多的種種往事。

一年多前的中秋節，他推著一車炭墼進城，路過劉太丞家時，被管家石膽叫住了。原來前一夜劉扁死在了淨慈報恩寺的大火之中，劉太丞家趕著布置靈堂，請了不少人來辦喪事，各種吃喝用度增加了不少，以至於很快將家中的炭燒盡了，石膽急著出門買炭時，正巧見到了他路過。

石膽從他那裡買了一大筐炭墼，用過後覺得緊實耐燒，此後便讓他每十天給劉太丞家送一次炭墼。他每次去送炭墼時，都會將一大筐炭墼背進劉太丞家，一根根地堆放整齊了才離開。在此期間，他見過劉太丞家不少奴婢下人，其中有一個叫紫草的婢女，令他這輩子都忘不掉。

那是一年多前的冬月上旬，祁老二照例給劉太丞家送去炭墼，卻在跨過門檻時絆了下腳，跌了一跤。他用盡全力護住背上的竹筐，只掉了幾個炭墼出來，代價卻是磕傷了自己的膝蓋。他一點也不心疼膝蓋，只心疼那幾個摔壞的炭墼，在那裡小心地撿拾。一個婢女恰巧來到醫館大堂，目睹這一幕，近前來挽起他的褲腳，取出潔白噴香的手帕，小心翼翼地揩去傷口周圍的炭灰，又拿來跌打藥膏，在傷處細細抹勻。

他連連說使不得，可那婢女說什麼也不許他亂動。他一動也不敢動，與其說是聽那婢女的話，倒不如說是受寵若驚，愣在那裡動不了。他從小就因長相奇醜，受盡他人的冷眼，活到四十多歲還沒討到媳婦，甚至連女人都沒親近過。

他雖然給劉太丞家送炭墼，但那是因為他的炭墼打得好，劉太丞家的人，上到主家下到奴僕，見了他都是一臉嫌棄，遠遠地避開，唯獨那婢女不是如此。那婢女只十七、八歲，眼眸又清又亮，長長的睫毛如米穗細芽，臉蛋白皙柔嫩，如同捏出來的麵娃娃，他只瞧了一眼，便自慚形穢，低下頭不敢再看。

後來，過了十天，他再去劉太丞家送炭墼時，又一次遇上了那婢女。那婢女在醫館大堂裡，正幫著白首烏為一摔斷胳膊的老婦固定通木。那婢女竟還記得他傷過膝蓋，近前來關心他的傷口有沒有流膿，挽起他的褲腳，確認他膝蓋上的傷口已經癒合，這才放心，緊接著又聽從白首烏的吩咐，忙著煎藥去了。當時劉鵲正好帶著黃楊皮出外看診歸來，說煎藥、用藥的活不是一個婢女該幹的，叫那婢女回家宅那邊幹活，以後別再成天往醫館跑。

那婢女便是紫草，雖說是劉太丞家的婢女，過去卻常在醫館搭手，幫著做些煎藥、上藥的活。那時祁老二對紫草還不敢有任何非分之想，只是每次去劉太丞家送炭墼時，見到紫草心裡就覺著高興，見不到時心頭就沒個著落。

就這麼過了兩個月，到了去年的正月間。這一次他送完炭墼後，石膽照例拿了炭錢給他，卻沒像往常一樣打發他趕緊走，而是叫住了他，說老爺和夫人要見他。他惶恐不安地被石膽帶到劉太丞家的後堂，在那裡見到了一臉嚴肅的劉鵲和居白英。他以為是自己送的炭墼出了什麼問題，還想著要挨上一頓責罵，哪知劉鵲竟對他說，打算將家中的婢女紫草賤賣與他為妻，問他答不答應。

祁老二將這些往事一五一十地講了出來，講到這裡時，自行伸手拿起桌上的酒盞，一口喝了，搖搖頭，往下說道：「小人那時腦子裡嗡嗡地響，劉老爺問了好幾遍，小人才回過神來，連連搖頭。紫草那麼好一位姑娘，年紀輕輕，容貌又美，人又那麼好，小人卻長得這麼醜，年歲又大，哪裡配得上她？可劉老爺執意要這麼做，夫人還說小人若不肯答應，便去外面隨便找個腌臢潑皮，將紫草姑娘賣了。」

「劉鵲和居白英為何要這麼做？」宋慈聽到此處，不禁微微凝眉。

「劉老爺說紫草姑娘犯了大錯，不聽他的話擅自去醫館幫忙看診，煎藥時，拿錯了藥材，害得病人服藥後險些丟了性命，劉太丞家因此聲譽大損，不能再容下她，準備將她賤賣了，要給她尋個去處。」

「那你答應買她了嗎？」

「小人……小人答應了。」祁老二把頭埋得更低了，「小人本就是討不到媳婦的粗人，老早便斷了這方面的念想，就想著這輩子多掙一些錢，安安穩穩地給哥哥送了終，便再沒什麼遺憾了。小人怎配讓紫草姑娘做妻子，紫草姑娘又怎會甘願嫁給小人？小人原本是不應該答應的，可……可那時小人鬼迷心竅，當時劉老爺追問再三，小人竟點了頭……」

祁老二說這話時悔恨交加，可當年答應買紫草為妻時，他雖然也覺得惶恐，覺得不妥，但更多時候是大喜過望的。他那幾天便跟做夢似的，有時半夜醒來，忍不住搧自己兩耳光，掐自己幾下，生怕這些都是假的。

那時劉鵲催得急，要他三天之內將紫草娶過門，於是他拿出多年燒炭賣炭的積蓄，先向劉鵲付了買紫草的錢，然後在臨安城裡租了一處屋子，屋子雖然不大，卻被他打掃得一塵不染，又找木匠鋪買了一些現成的家具，將整個屋子布置得像模像樣。

他打定主意等紫草過了門，便讓紫草住在城裡，不讓紫草跟著他去鄉下，也不讓紫草幹任何髒活、累活，自己只管更加賣力地幹活，燒更多的炭，掙更多的錢，絕不能委屈了紫草。可他不知道，紫草嫁給他，便是最大的委屈。三天之後，過門之日，劉太丞家沒有將紫草送來，送來的卻是紫草離世的消息。

「消息是石管家捎來的，他說紫草姑娘不肯嫁給小人，說什麼也不嫁，夜裡竟然在後院上吊自盡了……」祁老二說起此事，痛悔萬分，「紫草姑娘給小人治傷，不嫌棄小人，那是她心地善良，可是要她嫁給小人做媳婦，實在太過委屈了她，她又怎會心甘情願？都怪小人貪念過了頭，自己是一隻癩蛤蟆，卻還想著天鵝肉，答應了買她，這才害得她自盡。死的不該是紫草姑娘，該是小人才對……」

「你得知紫草死了後，」宋慈道，「有去劉太丞家親眼瞧過嗎？」

「小人去了，看見紫草姑娘的屍體用粗布蓋著，放在後院的角落裡。劉老爺因為紫草姑娘死在了自家，覺得晦氣，原打算把錢退還給小人，再在城外隨便找塊地，將紫草姑娘草草葬了了事。可小人覺得愧疚，覺得對不起紫草姑娘，便去求劉老爺將紫草姑娘交給小人好生安葬，之前買紫草姑娘的錢，也不讓劉老爺退還，劉老爺應允了。

小人便買了棺材，將紫草姑娘帶回鄉下，安葬在了自家地裡。紫草姑娘還未過門，她生前也不願嫁給小人，小人不敢將她當成妻子來安葬，只是想讓她死後有個著落，不成那孤魂野鬼，逢年過節時，能有人給她上上香，陪她說說話。」

宋慈聽罷祁老二的講述，略微想了一下，道：「紫草上吊自盡後，劉太丞家有沒有通報官府？」

「通報了的，府衙來了位司理大人，還有好些個官差。」

宋慈暗暗心道：『府衙司理，那便是韋應奎了。』問道：「這位司理大人，對紫草自盡一事怎麼說？」

「小人不知道。」祁老二搖了搖頭，「小人趕到劉太丞家時，司理大人正好帶著官差離開，後來就沒見過這位司理大人了。」

「這麼說，官府的人只來過一次，後面劉鵲將屍體交給你安葬，官府沒再過問？」

祁老二點點頭，應了聲「是」。

『奴婢自盡，主家須得報官，倘若隱瞞不報，私自處理屍體，那是要論罪處罰的。

劉太丞家敢上報官府，韋應奎又只去過劉太丞家一次，看來紫草真是上吊自盡。』宋慈這麼一想，問道：「紫草既是上吊自盡，那她脖子上應該有索痕吧，你可還記得那索痕是何模樣？」

祁老二回想了一下，道：「小人記得紫草姑娘的脖子上有兩道索痕，又青又紫。」

「有兩道索痕？」宋慈道，「除了索痕，脖子上可還有其他傷痕？」

「她的脖子上還有一些很小的傷痕，像是……像是抓破了皮。」

宋慈眉頭一皺，道：「那她死後可是張著嘴，睜著眼？」

「是的。」

「頭髮是不是很蓬亂？」

「是的。」

「這麼說，她的舌頭並沒有伸出來？」

「是的。」

祁老二一連回答了三聲「是的」，不禁抬起頭來，有些詫異地看著宋慈。宋慈便如親眼見過紫草的屍體般，竟問得分毫不差。

宋慈陷入一陣沉思，好一陣才問道：「紫草上吊自盡，是去年的正月初幾？」

「正月十二。」

「你沒記錯？」

「那天本是大喜的日子，最後卻變成了紫草姑娘的忌日，小人如何記得錯？」

宋慈聽了這話，又陷入一陣沉思。

他良久才開口，沒再問紫草的事，轉而問起了居白英：「你去過劉太丞家那麼多次，覺得居白英與丈夫劉鵲相處得怎樣？」

「小人是去過劉太丞家很多次，可沒怎麼見過劉老爺和夫人。他們相處得怎樣，小人說不上來。只是……小人只是聽說過一些事。」

「什麼事？」

「小人聽說，劉老爺和夫人早年有過一個女兒，三歲時沒了，說是劉老爺帶去醫館玩耍，沒照看好，結果讓女兒誤食毒藥，給活活毒死了。夫人後來沒再生出一兒半女，劉老爺便納了妾，生了泱明小少爺。夫人因為這兩件事，一直生劉老爺的氣，又因為女兒死在醫館，這些年從不踏足醫館半步。」

宋慈聽了這話，算是明白了居白英為何在醫館裡一直沉著臉，對劉鵲的死沒有表現出絲毫悲痛之情。他道：「劉鵲的女兒誤食毒藥而死，那是什麼時候的事？」

「這個小人就不知道了，只聽說是很多年前的事。」

宋慈若有所思了一陣，忽然道：「你還有個兄長？」他記得方才祁老二言語之間，提及希望這輩子能安安穩穩地給哥哥送終。

「是的，小人還有個哥哥，在城南看管義莊。」

宋慈與劉克莊對視一眼，道：「莫不是城南義莊的祁駝子？」

祁老二應道：「原來大人知道小人的哥哥。」

「那駝子竟是你哥哥。」劉克莊說道，「之前宋大人去城南義莊查過案，與你這位哥哥打過交道。他平日裡不見人影，聽說常去櫃坊賭錢，宋大人去找了他好幾次，好不容易才見到了他。」

祁老二尷尬地笑了笑，道：「小人的哥哥是愛賭錢，可他從前不是這樣的，只是遭遇了一些變故，才變成了如今這般樣子。」

宋慈想起，祁駝子曾說出「芮草融醋掩傷，甘草調汁顯傷」的話，似乎很懂驗屍之道。他本就覺得祁駝子這人不簡單，心中多少有些好奇，聽祁老二這麼一說，當即問道：「你兄長遭遇了什麼變故？」

祁老二長嘆了口氣，道：「這事說來久遠。小人的哥哥原是個仵作，在府衙裡做事，幫著斷過不少案子，那時候府衙的官老爺們都很器重他。他那時娶了媳婦，育有一個女兒，對鄰里鄉親都很好，對小人也是照顧甚多。可是十多年前，他驗屍出了錯，府衙險些因此辦錯了一樁案子，官老爺們不讓他再當仵作，趕他去看守義莊，後來又遇上家裡失火，妻女全都……唉，他哭得死去活來，將一隻眼睛給哭瞎了。

他好幾次尋死，是小人寸步不離地守著他，才沒讓他死成。後來他整個人就變了，成天去櫃坊賭錢，沒錢時就回鄉下找小人拿錢，前些天初八下午，他還回來拿過錢。小人勸過他很多次，可他從不理會，每次拿了錢就走。小人的哥哥實在命苦，小人沒別的念想，這輩子能照顧他到最後，好好給他送了終，也就無憾了。」

宋慈想起初八下午，他曾帶著許義去城南義莊找祁老頭，後來又將外城的櫃坊找了個遍，始終沒找到祁駝子，原來那天下午祁駝子沒去賭錢，而是回鄉下找弟弟拿錢了。

他問道：「你兄長驗屍出錯，是什麼案子？」

「小人聽說是一樁殺妻案，好像是個進京趕考的舉子在客棧裡殺了自己的妻子。」

「你說的客棧，是不是錦繡客舍？」宋慈語氣一緊。

祁老二點點頭，道：「對，就是錦繡客舍，原來大人也知道這案子。」

宋慈一下子站了起來，雙手緊緊抓著酒桌邊沿，道：「祁駝子他……他是如何驗錯了屍？」

祁老二被宋慈的反應驚到了，搖頭道：「小人不清楚。小人以前問過哥哥，但他從來不說，誰問他都不肯說。」

劉克莊聽祁老二提起舉子殺妻案時，心頭一驚，不禁想起宋慈曾對他提到過的十五年前發生在錦繡客舍的那樁舊案。

他繞過酒桌，來到宋慈身邊，在宋慈的背上輕撫兩下，道：「沒事吧？」

宋慈搖了搖頭，應了聲：「沒事。」便緩緩坐了下來。

「還要繼續問嗎？」劉克莊道。

宋慈搖搖頭：「不用了。」

劉克莊向祁老二道：「你今天說的這些事，對宋大人查案頗有用處，倘若下次有事還需要找你，不知該去何處尋你？」說著從懷中摸出一張行在會子，要拿給祁老二。

祁老二急忙擺手，連說「使不得」，劉克莊卻將行在會子硬塞進了他懷裡。

祁老二推脫不得，只好收下，朝劉克莊和宋慈不斷地躬身搗頭，道：「小人家住城北泥溪村，出餘杭門，沿著上塘河往北，有七、八里地，公子若有事，差人到泥溪村知會一聲，小人立刻便來城裡見您。」

劉克莊親自送祁老二出了瓊樓，眼見他推著板車往城北餘杭門去了，這才返身回到冬煦閣。

宋慈仍舊坐在窗邊，呆呆出神。他知道宋慈還在想剛才祁老二說過的話，道：「要不現在走一趟城南義莊，去找祁駝子問個清楚？」

宋慈卻搖了搖頭，忽然拿起劉克莊身前的酒盞，脖子一仰，將整盞酒一口飲盡。

劉克莊吃了一驚，來臨安將近一年，他從沒見過宋慈飲酒，這還是頭一次。

他還沒回過神來，宋慈已一下子起身，道：「去提刑司大獄。」

天色已黑，宋慈和劉克莊趕到了提刑司大獄。

劉克莊本以為宋慈突然來提刑司大獄，是為了探望桑榆，可宋慈卻徑直從關押桑榆的牢獄外走過，去了獄道最裡側的一間牢獄。這間牢獄裡關押的是白首烏，他下午時被武偃帶回提刑司，一直關押在此。

宋慈吩咐獄吏打開牢門，走進了牢獄之中。

「宋提刑。」白首烏原本坐在獄床上，見了宋慈，急忙起身。

「白大夫，喬大人有來審過你嗎？」宋慈道。

白首烏應道：「喬大人來問過一些事，我但凡知道的，都如實向喬大人說了。師叔的死當真與我無關，我沒有下過毒，更沒有害過他……」

「劉鵲與居白英是不是有過一個女兒，在三歲時死了？」宋慈忽然打斷了白首烏。

白首烏點了點頭，道：「師叔、師嬸是有過一個女兒，名叫劉知母。」

「她是怎麼死的？」

白首烏有些好奇，道：「宋提刑，這是十年前的事了，你為何突然問這個？」

「你只管回答就行。」

白首烏想了一下，慢慢說道：「我沒記錯的話，那是十年前師叔一家剛來醫館不久發生的事。那時先師還是太丞，常待在翰林醫官局，少有來醫館，醫館便交給了師叔在打理，家宅那邊也是師叔和師嬸在住。那時知母剛滿三歲，是師嬸年近四十才得的女兒，聽說師嬸生她時難產，耗了半條命才把她生下來。師嬸對知母疼愛得不得了，但師叔只想要兒子，見是女兒，便對知母沒那麼喜歡。

有一天知母去醫館書房玩耍，師叔沒看好她，她不知從何處翻出了一瓶牽機藥，吃進了肚子裡。那牽機藥是劇毒之物，知母沒能救得過來，死狀很慘，小小的身子，疼得頭朝後仰，腳向後翻，彎得像一張弓……」

他想起當年劉知母的死狀，講到這裡時不由得面露慘色。

宋慈聽說過牽機藥，據說那是歷代皇帝專門賜死臣子所用的劇毒，相傳南北朝時的北齊開國皇帝高洋，便常用此藥賜死臣下。有一回高洋宴請群臣，席間大魚大肉，觥籌交錯，君臣相談甚歡，眼見群臣吃飽喝足，高洋突然一翻臉，假言在酒裡下了牽機藥，將群臣給嚇壞了，其中一位侍郎竟直接被嚇到肝膽俱裂，當場給活活嚇死了。還有傳言說大宋開國不久，南唐後主李煜暴斃而亡，便是被太宗皇帝賜了牽機藥。

宋慈聽說過牽機藥的名頭，但從未見過此物，聽著白首烏描述劉知母的死狀，不禁一下子想起了劉扁屍骨的模樣，也是頭腳反彎，狀若角弓反張，道：「牽機藥是什麼毒？」

白首烏應道：「牽機藥用馬錢子輔以多種毒物煉製而成，具體用了哪些毒物，我也不太清楚。我聽先師提到過，這牽機藥民間很是少見，通常是皇宮大內才有，是皇帝賜死臣子用的，服用之人會渾身抽搐，頭足相就，狀若牽機而死。」

「既是皇宮大內才有的毒藥，」宋慈問道，「何以醫館裡會有？」

「這……先師那時在宮中做太丞，他知曉牽機藥的煉製之法，那是他自己私下裡煉製的。」

「煉製這種劇毒來做什麼？」

「先師曾說，牽機藥雖是劇毒，但若極少量地服用，能有清明頭目的功效，倘若外用還能通絡止痛，散結消腫。」

「是藥三分毒」，藥有大毒、常毒、小毒、無毒之分，有「大毒治病，十去其六；常毒治病，十去其七；小毒治病，十去其八；無毒治病，十去其九」之說。牽機藥雖是劇毒，但若少量使用，能有治病功效，這一點宋慈能理解得了。

宋慈道：「劉知母誤食牽機藥而死，居白英是何反應，劉鵲又是何反應？」

「師嬸那時悲痛萬分，哭暈了不知多少次，一醒來便哭暈過去，一連十幾天都是如此。師叔倒是沒那麼傷心，每天該做什麼便做什麼。從那以後，師嬸對師叔的態度大變，她恨師叔粗心大意，害得知母慘死，從此再不踏足醫館，尤其是醫館書房。

後來師叔為了延續香火，買了歌女鶯桃為妾，沒兩年便生下了決明小少爺。師叔很是高興，對決明小少爺疼愛得不得了，可師嬸因此更恨師叔，對鶯桃和決明小少爺從沒給過好臉色。

這幾年師嬸就沒怎麼和師叔說過話，醫館不管發生什麼事她都不管不問。她在正屋裡供奉了知母的靈位，又設了一尊佛龕，平日裡把自己關在裡面吃齋念佛，很少出來，偶有露面時，脾氣比以前還大，見了誰都罵，家裡人都怕她。師叔也經常避著不見師嬸，但凡回家宅那邊，都是宿在鶯桃房中。如今師叔死在醫館書房，還是被毒死的，師嬸私下說……」

「說什麼？」

「說這是報應，說師叔是該死。」

「你應該還記得紫草吧？」

宋慈原本一直在打聽劉知母的死，關於紫草的這一問來得太過突然，白首烏嘴唇一抖，道：「紫……紫草？記……記得。」

祁老二講述紫草的事時，曾提及紫草在醫館大堂裡幫白首烏給病人固定通木。宋慈雖然只去過劉太丞家一次，但劉太丞家眾人給他的感覺，是壓根沒人在乎劉鵲的死，反而人人都是一副心懷鬼胎的樣子，倘若他在劉太丞家查問，只怕人人都有所遮掩，不會完完全全地對他說實話。

如今白首烏被抓進了提刑司大獄，等同於與劉太丞家眾人分離開來，而且他是劉扁的弟子，在劉太丞家似乎是受到其他人排擠的，所以宋慈決定找白首烏單獨查問。他已經知道居白英因為劉知母的死而與劉鵲鬧僵，兩人雖同居一處屋簷下，卻有種至死不相往來的感覺，可是之前祁老二提及劉鵲將紫草賤賣給他為妻時，劉鵲和居白英是一同出現在後堂的，而且今天下午在劉太丞家，祁老二提及此事時，居白英暗使眼色，讓石膽打斷了祁老二的話，這令他覺得紫草的死似乎另有隱情，再加上紫草死在去年的正月十二，劉鵲則是死在一年後的同一天，這只是巧合，還是有所關聯，必須查個清楚才行。

他道：「紫草在劉太丞家為婢，是活契還是死契？」

白首烏應道：「紫草原是孤兒，早年被先師收留做了婢女，是簽的死契。」

在大戶人家為奴為婢，有活契、死契之分。活契是受僱傭的奴婢，到了年限便可離開，也可提前花錢贖身。死契是在主家終身為奴，婚喪買賣無權做主，一切聽憑主家安排。紫草既是死契奴婢，劉鵲自然可以將她賣給祁老二為妻。

宋慈道：「當初劉鵲為何將紫草賣給賣炭的祁老二為妻，你身在劉太丞家，應該知道吧？」

白首烏道：「我記得是……是紫草煎藥時拿錯了藥材，險些害了病人的性命，師叔因此將她賣給了祁老二。」

「犯了這樣的錯，劉太丞家不想再留下她，將她賣給別人倒也說得過去，可為何非要把她賤賣給祁老二那樣上了年紀、長相又醜的人呢？」宋慈道，「這麼做，更像是有什麼深仇大恨才對。」

白首烏沒有回應宋慈的話。

「你可是有事瞞著我？」宋慈道。

白首烏低聲道：「我……我……」

「白大夫，你身陷囹圄，自身已經難保，還有什麼好隱瞞的？」劉克莊忽然道，「宋提刑一貫查案公允，你應該是有所耳聞的。如今喬大人已經將你當成凶手關押起來，整個提刑司上下，能救你的便只有宋提刑。你若與劉鵲的死沒有關係，那就不要對宋提刑有任何隱瞞，不然神仙也救不了你。」

「我知道宋大人查案公允，只是……」白首烏為難道，「這些事若是說了出來，只會加重我的嫌疑。」

「你只管說出來，是不是會加重嫌疑，我自會分辨清楚。」宋慈道。

白首烏點了點頭，道：「不瞞宋大人，其實先師去世之前，已經將……」停頓了一下，嘆了口氣，「已經將紫草許配給了我。」

宋慈眉頭一凝，道：「你繼續說。」

白首烏往下道：「紫草本是流落街頭的孤兒，和當歸、遠志他們都是一樣的。我記得那是六年前一天深夜，我在醫館裡分揀藥材，忽然聽見很急的敲門聲，打開門便看見了紫草。那晚下著大雨，紫草跪在醫館外磕頭，渾身都被淋透了，遠志背著當歸，跟在她的身後，她說當歸快不行了，求我救救當歸的性命。

他們只有十二、三歲，個子小小，面黃肌瘦，我見他們可憐，便讓他們進了醫館。當時先師剛從太丞任上退下來，那晚正好在醫館書房裡著書，還沒有休息，他親自給當歸施針用藥，救了當歸的性命。

先師見他們三人無家可歸，便在問過他們的意願後，將他們三人收留了下來。先師用藥材的名字，分別給他們三人取了名，讓紫草在家宅做了婢女，讓當歸和遠志在醫館做了藥童。紫草閒暇時常到醫館找當歸和遠志，有什麼好吃的、好玩的，總會與當歸和遠志分享。

她對醫術很感興趣，在醫館裡總是問這、問那。先師見她頗有靈性，便讓我教她一些醫術上的學問。她學得很快，沒幾天便能熟練地分揀藥材，還學會了掌控火候，給病人煎藥用藥。

此後四、五年，紫草一有空閒，便來醫館跟著我學醫，她對看診治病越來越熟練，用起各種器具和藥材，甚至比做藥童的當歸和遠志還要得心應手，有時當歸和遠志倒要反過來跟著她學。當歸和遠志若有出錯，她總會當面指出，加以糾正，另一個藥童黃楊皮學藝不精，也常被她指出各種錯誤。

她總說看診治病，稍有差池便會關乎人命，半點也馬虎不得，當歸和遠志都肯聽她的，黃楊皮卻是屢教不改。黃楊皮跟著師叔，是師叔的貼身藥童，連先師都不便說教，紫草卻是不留情面，一見黃楊皮犯錯便加以指正。

她平時待人溫柔可親，卻又有如此嚴格的一面，在醫術上一絲不苟，先師對她是越來越喜歡。那時先師看診病人，我常在旁邊搭手，紫草也跟著幫忙，很多時候不用我提醒，她便知道先師要用到什麼器具和藥材，提早準備妥當。先師那時曾笑言，說我和紫草便是他的左膀右臂，有我和紫草在，他便可以放心地安享晚年了。

我大紫草十歲，眼看著她長大，出落得亭亭玉立，幾年朝夕相處下來，彼此漸漸相熟，越來越親近。先師看在眼裡，有一次把我和紫草一同叫去書房，說有意將紫草許配給我，問紫草願不願意，又問我肯不肯照顧紫草一輩子。

我少年白頭，醫館裡人人拿這事說笑，來醫館求醫的病人也常對我指指點點，背地裡說三道四，說我年紀輕輕就老了，一看便活不長久。先師曾給我問過兩門親事，可人家聽信謠言，都沒答應。紫草卻不在意，什麼少年白頭、命不久長，她根本不信這些。先師一問她，她便紅著臉點了頭，我也甘願照顧她一輩子，先師便許下了這門親事。」

白首烏講到這裡，想起紫草紅著臉點頭的那一幕，不覺露出微笑，可是這微笑轉瞬即逝。他搖頭嘆道：「可是許下這門親事沒幾天，先師便去淨慈報恩寺看診，在大火中遇難了……先師走得太過突然，沒留下任何遺言，他一輩子無兒無女，師娘又去世得早，偌大一個劉太丞家，最後變成了師叔的家業。

師叔做了家主，不認先師許下的這門親事，我求了師叔幾次，師叔都不答允，我也沒有辦法。再到後來，師叔常常因為各種小事責罵紫草，不讓她繼續來醫館這邊幫忙，只讓她在家宅那邊幹各種粗活。紫草只能趁師叔、高大夫和羌大夫他們都外出看診時，才敢悄悄地來醫館，陪著我看診病人。

又過了幾個月，我記得是去年過完年後不久，有一天紫草突然變得不大對勁，幫著我看診病人時心不在焉，煎藥時竟拿錯了藥材，險些害病人丟了性命。她一向心細，從沒有這樣過，我問她怎麼了，她什麼也不說，一個人跑回了家宅那邊，此後一連好幾天躲著不見我。師叔得知紫草擅自來醫館幫忙，還險些害死了病人，勃然大怒，說紫草敗壞了劉太丞家多年來的好名聲，要將紫草趕出家門，後來便聽說師叔將她賣給了送炭的祁老二為妻。

我去師叔那裡求情，師叔卻說這不是他的意思，而是師嬸的意思，我便又去找師嬸，師嬸直接讓石管家把我轟走，不見我。我沒有辦法，只好去找紫草，想問問她的意願，商量該如何是好。她一開始仍不肯見我，後來見了我便一直哭，說她對不起我，說她不是個乾淨的女人。我追問究竟，她卻不肯再說。

我苦思了一夜，想著該怎麼辦才好，想來想去，還是不願眼睜睜地看著她嫁給祁老二，心想哪怕逃離劉太丞家，哪怕居無定所流落街頭，我也要帶她離開。我下定了決心，哪知轉天，她竟在後院上吊自盡了……」

白首烏講到這裡，聲音哽咽了起來。劉克莊不禁想到了慘死的蟲娘，心中對白首烏甚是同情。宋慈卻無絲毫同情之意，語氣如常地道：「紫草死後，府衙司理參軍韋應奎是不是來查過她的死？」

「韋大人是來過。」

「韋司理怎麼說？」

「我記得韋大人來了後，檢查了紫草的屍體，說紫草是死於自盡，又查問了紫草為何自盡。得知原因後，他說紫草雖不肯嫁人，但主家本就有權做主奴婢的婚嫁，這不算遭主家威逼脅迫而自盡。當天他便結案，將紫草的屍體交給師叔處置，然後便走了。」

「你見過紫草的屍體吧？她的脖子上有幾道索痕？」

白首烏仔細回想了一下，道：「有兩道。」

「除了索痕，是不是還有別的傷痕？」

「我沒記錯的話，她的脖子上好像還有一些抓傷。」

白首烏的這番回答算是與祁老二的話對應上了。

宋慈暗暗心道：『看來紫草的死是有蹊蹺，要去見一見韋應奎才行。』嘴上問道：

「紫草死前一夜，曾說她對不起你，還說自己不是個乾淨的女人。你對這話怎麼看？」

「紫草自盡之後，我想了很久，尤其是她死前說過的這些話，還有此前她的種種反常之舉。」白首烏遲疑道，「我懷疑會不會……會不會是師叔……對她做過什麼不好的事情……」

「你是想說，劉鵲有可能玷汙了紫草？」宋慈直言不諱地道。

白首烏嘆了口氣，道：「紫草是家中婢女，她的一切都由家主做主。師叔身為家主，要她……要她服侍，她不從也得從……若不是如此，她那幾天為何變得心不在焉，為何一直躲著不見我，還說那種話？師嬸又為何要執意將她賣給祁老二為妻，那般糟踐她呢？」

劉克莊聽得直點頭，這樣的解釋甚是合理。宋慈只是默然了一陣，道：「所以你覺得說出這些事，會讓人懷疑你想為紫草報仇，有殺害劉鵲的動機，因而加重自己的嫌疑？」

白首烏點了點頭，道：「宋大人說得對。可我當真沒有殺害師叔。我昨晚離開書房時，師叔還是好好的，我此後再也沒有去過書房。第二天一早我又按師叔的吩咐去回診病人，直到再回到醫館時，才得知師叔已經死了……」

「你去回診了什麼病人？」宋慈打斷了白首烏的話。

「是一個叫林遇仙的幻師，住在中瓦子街。」白首烏回答道，「昨晚師叔叫我去書房，說有意傳我《太丞驗方》，又吩咐我今早去給林遇仙回診。他說林遇仙患有耳疾，囑咐我帶上香附和冰片，若是林遇仙耳疾未癒，耳道仍瘙癢流膿，便取香附一兩、冰片一分，一起研磨成細麵，以香油調和，均勻塗抹在耳道內。這一驗方，其實我是知道的，之前太學司業來醫館治療耳疾時，我就見師叔用過了。我今早趕去中瓦子街，見到了林遇仙，他的耳疾果然沒痊癒，我便依驗方用藥……」

「你剛剛說什麼？」宋慈忽然聲音一緊，「太學司業？」

白首烏應道：「是太學司業。」

「你說的可是何太驥？」宋慈的聲音又緊了幾分。

「是何太驥。」白首烏應道，「我聽說他不久前死了，他的案子好像還是宋大人你破的。」

「何司業到劉太丞家看診，」宋慈追問道，「是什麼時候的事？」

白首烏回想了一下，道：「過年之前吧，應該是臘月下旬。具體是哪些天，我記不清了。」

「哪些天？」宋慈道，「這麼說，何司業到過劉太丞家不止一次？」

白首烏點頭道：「我記得他來過三次，是連著三天來的，三次都是師叔給他看診，親自給他用的藥。」

「何司業只是單純來看診，沒做別的事？」

「我記得他每次來，除了看診，還會與師叔在書房裡單獨見面，一見便是好長的時間，師叔每次都會關上門，吩咐黃楊皮守在外面，不許任何人靠近打擾。」

「你可知他們二人關起門來說些什麼？」

「這我就不知道了。」

宋慈的眉頭緊皺起。他之前便覺得何太驥的死有一些疑點未能解開，此時聽了白首烏所言，這種感覺就變得更為強烈。他陷入沉思之中，好長時間沒有說話。

「寫著一部醫書，一部囊括畢生醫術的醫書，在你看來，需要多長時間？」宋慈再說話時，已然另起他問。

白首烏應道：「我醫術尚淺，沒寫過醫書，不敢說用時多久。但我見過先師著書，六年前先師從太丞任上退下來後，便開始著述醫書，直到他去世，前後長達五年，他的醫書仍沒完成。醫術本就沒有止境，遇到的病症越多，積累的經驗就越多，醫術也就越高，所以我想，寫著一部醫書，應該是一輩子的事吧。」

劉扁著述醫書，前後用時五年仍未完成，然而劉鵲著述《太丞驗方》，只是最近一個多月的事，總計五部十六篇的內容，眼下竟只剩最後一篇還沒完成。短短一個多月，劉鵲真能寫完一部凝聚畢生心血的醫書嗎？

宋慈暗暗搖了搖頭。白首烏曾提及劉扁將自己所著的醫書視若珍寶，常隨身帶著，最後毀於淨慈報恩寺的大火，但若劉扁所著的醫書並沒有毀掉，而是被同去淨慈報恩寺的劉鵲得到了呢？劉鵲著述《太丞驗方》，倘若不是自己一邊思考一邊落筆，而是有現成的醫書加以增刪修改，所用時日如此之短，便能解釋得通了。

宋慈暗想至此，問道：「之前在劉太丞家時，你曾提及劉扁著述過醫書，但是毀於淨慈報恩寺的大火，沒能留存下來。據我所知，當初劉扁去淨慈報恩寺時，只有劉鵲相隨，你是沒有跟著去的。那醫書被毀一事，你又是如何知道的？」

白首烏應道：「是師叔說的。」

宋慈又問：「劉扁和劉鵲關係到底如何？此間沒有別人，你大可實話實說。」他記得白首烏說過，劉扁和劉鵲關係很好，但彌音曾提到，劉扁和劉鵲同去淨慈報恩寺的路上，彼此什麼話也不說，這實在不像是關係很好的樣子。

「不瞞大人，師叔來醫館的頭幾年，先師一旦有空回了醫館，他們二人便常在一起談論醫道，斟酌驗方。後來先師不做太丞，回到醫館常住，他們二人每天都能相見，聚在一起談論醫道的次數反而越來越少。先師去世的那年，幾乎沒再見他與師叔談論過醫道，他們二人平時也很少說話。」

「這麼說，他們二人的關係其實並不好？」

白首烏點了點頭，道：「我身在醫館，當著師嬸和高、羌二位師弟的面，這些話我實在不便說出來。」

宋慈稍稍想了一下，問道：「劉鵲近來身體如何？」

「過去這半年裡，師叔身體一直不大好。他染上了風疾，時常頭暈目眩，好幾次突然暈厥，試過了各種驗方，都只能稍微緩解症狀，但一直治不好。」

「那最近這段時日，」宋慈又問，「除了太學的何司業，劉鵲還見過哪些病人？」

「師叔白天通常都在醫館看診，見過的病人著實不少，我一時也說不齊全。」

「有沒有一些特別的病人？比如身分、地位非比尋常，或是性情舉止尤為怪異之人。」

「性情舉止怪異的倒是沒有，若說有身分、地位的病人，太師府夏虞候倒是來過，還有新安郡主也曾來過。」

「你說的是韓太師身邊的夏震吧，」宋慈道，「他也患病了嗎？」

「夏虞候患有甲癬，以前先師回到醫館坐診的時候，他便每隔一段時間就來找先師醫治，過去幾年一直如此。那時夏虞候的腳趾甲總是變色脫落，為此他甚是煩擾，我記得先師曾寬慰夏虞候，說他正中間的腳趾最長，乃是大富大貴的腳相，不必為此小疾擔心。可這甲癬雖是小疾，卻難以根治，夏虞候須得隔三岔五來醫館用湯藥泡腳，趾甲才不至於脫落。

那時因為夏虞候經常來，紫草不用先師吩咐，便知道該抓哪些藥煎劑，倒在桶裡給他泡腳。先師不在人世後，夏虞候一開始還來醫館泡腳，去年過完年後，就沒見他來過了，我還以為他的甲癬已經好了。前些日子又見他來了醫館，請師叔給他醫治甲癬，還隔三岔五地來了好幾次，我才知他的甲癬仍沒有好，還嚴重了不少。」

宋慈又問：「你說的新安郡主是誰？」

他來臨安近一年了，還是頭一次聽說新安郡主的名號。

白首烏應道：「新安郡主韓絮，是已故的韓皇后的親妹妹，她患有心疾，過去先師剛從太丞任上退下來時，她來過醫館幾次，後面這幾年便沒見她來過。前幾日她突然來了，說是心口疼，來找師叔看診。」

宋慈想起之前去錦繡客舍的行香子房查案時，房中的住客正是一位叫韓絮的姑娘。當今皇后是太尉楊次山的妹妹楊桂枝，但在楊桂枝前，皇帝趙擴還曾有過一位韓皇后，這位韓皇后與韓侂胄是同族，論輩分是韓侂胄的侄孫女，在數年前因病崩逝。

在大宋境內，通常只有太子和親王之女才有資格獲封郡主，還有一些特例，譬如公主之女，或是對國家有過大功的功臣之女，也有被封為郡主的資格。韓絮身為韓皇后的親妹妹，又是當朝太師韓侂胄的侄孫女，趙擴破格封她為郡主，倒也沒什麼奇怪。只是貴為郡主，卻無丫鬟、僕人隨行伺候，反而獨自一人出行，入住民間客舍，出入醫館看診，這位韓絮倒是令宋慈暗暗稱奇。

宋慈又想了一陣，道：「黃楊皮是什麼時候來到劉太丞家的？」

「黃楊皮比紫草、遠志和當歸晚來兩年，是四年前來的。」白首烏答道，「他好像與石管家沾親帶故，當初是石管家帶他來的。黃楊皮是一味藥材，也就是常見的祖師麻，先師因他臉皮蠟黃，便給他取名黃楊皮，讓他跟了師叔，做師叔的貼身藥童。」

「這個黃楊皮為人如何？」

「黃楊皮比遠志和當歸小上兩、三歲，但為人不怎麼踏實，圓滑不少。他最初來的時候，醫館還是先師當家做主，遠志和當歸還是先師的藥童，那時他對先師尊敬有加，對遠志和當歸也是客客氣氣，遠志和當歸有什麼吩咐，他都麻利地去做。可是先師離世之後，醫館改由師叔做主，一切就變了，黃楊皮仗著是師叔的貼身藥童，反過來使喚遠志和當歸。

那時師叔讓遠志跟了高大夫，讓當歸跟了羌大夫，如此一來，遠志和當歸伺候的是師叔的弟子，比起伺候師叔本人的黃楊皮，那可就差了一輩，別說遠志和當歸要聽黃楊皮的，有時連高大夫和羌大夫都不敢輕視黃楊皮的話。

我記得以前清掃醫館，一直是黃楊皮的活，後來變成了遠志和當歸在做，以前伺候師叔梳洗和朝食，也是黃楊皮的事，但他不願那麼早起床，也交給遠志和當歸去做。遠志性子雖有些卑怯，當歸雖有些沉默寡言，但他們二人都肯勤學苦練，以前跟在先師身邊時，耳濡目染之下，學會了不少醫術，不但能幫著抓藥、煎藥還能幫著給病人施針，如今卻只能幹些灑掃的雜活。他們二人也沒法子，只能忍氣吞聲，不然便會被趕走，甚至被賣給他人為奴。」

說到這裡，想起自己身為劉扁的弟子，在劉太丞家的處境，其實比遠志和當歸好不到哪裡去，不由得搖了搖頭。

「最後問你一件事。」宋慈道，「『辛，大溫，治胃中冷逆，去風冷痹弱』，這話是什麼意思？」

「這是藥材的性味。」白首烏應道。

「什麼藥材？」

「先師在世的時候，讓我背過各種藥材的性味，我沒記錯的話，這應該是高良薑的性味。」

「那『苦，甘，平，治風寒濕痹，去腎間風邪』呢？」

「是羌獨活的性味。」

「『苦，澀，微溫，治瘰癧，消癰腫』呢？」

「是何首烏的性味。」白首烏奇道，「宋大人，你問的這些是師叔死前寫的那三行字吧？」

宋慈點了點頭，道：「你，還有高大夫和羌大夫，名字是依這三種藥材取的？」

白首烏點頭稱是。

宋慈暗暗皺眉，劉鵲遇害前沒有寫別的，而是特意寫下了指代三位大夫的藥材性味，似乎是意有所指，但所指的究竟是什麼，他暫時還想不明白。該問的都已問完，他讓白首烏好生待在獄中，倘若想起了什麼，隨時讓獄吏來通知他。

天時已晚，該回太學了。

宋慈和劉克莊離開時途經關押桑榆的牢獄，桑榆見宋慈和劉克莊來了，低下了頭。

劉克莊叫了聲「桑姑娘」，桑榆一如白天那般，仍是默然不應。

宋慈什麼也沒說，只是看了桑榆一眼，離開了提刑司大獄。

就在宋慈和劉克莊走出提刑司大獄時，遠在城南吳山的南園之中，一抬轎子穿廊過院，停在了畜養鷹雁的歸耕之莊外。

喬行簡起簾下地，在夏震的引領下步入莊內，見到了等候在此的韓侂胄。

自打西湖沉屍案結案後，韓侂胄便正式搬離西湖岸邊的韓府，入住了吳山南園。此時的他正在喝茶，將黑釉茶盞一擱，與喬行簡簡單寒暄了幾句後，提起了韓㺭殺人入獄一事，問道：「喬提刑，㺭兒的案子，你怎麼看？」

喬行簡一聽此言，神色微微一緊。他知道自己能調任浙西提點刑獄，全憑韓侂胄的舉薦。他此前與韓侂胄從無交集，是因為他認定金國有必亡之勢，上奏備邊四事，暗合韓侂胄主戰的心思，這才受到韓侂胄的舉薦。可他到底心思如何，是不是願意站在韓侂胄這一邊，韓侂胄並不清楚。

如今他剛來臨安上任，韓侂胄便獲知消息，一抬轎子直接將他接至南園，一見面便問起韓㺭的案子，那是在等他表態。他聽韓侂胄稱韓㺭為「㺭兒」，顯然是有保韓㺭的意思，於是稍加思索，說道：「下官一到臨安，便聽說了韓公子的案子。太師無須為此案犯愁，大宋刑統有『主殺部曲奴婢』一律，凡奴婢有罪，其主不請官司而殺之，只杖一百，奴婢無罪而殺之，也只徒一年。」

「這麼說，玠兒只需在獄中待上一年？」

「正是。」

韓玠獲罪下獄後，臨安府衙絲毫不敢怠慢，趙師睪命韋應奎翻查大宋刑統，找到了「主殺部曲奴婢」這一條律疏，呈報給了韓侂胄。蟲惜只是太師府一婢女，韓玠身為主家將她殺了，根本不用償命，只需受一年徒刑即可。韓侂胄其實早已知道這一結果，此時拿來問喬行簡，只是為了試探喬行簡，看喬行簡是否甘願為他所用。

韓侂胄滿意地點了點頭，讓喬行簡在一旁的椅子上坐了，道：「聽說你今日剛到任便接手了兩起命案。」

「是，下官已在著手查辦。」

「提刑司所查之案，向來關係重大，不知是何等命案，需要跳過府衙，直接由你接手？」

「城北劉太丞家的劉鵲昨夜在家中遇害，其兄長劉扁的屍骨則在淨慈報恩寺後山被人發現。」喬行簡道，「人命關天，只要是命案，都可謂關係重大，下官既然遇到了，自當接手查辦，盡己所能，查明真相。」

韓侂冑端起黑釉茶盞吹了吹，道：「目下查得如何？」

「案子剛剛接手，雖有不少眉目，也抓了一二嫌凶，但真凶究竟是誰，尚無定論。下官會全力追查這兩起案子，聖上破格擢用的幹辦公事宋慈，也在襄助下官查案，相信不日便可破案。」

「宋慈也在查這兩起案子？」

「下官到任臨安，聽說了宋慈連破奇案的事，後來察其言行，確實可堪大用，因此命他襄助查案。」

「這個宋慈，的確有些能耐，當初還是我向聖上舉薦他，聖上才破格擢他為提刑幹辦。他此前連破兩案，在臨安城裡鬧出了不小的動靜，聖上得知他破第一案時，還多有嘉許，聽說他破第二案時，卻頗有些不悅，也未給他任何嘉獎，你可知為何？」

喬行簡應道：「下官不敢揣測聖意。」

韓侂冑把弄著手中茶盞，道：「宋慈雖會驗屍查案，可畢竟年紀輕輕，倘若什麼案子都讓他一個太學生來查，豈不是顯得府衙和提刑司都是擺設？傳出去了，異域番邦還當我大宋朝廷上上下下，連個能堪大用的官員都沒有。」

「太師明察遠見，是下官未考慮周詳。」

「浙西提刑一職責任重大，我向聖上舉薦你，是因你在淮西任上建樹頗多。然京畿之地，非淮西所能比，朝野上下人人都看著你，如今你甫一到任，便遇上兩起命案，務須親自查明才行。如此一來，我才算沒有舉薦錯人，聖上那裡，我也能有個交代。」

喬行簡站了起來，躬身行禮道：「下官定不負太師所望，不負聖上所望。」

韓侂胄壓了壓手，示意喬行簡坐下，道：「你剛才說，這兩起案子，已抓了一二嫌凶？」

喬行簡並未坐下，仍是站著，回答道：「劉扁一案尚無太多進展，抓住嫌凶的是劉鵲一案。」

「有嫌凶就好，盡早定罪結案，才不負所望。」韓侂胄將茶盞湊近嘴邊，輕輕品了一口。

喬行簡應道：「下官明白。」

「好茶。」韓侂胄晃了晃手中茶盞，輕捋長鬚，微微頷首。

第四章 限期破案

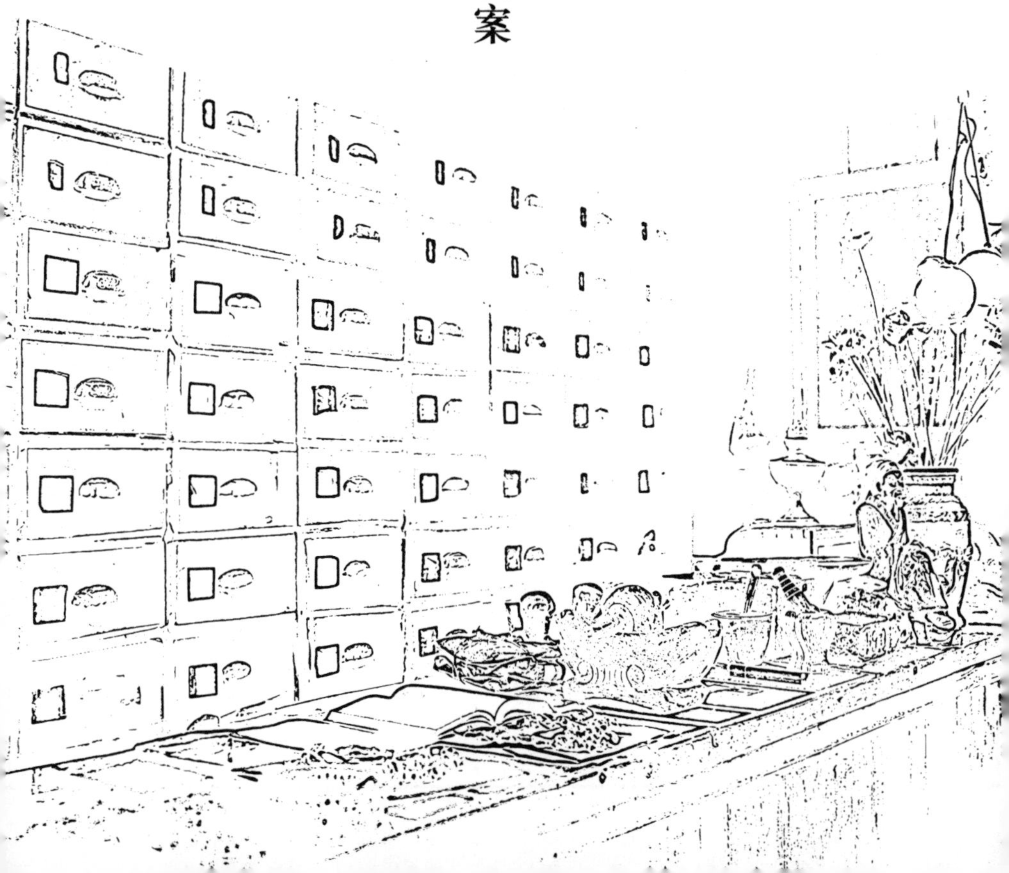

一夜天明，劉克莊在齋舍中早早醒來，第一眼便向宋慈的床鋪望去，卻見宋慈裹著被子，鼾聲綿長，睡得甚是香甜。

『我真是佩服你，桑姑娘被下獄關押，你竟能睡得這般安穩。』劉克莊這麼想著，起身來到宋慈的床鋪前，將宋慈一把推醒，道：「昨晚回來的路上，你不是說今早要去府衙見韋應奎嗎？日頭都出來了，還不趕緊起來。」

宋慈朝窗戶望了一眼，已然天光大亮。他立馬將被子一捲，起床下地，胡亂抹了把臉，再將青衿服一披，東坡巾一戴，便要往齋舍外面走。

「我雖然催你，可你也不用走得這麼急啊，飯還沒吃……」劉克莊話說一半，已被宋慈拽著往外走。

兩人出了太學，在街邊的早點浮鋪買了些饅頭和餅子果腹，然後一路南行，不多時來到臨安府衙，直入司理獄，找到了韋應奎。

「原來是宋提刑和劉公子。」韋應奎微微有些詫異，「這天兒這麼早，我才剛到府衙，不知是什麼風把二位吹來的？」

「城北劉太丞家有一婢女，名叫紫草，去年正月十二在家中後院上吊而死。」宋慈開門見山地道，「聽說這案子是韋司理去查的？」

「劉太丞家？讓我想想，好像是有這麼個案子。」

「關於此案，想必韋司理還記得清楚吧？」

韋應奎卻把頭一擺，道：「那可不巧，我記不大清了。」

劉克莊道：「才過去了一年時間，你又不是老來多健忘，怎會記不清？」

韋應奎朝劉克莊斜了一眼，道：「我平日裡既要掌管司理獄，管理那麼多囚犯，又要處理各種積案，公務繁多，一年前一樁上吊自盡的區區小案，說了記不清，便是記不清。」

劉克莊正要還口，卻被宋慈攔下道：「記不清也無妨，此案的案卷應該還在吧？」

韋應奎卻道：「又不是殺人放火的凶案，這種婢女自盡的小事，臨安城裡每年都會發生不少，連案子都算不上，哪裡會有案卷留存。」

「紫草的脖子上有兩道索痕，」宋慈問道，「你還記得這兩道索痕是何形狀，長短闊狹各是多少，彼此可有交叉重疊嗎？」

「宋提刑，你這是審問我來了嗎？」韋應奎口氣一冷。

宋慈如沒聽見般，繼續道：「但凡上吊自盡，繩套無外乎活套頭、死套頭、單繫十字、纏繞繫這幾種，只有用纏繞繫上吊，將繩子在脖子上纏繞兩遭，才會留下兩道索痕。這兩道索痕之中，上一道繞過耳後，斜向髮際，在頭枕部上方形成提空，呈八字不交狀，下一道則平繞頸部一圈，乃是致命要害所在。遇此情形，查驗屍體時，必須將兩道索痕照實填入檢屍格目，兩道索痕重疊和分開之處，更是要分別量好，把長短闊狹對驗清楚，韋司理卻說記不清？」

宋慈頓了一下，又道，「紫草的脖子上除了兩道索痕，還有一些細小的抓傷。按常理來講，脖子上既有索痕又有抓傷，極大可能是死者被繩子勒住脖子時，為了自救伸手抓撓繩索，以至於在自己的脖子上留下了抓傷。這樣的案子，通常不是自盡，而是遭人勒殺。」

「索痕也好，抓傷也罷，我說過了，記不大清。不過單論你方才所言，未必便是對的。」韋應奎道，「上吊自盡之人，瀕死時太過難受，又或是上吊後心生悔意，都會伸手去抓脖子上的繩索，留下些許抓傷，那是在所難免的事。單憑脖子上存在抓傷，便認定是遭人勒殺，豈不過於草率？」

「可是有抓傷存在，便意味著死者有可能掙扎自救過，也就意味著有他殺的可能。關乎人命的案子，但凡有些許存疑，便該查驗到底，倘若輕易認定為自盡，那才是真的草率。」

韋應奎冷眼看著宋慈，道：「宋提刑說的是，被勒死之人，伸手抓撓脖子上的繩索是有可能在脖子上留下抓傷，這抓傷通常位於咽喉附近。可若這抓傷不在咽喉附近，而是在後頸上呢？」

「在後頸上？」宋慈微微一愣。

「兩道索痕長短闊狹是多少，脖子上的抓傷又有多少，我是記不清了，但我記得一點，那婢女脖子上的抓傷，是在後頸上，她的指甲裡還有皮屑，可見後頸的抓痕就是她自己抓出來的。那婢女若是遭人勒殺，掙扎間抓傷了脖子，抓傷應該位於咽喉附近，可她的抓傷位於後頸上，那只可能是她上吊之後，心生悔意，將手伸向頸後，抓撓吊在空中的繩索，試圖自救，這才會在後頸上留下抓傷。」

韋應奎白了宋慈一眼：「宋提刑懂驗屍驗骨，查起案來刨根究底，任何蛛絲馬跡，有關的、無關的，一概不放過，我韋某人深感佩服。可天底下的司理、推官，沒有幾千也有數百，不是人人都像你這般較真，也不是人人都如你這般身在太學，清閒無事。你是提刑幹辦，要翻我查過的案子，儘管去查便是。我韋某人還有公務在身，恕不奉陪了。」說罷，將袖子一拂，不再搭理宋慈和劉克莊，轉身走出了司理獄。

「這個姓韋的狗官，我真是一見就來氣！」劉克莊望著韋應奎的背影，恨得牙癢癢的，宋慈卻是一言不發地愣在原地。

他之前向祁老二和白首烏查問時，得知紫草的脖子上有抓傷，想當然地以為抓傷是在前脖子上，卻沒想到抓傷竟是位於後頸上。一個人遭人勒殺，的確不大可能抓傷自己的後頸，韋應奎雖然查驗草率，但方才這話，倒是沒有說錯。

宋慈暗暗思索之時，劉克莊扭頭朝獄道深處望去。他沒有忘記被關押在司理獄中的葉籟，既然來了司理獄，那就必須見一見葉籟才行。他拉著宋慈沿獄道而行，很快找到了關押葉籟的牢獄。

葉籟因自認大盜「我來也」的身分，被關押在司理獄中，等候論罪處置。身陷囹圄，而且這一次很難再脫罪出獄，可葉籟依然神情輕鬆，見宋慈和劉克莊一臉擔心，爽朗大笑道：「克莊老弟、宋兄，幾日不見，怎的這般愁容滿面？」

葉籟戴著重枷，身上多了不少新傷，顯然他這次入獄，又遭受了韋應奎不少折磨。

劉克莊道：「葉籟兄，讓你受苦了！你只管放心，我爹在朝中還有不少舊交，我一定會想法子救你出去的。」

「老弟不必費心，我最初劫富濟貧時，便知道會是這般後果，我從未有過半分後悔。我爹來探望過我，我也叫他不必費心，不用想辦法救我出去。」葉籟頂著重枷，抬起頭來看了看四周，「其實這裡倒也不苦，只是沒酒，總覺得缺了些滋味。」

「我這便去給你買酒！」

劉克莊正要轉身，附近牢房中忽然傳來獰笑聲，隨即一個熟悉的聲音響起：「你想要酒，怎麼不到我這裡來拿？」

這聲音一聽便是韓㑊，他被關押在斜對面的牢房中，宋慈和劉克莊早就瞧見了，只是一直沒有理會。

劉克莊轉頭望去，見韓㑊沒有戴任何枷鎖，高舉著手臂，很是得意地搖晃著手中的酒瓶。比起周圍骯髒潮濕的牢房，韓㑊的那間卻收拾得極為乾淨，獄床上鋪的不是乾草而是被褥，還特地擺了一張桌子，桌上擺放著只吃了幾口的上好飯菜。

明明都是因罪入獄，府衙卻專門給韓珍安排這等待遇，劉克莊心中甚是不滿，嘴上冷笑道：「韓珍，睡得這麼好，吃得也這麼好，看來你是離掉腦袋不遠了吧？」

「要掉腦袋，也是你和宋慈先掉。」韓珍笑了起來，「等我明年出來，有你兩個的好看！」

「你殺害蟲惜一事，早就在臨安城中傳開了，你這案子休想糊弄過去，還想著明年出來？」劉克莊道，「你好好在這裡面躺著，繼續做你的春秋大夢吧！」

「看來你還不知道啊。」韓珍笑得更加得意了，「蟲惜是我韓家的奴婢，我這做主人的殺了她，只用關押一年，不是明年出來，那是什麼時候？宋慈，你不是張口、閉口大宋律法嗎？難道你連這都不知道？」

劉克莊一臉難以置信，道：「殺人償命，不該是天經地義的事嗎？他殺害蟲惜，手段何等殘忍，就因蟲惜是個婢女，便只徒他一年，這……這是什麼狗屁刑統？」

宋慈默然不語。他熟知大宋刑統，早就知道會是這樣的結果，但能將韓珍下獄收監一年，已屬萬分難得，要知道天底下的王公貴胄，殺人犯法而不受懲處的比比皆是，能將權傾朝野的韓太師獨子治罪下獄，哪怕只是短短一年，那也是連想都不敢想的事，他甚至還要為此賭上身家性命，去吳山南園挖掘韓家的祖墳，才能換來這樣的結果。

他知道律法多有不妥，可大宋刑統就是這麼規定的，他又能有何法？他不由得想到了紫草，紫草身為劉太丞家的婢女，一切只能聽憑劉鵲做主，哪怕劉鵲逼得她自盡，也無須為此負任何罪責。想著這些，他無可奈何地搖了搖頭。

劉克莊的胸口如被一塊大石頭堵住，想起自己為了定韓珍的罪，不惜與辛鐵柱擅闖太師府掘土尋屍，葉籟甚至為此甘願認罪下獄。韓珍的獰笑聲一直響在耳邊，那張狂妄無比的嘴臉一直出現在眼前，他越聽越覺得受不了，越看越覺得噁心，片刻也不願多待，忽然「啊」的一聲大叫，轉身奔出了司理獄。

「克莊！」宋慈望著劉克莊消失在獄道盡頭，沒有跟著追出去。

「宋慈，」韓珍的聲音在牢獄裡響起，「我倒真有些佩服你，明知我這罪只關押一年，你還敢處處跟我作對，想盡法子將我定罪下獄。你就不怕我明年出來，與你新仇舊恨一併算嗎？」

宋慈回頭看著韓珍，道：「你殺了人，還是一屍兩命，至今竟沒有一絲悔意？」

「誰說我沒有一絲悔意？我可是後悔得要死。」韓珍冷笑道，「我後悔處理蟲惜的屍體不夠乾淨，更後悔沒有早點弄死你，居然讓你能在這世上多苟活一年。」

宋慈好一陣沒有說話，就那樣站在牢獄外，目不轉睛地看著韓珍。

韓珍高舉酒瓶，灌了一大口酒，「噗」地噴在地上，罵道：「驢球知府，送的什麼酒，難喝得要死！」手一甩，將酒瓶朝宋慈的方向用力擲出，「啪」地砸碎在牢柱上。

碎瓷片頓時四散飛濺，一部分濺到了宋慈的身上，宋慈右側臉頰微微一痛，已被一塊碎瓷片劃破了一道細細的口子。

「啊喲，你杵在那裡做什麼？」韓珍笑道，「一時失手，宋提刑大人大量，想必不會介意吧。」

一絲鮮血慢慢流出，傷口處泛起一陣陣的疼痛。宋慈任由鮮血下淌，立在原地一動不動，忽然道：「你還記得蟲達吧？」

「不就是蟲惜那臭娘皮的爹嗎？」韓珍哼了一聲，「一個叛投金國的走狗，我記他做什麼？」

「我說的是十五年前，那個跟在你身邊寸步不離的蟲達。」宋慈聲音一寒。

韓珍臉色微變，冷笑一僵，道：「原來你還記得？」

「父母之仇，不共戴天，從不敢忘。韓珍，一年的時間，足夠改變很多東西，你我後會有期。」宋慈留下這句話，轉過身去，大步走出了司理獄。

從府衙裡出來，四下裡早已不見了劉克莊的影子，宋慈深知劉克莊的性子，每逢心煩意亂，總會借酒消愁，想是又去哪家酒樓了吧。韓珍只徒一年的結果，對劉克莊的打擊極大，只怕他這次會喝得一塌糊塗。宋慈嘆了口氣，打算先回太學。

這時，街北忽然急匆匆行來一人，遠遠望見了他，招手道：「宋提刑！」

那人是文修。

宋慈在原地立住了腳步。

文修快步來到宋慈的身前，道：「宋提刑，你可讓我好找。」他方才去太學尋找宋慈，聽習是齋的同齋說，宋慈和劉克莊一早去了府衙，於是又匆忙趕來府衙，正好在此遇到。

「文書吏找我何事？」

「桑老丈已經認罪，喬大人命你即刻去提刑司。」

「桑老丈認了罪？」宋慈心中一驚，立即隨文修前往提刑司。

一路上，他問起桑老丈認罪一事，文修只說三言兩語難以說清，說宋慈去了提刑司一切便知。

以最快的速度趕到提刑司，宋慈在提刑司大堂裡見到了喬行簡。

喬行簡背負雙手，已在堂中來回踱步多時。見宋慈到來，他從案桌上拿起一紙供狀遞給了宋慈。

宋慈接過供狀，飛快地從頭看到尾，上面是桑老丈招認毒殺劉鵲的經過。

原來今早天剛亮，喬行簡去到提刑司大獄，照例在刑房裡提審了桑老丈。喬行簡這些年提審犯人，除了窮凶極惡之徒，從不動用刑具，對桑老丈自然不會用刑，只是口頭上的訊問。然而昨天問什麼都說不知道的桑老丈，今天卻招認是他在糕點中下了砒霜，想將劉鵲置於死地，還說他並非桑榆的親生父親，之所以毒殺劉鵲，是為了給桑榆的親生父母報仇。

喬行簡追問究竟。

桑老丈臉上皺紋顫動，兩眼一閉，老淚流下，道：「那是十年前，麻溪峒寇作亂時的事了……」

桑老丈的思緒回到了十年前，那時他在建安縣東溪鄉的桑家，是家中一個侍奉了三代人的老僕。桑家在十里八鄉還算富足，家裡都是良善之人，待他這個老僕親如家人，知他年老體衰，很多重活、累活都不讓他做。

桑家育有二子一女，桑榆是其中最小的女兒，時年六歲，活潑好動，兩個哥哥都已十好幾歲，平日裡用功讀書，少有陪她玩耍，桑父、桑母忙於操持家業，處理日常瑣碎，陪伴她的時間也很有限，年老多閒的桑老丈便成了她最好的玩伴。

那時桑榆最愛玩的遊戲是捉迷藏，家中偏屋的房梁上鋪架了一層木板，用於堆放一些不常用的雜物，算是一個小小的閣樓，那裡成了桑榆最喜愛的躲藏之處。每次與桑老丈玩起捉迷藏來，她都會爬上梯子，躲在閣樓之上，桑老丈總是在偏屋裡轉來轉去，假裝怎麼也找不到她。

這時，閣樓上會響起貓叫聲，那是桑榆養的一隻狸花貓，整日跟在她的身邊。桑老丈聽見貓叫聲，這才爬上閣樓尋找，裝作好不容易找著了她。她愛與桑老丈玩各種遊戲，也常與桑老丈分享她的喜怒哀樂。遇到了什麼開心的事，比如看見狸花貓捉住了一隻大老鼠，又或是遇到了什麼不開心的事，比如在兩個哥哥那裡受了氣，桑榆總會纏著桑老丈說個不停。桑老丈很喜歡聽她說，每次等她說完，都會變戲法似的拿出一些好吃的點心，桑榆開心時會更開心，不開心時也會立馬高興起來。

日子就這麼無憂無慮地過著。可是桑家院牆之外，東溪鄉並不安寧，整個建安縣境內都不安寧，只因麻溪一帶峒寇作亂，四處劫掠，已經鬧騰了大半年。東溪鄉雖然離麻溪較遠，尚無賊寇侵擾至此，但時常有逃難的饑民路過。

桑家人樂善好施，總是拿出存糧救助饑民。饑民們哭訴賊寇如何凶悍猖獗，如何劫財掠糧，如何害得他們家破人亡，桑家人聽多了這些慘事，免不了擔心賊寇隨時會殺來，私下裡商議要不要舉家外出避禍。好在好消息很快傳來，朝廷派出了大批官軍進剿，說是不日便將蕩滅麻溪賊巢，平息這場寇亂。

然而峒寇作亂，還只是賊過如梳，官軍進剿，卻是兵過如篦。入夏後的一天，一支官軍分道進剿，從東溪鄉路過，突然汙衊鄉民暗資賊寇，在鄉里大肆燒殺起來。桑家本就是鄉里富戶，首當其衝，亂兵一撥撥地衝進了家門，桑家人慌亂之下四散奔逃。

桑母找到兩個兒子，卻尋不見桑榆，四處哭喊，被趕來的桑父拉拽著，躲入了地窖之中。當時桑榆正與桑老丈玩捉迷藏，桑老丈知她躲在閣樓上，慌忙衝上閣樓，果然找到了她。這時亂兵衝了進來，見人就殺，見東西就搶，慘叫聲、哭喊聲響成一片。桑老丈慌忙將梯子抽上閣樓，抱著嚇壞的桑榆躲在雜物堆中，捂住桑榆的嘴，不讓她出聲。

亂兵將桑家洗劫一通，很快發現了地窖，將桑榆的父母和兩個哥哥抓了出來，逼問還有沒有其他藏起來的財物。桑父將所有存放的財物都交出來了，跪在地上聲淚俱下地求饒。可是亂兵沒有放過他，一刀將他砍死，又將桑母和兩個哥哥一一砍倒在地。

這一幕就發生在偏屋外的院子裡，閣樓壁板上有接縫，桑老丈湊近接縫，緊張地看著外面的一切。接縫就在桑榆的眼前，她親眼看見父母和兩個哥哥被摁跪在地上，在求饒聲中一一被殺害。她的嘴被桑老丈緊緊地捂住，發不出任何聲音，渾身不住地顫抖。

她瞪大了眼睛，亂兵手中沾滿鮮血的刀口每砍下一次，她渾身便抽搐一下，腳尖不小心蹬到了堆放的雜物，雜物倒塌，發出了響聲。院子裡那夥亂兵聽見了，一抬頭瞧見了閣樓的入口，就舉著刀挨了過來。桑老丈緊張萬分，只能緊緊抱著桑榆一動不動，聽天由命。

就在這夥亂兵聚到閣樓入口的正下方時，忽然幾聲貓叫響起，一隻狸花貓從閣樓上跳下了地，躥進了不遠處的花叢裡。這夥亂兵嚇了一跳，有的罵罵咧咧，有的哈哈大笑。這時其他幾夥亂兵搶走了財貨，割下了首級，紛紛在各處屋子放起了火，陸續退出了桑家。

軍賞以計首論功，殺賊斬一首級，可賞絹三匹、錢三貫，這夥亂兵又搬又扛地搶走了眾多財物，臨走時還不忘將桑榆父母和兩個哥哥的腦袋割下。這時，起火的裡屋衝出來一個人，有亂兵笑道：「劉二，你個治病救人的郎中，居然也來幹這事。」亂兵所說的劉二，渾身掛滿了財貨，訕訕一笑，隨著這夥亂兵一起去了。

亂兵走空後，桑老丈悄悄地放下梯子，小心翼翼地抱著桑榆下了閣樓。放眼望去，片刻前還是一片安寧祥和的家園，此時已是一片狼藉，桑榆的父母和兩個哥哥橫屍在地，脖子斷口還在往外汩汩地冒血。

桑老丈趕緊捂住桑榆的眼睛，可是她已經看見了，小小的身子不住地發抖。四處濃煙滾滾，大火翻騰，桑老丈來不及給桑家人收屍，只能抱著桑榆逃了出去。偌大一個東溪鄉，被這支官軍殺得沒留下幾個活口，一座座村舍也在大火中被夷為平地。錢糧被洗劫一空，留下來沒有吃的，還會擔心遭遇賊寇和官軍，桑老丈只能帶著桑榆背井離鄉，如曾經那些饑民一樣，踏上了流亡之路。

一路上與不少饑民為伍，饑民們大多來自東溪鄉至麻溪一帶，都是被這支分道進剿的官軍禍害，淪落到了家破人亡的地步。桑老丈聽饑民們談及，這支官軍的將首名叫蟲達，所過之處燒殺搶掠，殺良冒功，雞犬不留。桑老丈記下了這個名字，桑榆也記下了這個名字，後來聽說蟲達因為這次進剿殺賊眾多，論功行賞，竟受到皇帝召見，還被封為了大官。

蟲達是如何「殺賊立功」的，桑老丈比誰都清楚，可他清楚又有什麼用？他需要盡快找到落腳之處，盡可能地照顧好年幼的桑榆。他牢記著桑家的恩德，在一處破廟宿夜時，他懷抱著滿臉淚痕好不容易才睡著的桑榆，對著殘破的佛像暗暗發誓，無論如何要將桑榆撫養長大，以報答桑家的大恩大德。

他帶著桑榆一路流亡，最終來到了還算太平的建陽縣。桑老丈早年學過木工活，後來在桑家做了僕人，這門手藝便擱下了，沒想到年老之後，靠著重拾這門手藝，先是給別的木匠打下手，後來自己攬活掙錢，好歹在建陽縣立住了腳。

桑榆漸漸長大，變得越來越懂事，她知道桑老丈年事已高，於是洗衣做飯，攬下所有能做的家務，閒暇時還幫著桑老丈做一些簡單的木工活，兩人以父女的名義相依為命，在建陽縣過了幾年還算安穩的日子。

只是自從目睹父母和哥哥慘死之後，桑榆便不再說話了。從前她很愛說話的，總是纏著桑老丈問這問那，嘰嘰喳喳地說個不停，然而經歷家破人亡的變故後，桑老丈再沒聽她出過一聲，說過一字，哪怕桑老丈攢錢請人教她識字，她也只是跟著點頭、搖頭，從不做聲。

桑榆平日裡當著桑老丈的面，臉上常常笑著，可是背著桑老丈時，臉上的笑容便會消失，變得鬱鬱寡歡。桑老丈看在眼中，常常擔心桑榆會想不開。他知道自己老了，沒多少年可活，等他一死，這世上便沒人照顧桑榆了。他趁著自己還有力氣，拚了命地雕刻木作，到處挑擔售賣，一來讓桑榆跟著四處走動，也好散散心；二來多賣些錢，好給桑榆置辦嫁妝，將來為桑榆找個好夫家。這樣他才能死得安心，將來去陰曹地府見了桑家人，才能有個交代。

今年桑老丈帶著桑榆來到臨安售賣木作，這是他們二人初次踏足京城。京城的繁華熱鬧，遠遠超乎桑榆的想像，尤其到了夜裡，燈市如晝，人流如織，寶馬雕車，芳香滿路，她畢竟只有十六、七歲，置身其間，只覺目不暇接，這個年紀該有的天真爛漫，第一次出現在了她的身上。然而好景不長，桑老丈染病臥床，桑榆為之憂心，後來宋慈和劉克莊請來劉太丞為桑老丈看病。這本是好事，但是桑老丈一見劉太丞，立刻想起了十年前桑家家破人亡時，那個隨亂兵進入桑家劫掠的劉二。

當年透過閣樓的壁板接縫，他清清楚楚地看見了劉二的長相，這些年來從未淡忘過分毫。劉太丞與當年的劉二長得一模一樣，只是多了些許白鬢和皺紋，再加上他記得當年有亂兵說劉二是郎中，這使得他更加確認無疑。

時隔十年，想不到當年參與劫掠桑家的仇人竟會出現在眼前，桑老丈雖躺在病榻之上接受劉鵲的診治，卻在那時暗下決心要殺了劉鵲，為桑家枉死之人報仇。待病情稍好一些，他讓桑榆做了一些糕點，送去劉太丞家，以感謝劉太丞的救治之恩。

在桑榆做糕點時，他偷偷將砒霜下在了裡面。他知道劉鵲吃過糕點後必死無疑，打算即刻離開臨安，這才連夜收拾好行李和貨物，轉天一早僱好牛車，帶著桑榆一起離開，卻不料在清波門被武偃追上，隨後被帶到提刑司，關入了大獄。

桑老丈將這些事原原本本地講了出來，最後道：「砒霜是我下在糕點裡的，榆兒全不知情。當年桑家遭難時，榆兒只有六歲，她早已不記得劉二了，我卻記得清清楚楚。桑家人待我恩重如山，我雖說撫養榆兒長大成人，但遠不足以報答這份恩德。好在老天開眼，讓我撞見了劉鵲。如今劉鵲已死，我也算為桑家人報過了仇，便是立馬死了，也無憾了。」

桑老丈招認罪行後，喬行簡回到提刑司大堂，從文修那裡拿來所錄的供狀，翻來覆去地看了好幾遍。他思慮了一陣，吩咐文修去把宋慈叫來，這才有了後面的事。

此時宋慈一邊看著供狀，一邊暗暗搖起了頭，尤其是看到劉鵲很可能是十年前參與劫掠桑家的劉二時，不由得想起白首烏曾提及劉鵲做過隨軍郎中的事，心想劉鵲面相慈祥，又是救死扶傷的大夫，想不到以前竟在軍中幹過這等喪盡天良的事。

他看完供狀後，覺得桑老丈認罪之事存有不少疑問，抬頭道：「喬大人……」

宋慈剛一開口，喬行簡便打斷了他，道：「如今有了這份供狀，桑氏父女的殺人動機便有了，難道你還覺得他父女二人不是凶手？」

「劉鵲若真是吃了糕點毒發身亡，他的死狀絕不可能那麼安穩。」宋慈搖頭道，「劉鵲之死還有太多疑問，真相恐怕沒這麼簡單。」

喬行簡直視著宋慈，就這麼直視了好一陣子，見宋慈的目光始終堅定不移，他忽然臉色肅然，正聲道：「宋慈，你乃本司幹辦公事，現我以浙西提點刑獄之名，正式許你兩案並查！你受聖上破格擢拔，任期至上元節為止，眼下只剩三日。三日之內，你能否查清真相？」

這番話來得太過突然，宋慈不由得一愣。此前案情未明時，喬行簡以他與桑氏父女是同鄉為由，始終不許他接觸劉鵲一案，哪怕有所鬆口，也不許他明面上調查此案，可如今桑老丈認了罪，喬行簡反而正式命他接手劉鵲一案，實在令他始料未及。

宋慈身軀一震，朗聲應道：「三日之內，宋慈一定竭盡所能，查明兩案真相！」

喬行簡目光如炬，道：「你能保證，不管遇到什麼阻力，都會追查到底，決不放棄嗎？」

宋慈聽出這話隱有所指，似乎劉扁和劉鵲的案子牽連甚廣，會有意想不到的阻力出現，但他未加絲毫猶豫，道：「縱然有天大的阻力，不查出真相，宋慈決不甘休。」

「好，但願你能記住今天說過的話。」喬行簡道，「查案期間若有所需，你儘管開口。」

「多謝喬大人成全！」宋慈雙手作揖，向喬行簡鄭重一禮。

「不必多禮。」喬行簡道，「文修，你把早前在劉太丞家查問的各種事，講與宋慈知道。」

文修當即將昨天早上喬行簡趕到劉太丞家後的事，事無巨細地講了一遍。宋慈獲知了一些新的情況，比如劉鵲死的那一晚見高良薑、羌獨活和白首烏時，分別對三人說過什麼話，又比如桑榆送糕點上門道謝時，曾給了劉鵲一張字條，劉鵲看過字條後便與桑榆在書房裡閉門相見達半個時辰之久。

宋慈向文修道了謝，轉身走出提刑司大堂，打算拿著供狀，即刻去見桑氏父女。

剛出大堂不遠，身後忽然傳來文修的聲音：「宋提刑請留步。」

文修從大堂裡追了出來，來到停步等候的宋慈身邊，伸手朝供狀的末尾一指。

宋慈看向文修所指之處，不禁微微一愣。通常而言，嫌犯招認罪行，都會在供狀的末尾簽字畫押，然而這份供狀的畫押處卻一片空白。

文修微微一笑，道：「這是喬大人有意為之。」說完，向宋慈行了一禮，轉身回了大堂。

宋慈聽了這話，霎時間明白過來。

方才喬行簡命他接手劉鵲一案，他雖然求之不得，但一直不明白喬行簡為何突然有此轉變。此時得知喬行簡有意不讓桑老丈在供狀上畫押，那意思再明顯不過，是喬行簡認為桑老丈認罪一事存在蹊蹺，桑氏父女很可能不是凶手。他又想起方才喬行簡變相提醒過他，追查此案會遇到極大的阻力，似乎喬行簡知道一些他並不知道的內情，喬行簡本人不便在明面上調查此案，這才命他接手。

他手捧供狀，在原地站了一陣。

此時已近午時，日頭開始移向中天，身下的影子漸漸向腳下收攏。他微微側著頭，盯著自己的影子看了幾眼，卻見影子慢慢消失了。他抬頭望了一眼天空，不知何時移來一大片陰雲，將日頭徹底遮住了。

臨安這個天，已經許久沒有放過晴了。

宋慈沒有直接去大獄，而是去役房找到許義，請許義走一趟大獄，將桑老丈帶到幹辦房相見。

許義行事利索，只消片刻時間，便將桑老丈帶到。

宋慈讓許義留守在幹辦房外，將門關上了，請桑老丈在凳子上坐了下來。

他將供狀展開，道：「老丈，這是今早喬大人提審你時，你親口招認的罪行。喬大人提審時，可有對你用刑？」

桑老丈搖頭道：「沒有。」

「這麼說，當真是你在糕點裡下了砒霜，毒殺了劉鵲？」

桑老丈面如死灰，低頭應道：「是我。」

宋慈盯著桑老丈看了一陣，忽然道：「事到如今，你還是不肯說實話嗎？」

「我……我說的都是實話，是我下的毒……」

「那你說說，你是如何將砒霜下在糕點裡的？」

桑老丈愣了一下，道：「我趁榆兒和麵時，將她支開，偷偷倒了砒霜在裡面……」

「經我查驗，砒霜只在糕點的表皮上，並不在糕點裡面，分明是糕點做好之後，再撒上去的砒霜。」宋慈直視著桑老丈，「老丈，你為何要撒謊？」

桑老丈不敢與宋慈對視，道：「那是我記錯了……是榆兒做好糕點之後，我再下的砒……」

宋慈打斷了桑老丈的話：「你這麼做，是想攬下一切罪責，好讓桑榆脫罪吧？」

一條條皺紋顫抖了起來，滿是褐色斑塊的雙手攥在一起，桑老丈囁嚅道：「我……我……」

「你當真以為自己攬下一切，桑榆便能獲釋出獄嗎？你這麼做，非但害了你自己，桑榆也會受到牽連，還會讓真正的凶手逍遙法外。」宋慈語氣一變，變得極為嚴肅，「你不把一切說出來，還要有所遮掩，難道真想坐視桑榆被定罪論死？」

桑老丈忙道：「我寧願死也不願榆兒有事啊……可是有些事說了出來，只會……」

「只會什麼？」

「只會害了榆兒啊……」

宋慈肅聲道：「那你也得說！」

桑老丈嘴唇顫抖，欲言又止。

「只如何下毒這一點，便可知你是故意頂罪，你當真以為能瞞得過喬大人？你招供的這些事，只會讓桑榆擁有殺人動機。有下毒的糕點在，那是物證；劉太丞家有人指認是桑榆送去的糕點，那是人證；如今又有了殺人動機。你即使遮掩隱瞞，單憑這些人證、物證，桑榆照樣必死無疑。」宋慈道，「你把一切都說出來，還原事情的來龍去脈，桑榆或許還能有一線生機。」

桑老丈猶豫了一陣之後，攥緊的雙手終於一鬆，道：「宋提刑，我……我說，我都說……」老眼一閉，嘆道，「是我撒了謊，糕點裡的砒霜，不是我下的……那日宋提刑與劉公子請來劉太丞為我治病，我一見劉太丞，覺得他很像當年劫掠桑家的劉二。榆兒也覺得像，當年其實她也看到了劉二的長相，她甚至記得比我還要清楚。她想確認劉太丞究竟是不是劉二，這才做了一盒糕點，送去了劉太丞家。我原本不想讓她去的，可她長大了，不肯聽我的勸，我實在是拗不過她……」

「這麼說，你們還不確定劉鵲是否就是當年的劉二？」

「是啊。榆兒送去糕點上門道謝，就是為了確認是與不是。」

宋慈想想也是如此，十年的時間，人的模樣多少會發生變化，哪有只見一面，便能確認是當年之人的道理？

宋慈道：「既然尚未確認劉鵲的身分，那就不可能直接送去有毒的糕點。你為何不直說，反而要遮掩此事，自行認罪呢？」

桑老丈長嘆了一口氣，道：「那天榆兒回到榻房時，變得心事重重，我問她，她什麼也不肯透露。入夜時，她又出去了一趟，回來後便收拾起了行李，要離開臨安回建陽去。我問她出了什麼事，她示意是為了讓我回家好好休養身子。轉天她僱來牛車，拉上行李和貨物，帶著我出城。後來我們被提刑司的人抓了起來，又受了喬大人的審問，我才知道劉太丞死了……」

桑榆入夜時出去了一趟，是趕去太學見宋慈，至於桑榆為何突然變得心事重重，為何急著要離開臨安，宋慈也困惑不解。他明白桑老丈為何要遮掩隱瞞這些事了，只因桑榆這種種反常之舉，一旦說了出來，只會加重桑榆的嫌疑。

他道：「其實老丈心裡也覺得，毒殺劉鵲的很可能就是桑榆，對吧？」

桑榆見過劉鵲後的反應，很難不讓桑老丈起疑。但這些懷疑只在心頭一掠而過，桑老丈很確信地道：「不會的，榆兒不會殺人的。我知道她是什麼樣的人，她不會做出這種事的！」

宋慈點了點頭，道：「劉鵲的案子，喬大人已命我接手查辦。桑榆是不是凶手，我會查個水落石出，只要她沒有做過，我決不會讓她無辜受罪。」

「多謝……多謝宋提刑！老朽給你叩頭了……」桑老丈顫巍巍地離開凳子，就地跪了下去。

「使不得。」宋慈忙將桑老丈扶起，喚入許義，讓他將桑老丈押回大獄，再將桑榆帶來幹辦房。

過不多時，桑榆被帶來了。

宋慈仍是讓許義留守在外。他請桑榆坐了，拿出供狀道：「桑姑娘，這是今早喬大人提審時，桑老丈親口招認的罪行，妳看看吧。」

桑榆接過供狀看了，這才知道桑老丈已經認罪。她明顯有些急了，指著供狀上的內容連連搖頭擺手，示意糕點是她親手做的，桑老丈自始至終沒有在裡面下過毒。

宋慈不提桑老丈下毒之事，問道：「妳去見劉鵲時，與他在醫館書房裡閉門相見達半個時辰之久，一定說過不少事吧。你們到底說了什麼？」

桑榆一聽這話，低下了頭，如昨日那般默不回應。

「哀哀父母，生我劬勞。欲報之德，昊天罔極！」宋慈忽然道，「以前我一直以為只有自己才明白喪母之痛，沒想到妳也是如此。」

聽見「喪母之痛」四字，桑榆不禁抬起頭來。她看宋慈的眼神微微一變，流露出哀憐之色。

「桑姑娘，妳想不想知道，上次在梅氏榻房，我為何要向金國正、副使打聽蟲達的下落？」宋慈沒有追問見劉鵲的事，轉而提起了蟲達。

不等桑榆回應，他徑直往下說，「實不相瞞，其實我與妳一樣，也經歷過痛失至親之苦。太學東面有一家錦繡客舍，客舍一樓有一間行香子房，那裡是我娘親死難之處。十五年前，我娘親就死在我的身邊，殺害她的凶手是誰，至今不明，但當年錦繡客舍的十多位住客當中便有蟲達。我娘親死後，現場沒有留下任何證據，只在她身上發現了三根血指印，而蟲達的右手末尾二指已斷，只餘三根手指，他極大可能就是殺害我娘親的凶手。」

宋慈這番話說得很慢，語氣也很淡然，可是說到最後，每一個字出口之時，聲音都在微微顫抖。

「妳前夜向我打聽蟲達的下落，是因為蟲達是那支官軍的將領，是害妳家破人亡的罪魁禍首。我追查蟲達的下落，是為了查明我娘親的死，抓住真凶，替她昭雪冤屈，讓她九泉之下能瞑目。」宋慈看著桑榆的眼睛，「桑姑娘，妳與劉鵲閉門相見那麼久，想必聊過不少事。當夜妳來找我，問起蟲達的下落，還猜測蟲達會不會沒去金國，我想妳應該是從劉鵲那裡得知一些蟲達的事吧。倘若真是如此，還望妳能告知於我。」他將早已準備好的紙筆拿出，放在了桑榆的面前。

這一次桑榆沒有再默然不應。她慢慢拿起了筆，在紙上寫下了「光孝寺」三字。

「報恩光孝禪寺？」宋慈眉頭一凝。

桑榆點了一下頭。

報恩光孝禪寺位於建安縣境內，是閩北名氣最盛的古剎大寺，如淨慈報恩寺那般，是高宗皇帝為了超度徽宗皇帝而下詔更改的寺名。他之前懷疑蟲達投金不成，或是根本沒去金國，為了避罪隱姓埋名躲藏了起來，心想果真如此的話，蟲達躲藏的地方必定很是偏僻隱祕，沒想到竟是這麼大有名氣的地方。

他道：「蟲達在光孝寺，這是劉鵲告訴妳的？」

桑榆又點了一下頭。

「聽說妳上門拜訪劉鵲時，曾給他看過一張字條。」宋慈問道，「不知那字條上寫了什麼？」

桑榆在「光孝寺」三個字的旁邊，寫下了「十年前，建安縣，東溪鄉」九個字。

「所以劉鵲一見到這幾個字，」宋慈道，「便領妳入書房閉門相見？」

桑榆回以點頭。她想起那日劉鵲見過這幾個字後，立馬變了神色，請她進入書房相見，又吩咐黃楊皮守在書房外，不許任何人打擾。

劉鵲關起門來，低聲問她是誰，她沒有隱瞞，直接表明了自己的身分。劉鵲面露悔色，連聲向她道歉，說當年參與劫掠是他一時糊塗，雖說他沒有殘害過人命，只是跟著亂兵搶了些財物，但他身為救死扶傷的大夫，沒有試圖阻止亂兵殘害無辜，那便是罪大惡極，他這些年時常痛悔萬分。

他問桑榆是不是來找他報仇的，桑榆心亂如麻，沒有回應他。他說冤有頭債有主，當年他雖沒有害過人命，但畢竟闖入桑家搶了財物，也沒有阻止亂兵的罪行，桑榆若是來報仇的，他願意以死謝罪，只求他死之後，桑榆不要再傷害他的家人。

過去十年裡，桑榆從沒有忘記過父母兄長之仇，無時無刻不在想著如何報仇，只是她將這些心思深藏起來，從不讓桑老丈知道。她清楚地記得當年那支亂軍的將領名叫蟲達，歸根結底，蟲達縱容亂兵燒殺搶掠，殺良冒功，才是害得她家破人亡的罪魁禍首。

她隨著桑老丈四處售賣木作時，背著桑老丈偷偷地打聽蟲達的消息，得知蟲達早已叛宋投金。她以為蟲達去了金國，自己這輩子只怕都報仇無望了，沒想到竟會在臨安城裡撞見劉鵲。

她雖然恨劉鵲參與了當年的劫掠，但劉鵲只是搶掠財物，沒有害過人命，不是殺害她父母兄長的罪人。她問當年殺害她父母兄長的那夥亂兵身在何處，劉鵲搖頭說不知道，她又打聽蟲達在哪裡。出乎她意料的是，劉鵲竟沒說蟲達去了金國，而是說蟲達隱姓埋名做了和尚，藏身在報恩光孝禪寺裡。

桑榆不清楚劉鵲所說的是真是假，想起宋慈曾向金人查問蟲達投金一事，心想宋慈說不定知道蟲達的下落，便去太學找了宋慈打聽，希望能得到印證，然而宋慈並不知情。她返回梅氏榻房，收拾好行李和貨物，第二天一早僱車離開，想著先回建陽縣，安頓好了桑老丈，再獨自去報恩光孝禪寺一探究竟。

桑老丈將她的安危看得比自個的性命還重，一旦知道她要去尋蟲達報仇，必會為此擔驚受怕。桑老丈本就年事已高，加之又是大病初癒，她怕桑老丈經受不了，便沒說實話，只說是帶他回家好好休養。只是沒想到劉鵲突然死於非命，她因為送去的糕點被驗出有毒，被抓入提刑司關押了起來。她昨日之所以一直沉默不應，是因為這些事關係到她父母兄長之死，她本就不願意提起，更重要的是一旦她說了出來，桑老丈便會知道她有尋蟲達報仇之心，她實在不願看到桑老丈為此擔驚受恐。若不是今日桑老丈突然認罪招供，她仍是不打算說出這些事的。

桑榆時而在紙上寫字，時而比畫手勢，將這些事告知了宋慈。她一再示意桑老丈沒有在糕點裡下過砒霜，示意桑老丈一定是擔心她被治罪，為了保護她才這麼做的。

宋慈凝著眉頭，劉鵲對桑榆說出願意以死謝罪的話，結果當晚他真的死在了醫館書房，難道他是自盡？可就因為一個素未謀面的女子找上門來說起當年之事，他會出於悔恨或是害怕這女子報仇，當晚便決定以死謝罪嗎？宋慈覺得換了任何人，都不可能這麼做，更何況在他眼中，劉鵲並非一般人。

他與劉鵲只在梅氏榻房有過一面之緣，其人長鬚花白、面色紅潤，看起來甚是面善，關於劉鵲的其他印象，則是從劉太丞家眾人口中聽來的，大都比較正面，但他隱隱覺得劉鵲這人沒那麼簡單，尤其是劉鵲閉門見桑榆時說出的那些話，更讓他確信自己的這種感覺。

劉鵲說自己罪大惡極也好，說自己痛悔萬分也罷，其實話裡、話外一再地在強調他沒有殘害過人命，只是跟著亂兵搶了一些財物，還說自己願意以死謝罪，求桑榆不要找他的家人尋仇。面對一個十六、七歲且涉世未深的女子，劉鵲這一通話說下來，桑榆即便有心尋他報仇，恐怕也下不去手。

宋慈這樣想著，覺得劉鵲是個甚有心機的人，但這樣的人居然在桑榆一問之下便透露了蟲達的下落，這不得不令他起疑。他道：「桑姑娘，妳有沒有想過，劉鵲為何要把蟲達的下落告訴妳？」

桑榆從沒有想過這些，搖了搖頭。

宋慈的眉頭凝得更重了。蟲達六年前判宋投金，此後再也沒有他的消息，可見他藏身光孝寺一事應該是極其隱祕的。劉鵲參與劫掠桑家是在十年前，據白首烏所言，劉鵲到臨安幫助劉扁打理醫館也是在十年前，也就是說，劉鵲很可能是在那之後，便從軍中去職，離開了蟲達麾下，那他後來又是如何知道蟲達沒有叛投金國，而是藏身光孝寺？就算劉鵲真的知道蟲達的下落，可他只不過初次與桑榆相見，為何如此輕易便說出這等隱祕之事？

宋慈越想越覺得不合常理，道：「桑姑娘，劉鵲能這麼輕易地說出蟲達的下落，極可能說的不是真話。」

桑榆比畫手勢，問蟲達不在光孝寺，那在何處？

「我也不知道。」宋慈搖頭道，「劉鵲或許當真知道蟲達的下落，只可惜他本人已經死了，沒辦法找他查問。」

桑榆眼中透著不甘，盯著寫在紙上的「光孝寺」三字。

宋慈一見桑榆的眼神，便知她不信自己所言，仍打算去報恩光孝禪寺探明究竟，尋蟲達報仇。

宋慈是見過蟲達的，雖然那是十五年前的事，雖然那時他只有五歲，可他清楚地記得蟲達的性情有多麼暴戾，下手有多麼狠辣，也只有那等心狠手辣之人，才會縱容手下士兵燒殺搶掠，無惡不作。且不說蟲達很可能不在報恩光孝禪寺，即便他真的在那裡，桑榆一個十六、七歲的弱女子，想尋那樣的人報仇，無異於飛蛾撲火，到頭來很可能報仇不成，反而害了自己。可桑榆報仇之志已決，桑老丈尚且拗不過她，宋慈又如何勸阻得了？

不渡無邊苦海，莫勸回頭是岸，其實宋慈根本沒打算勸桑榆放下，只因他自己便從未放下過。十五年來，他多少次噩夢驚魂，母親渾身是血的場景，一遍又一遍地出現在眼前。蟲達關乎他母親之死，他無論如何要追查到底。

他決定陪桑榆一起撲這個火，既是為了桑榆，也是為了他自己。

宋慈目光堅毅，道：「桑姑娘，我已奉喬大人之命接手劉鵲一案，三日之內，我一定查明真相，還妳和桑老丈的清白。我也會追查蟲達的下落，一直追查到底，總有一天我會找出此人，還妳我一個公道。」

桑榆抬頭望著宋慈，眼睛裡隱隱有淚花閃動，但她只望了這一眼，便低下頭去，等到再抬起頭時，她已收住了淚水。

她豎起拇指，輕輕彎曲了兩下，表示感謝。她指了一下供狀，掌心貼在耳邊，輕輕地點了一下頭，以示相信之意。但尋蟲達報仇，她示意這是她自己的事，無論將來是何結果，都不希望牽連宋慈進來。

「桑姑娘，我不是怕牽連……」

宋慈話未說出，桑榆已比畫手勢，示意她該說的都已經說了，希望宋慈能為她保密，暫且瞞著桑老丈，不要讓桑老丈知道她決心報仇的事。

宋慈微微一呆，點了點頭。他不再多說什麼，喚入許義，將桑榆押回了大獄。

宋慈獨自在幹辦房裡坐了半晌，等許義回來後，他便站起身來，讓許義隨他走一趟劉太丞家。他此前已親自查驗過劉鵲的屍體，但作為凶案現場的醫館書房，他還沒有親自勘驗過。

第五章 牽機之毒

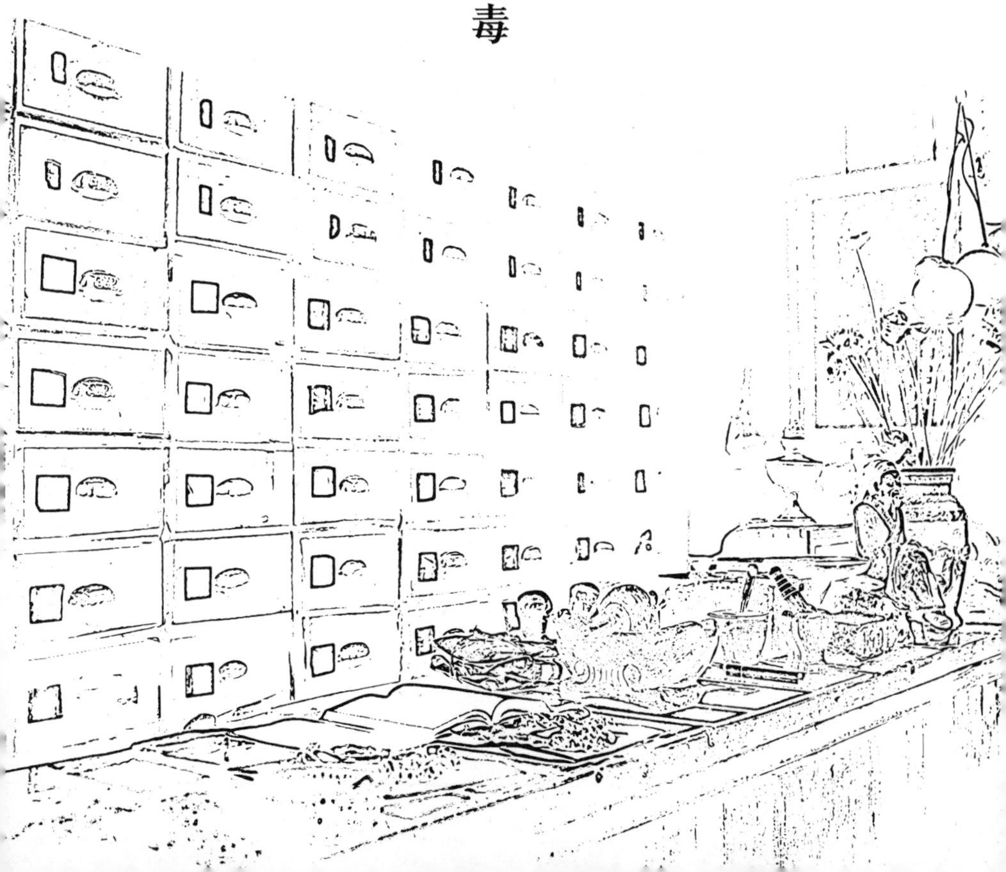

劉克莊奔出司理獄，又奔出府衙，直到一口氣奔出了清波門，腳步才有所放緩。沿著西湖東岸的城牆外道，他漫無目的地往前走著，過不多時，飛簷翹角的豐樂樓遙遙在望，鮮豔招展的酒旗映入了眼簾。一想到韓珍只徒一年，他便覺得心頭堵得厲害，不醉生夢死一場，如何解得胸中這口惡氣？

劉克莊踏入豐樂樓，面對迎上來的侍者，留下一句「拿三、五瓶皇都春來」，便上了樓去。他來到上次和宋慈一同坐過的中樓散座，很快侍者端來了五瓶皇都春，在他面前一字擺開。他抓起一個酒瓶，拔掉瓶塞，也不往酒盞裡倒酒，直接高舉起來，往嘴裡灌了好大一口。

時當上午，豐樂樓才開樓不久，可中樓簫鼓齊鳴，歌伎舞姬獻藝，已有兩桌酒客在此宴飲。劉克莊朝那兩桌酒客瞧了瞧，其中一桌只有一個女子，身著淺黃衣裙，竟是之前在錦繡客舍行香子房遇見過的韓絮。他昨晚聽白首烏提及，韓絮是韓侂胄的侄孫女，貴為新安郡主，沒想到竟也會一大早獨自來豐樂樓喝酒，他忍不住多看了兩眼。

劉克莊對韓絮只是多看兩眼，對另一桌酒客，他卻是一邊喝酒，一邊恨恨地盯著。另一桌聚著六、七個膏粱子弟，當中一人手把摺扇，是之前追隨韓珍左右的史寬之，其他幾個膏粱子弟，此前也常鞍前馬後地簇擁著韓珍，劉克莊都是見過的。想不到，韓珍剛下獄沒幾天，史寬之和這幫膏粱子弟便照常聚眾宴飲，縱情聲色。酒肉之交，不過爾爾。

劉克莊上樓之時，史寬之便已瞧見了他。與幾個膏粱子弟推杯換盞之際，史寬之時不時地朝劉克莊瞥上一眼，時不時又朝樓梯方向望一望。過了片刻，他讓幾個膏粱子弟繼續喝著，左手持摺扇，右手持酒盞，起身來到劉克莊的散座前，道：「我說是誰瞧著眼熟，原來是劉公子。」

劉克莊沒好氣地哼了一聲。

「怎麼只劉公子一人？」史寬之道，「宋公子沒來嗎？」

「宋慈來沒來，與你何干？」劉克莊白了史寬之一眼，絲毫不掩飾眼神裡的恨意。

史寬之並不著惱，面露微笑，道：「上次熙春樓點花牌，那道十一字同偏旁的絕對，劉公子只消片刻便能對出，還能接連對出兩聯，當真令人大開眼界。正巧，今日我約了三五好友，在此間行酒對課，消閒為樂。適才我出了一聯，幾位好友輪番嘗試，卻無一人對出。」說著端起酒盞，向劉克莊遞出，「聞聽劉公子是以詞賦第一考入的太學，何不過來與我等飲酒對課，一起親近親近？」

「你倒是把我的底細摸得一清二楚。」劉克莊沒理會史寬之遞來的酒盞，逕自拿起酒瓶，灌了一口酒，「親近就不必了，你若想考校我，儘管來。」

史寬之笑了笑，將酒盞放下了。他朝北樓一間雅閣望了一眼，唰地撐開摺扇，拿在胸前輕搖慢晃，道：「我這一聯不難，叫作『山羊上山，山碰山羊角，咩——』」

「你這一聲羊叫，倒是惟妙惟肖極了。」劉克莊哼了一聲，順著史寬之的目光，朝北樓那間雅閣望了一眼，見那間雅閣的牆壁上繪有一幅壁畫，畫中高山流水，鳥飛猿騰，另有牛羊散布山水之間，題墨「猿鳥啼嘉景，牛羊傍晚暉」。他知道史寬之這一聯是從壁畫中出來的，隨口應道：「水牛下水，水淹水牛鼻，呸！」

山羊是「咩咩」做聲，水牛是「哞哞」而叫，就算淹了牛鼻子，鼻子裡噴出水來，也該是「噗」的一聲，劉克莊卻故意來了一聲「呸」。他這一聯對得很是響亮，尤其是最後那一聲「呸」，驚得幾個歌伎的鼓聲簫聲微微一頓，幾個膏粱子弟也紛紛投來目光。另一桌的韓絮原本斜倚著身子自斟自飲，這時妙目一轉，也朝劉克莊看了過來。

史寬之並不生氣，道一聲：「好對！」目光掃動，落在那幾個敲鼓奏簫的歌伎身上，「那我再出一聯：『金鼓動動動，實勸你不動不動不動。』劉公子，請吧。」

劉克莊見那幾個歌伎所敲之鼓皆嵌有金邊，動字又暗合鼓聲，史寬之這一聯倒是出得頗有妙處。幾個歌伎除敲鼓外，還在奏簫，劉克莊不假思索，對道：「玉簫何何何，且看我如何如何如何。」

史寬之脫口道：「好對，更是好對！」猛地搧了幾下摺扇，目光轉向他處，似在尋思下一聯出什麼。

劉克莊又自行灌了一口酒，道：「考校了兩聯，我看也差不多了。你有什麼話就直說，不必在此拐彎抹角。」

史寬之將摺扇一收，道：「劉公子果真是爽快人。」他在劉克莊的對側落座，稍稍壓低了聲音，「聽說宋公子近來又在查案，他沒隨你來，莫非是查案子去了？」

劉克莊原本舉起酒瓶又要喝酒，聞聽此言，將酒瓶往桌上一擱，冷冷地瞧著史寬之道：「姓史的，你要替韓珍出氣，找我就行，別想著打宋慈的主意！」

史寬之微笑道：「劉公子會錯意了，若要為難你與宋公子，何必在此多費口舌？」

又湊近了一些，聲音壓得更低了，「聽說淨慈寺後山發現了一具屍骨，是當年在宮中做過太丞的劉扁，宋公子正在查這起案子。」

劉克莊冷聲冷氣地道：「你耳目倒是通達。」

「耳目是有的，至於通達與否，那就另當別論了，否則宋公子查到何種程度，我就不必來向劉公子打聽了。」

劉克莊冷哼一聲，道：「你如此在意劉扁的案子，難不成是你殺了他？」

史寬之豎起摺扇抵在唇前，噓了一聲，聲音又壓低了幾分：「我與劉扁之死毫無瓜葛，與之相關的另有其人，此人可以說是大有來頭。」

「你說的是誰？」劉克莊問道。

史寬之笑了笑，沒有回答。他右手持扇，慢悠悠地拍打左掌，道：「查得如何，劉公子當真不肯透露？」

劉克莊哼了一聲，道：「無可奉告！」便拿起一瓶皇都春和一只酒盞，起身離開散座，不再理會史寬之，而是朝韓絮所在的那一桌走了過去。

史寬之也不生氣，笑著回到幾個膏粱子弟所在的酒桌，繼續傳杯弄盞，彷彿剛才的事從沒發生過一般。

劉克莊來到韓絮身前，道：「韓姑娘，這麼巧，又見面了。」

韓絮仍是斜倚著身子，眼波在劉克莊臉上流轉，道：「我記得你。」

「上次蒙姑娘賞酒，在下猶是難忘。」劉克莊斟了一盞酒，「今日得見姑娘，足見緣分不淺，特來敬姑娘一盞。」

韓絮也不推辭，拿起自己的酒盞，一飲而盡。

劉克莊喝盡盞中之酒，旋又斟滿，道：「敢問姑娘，數日之前，是否到劉太丞家看過診？」

他記得韓絮去尋劉鵲看診一事，心想若是宋慈在此，以宋慈不放過任何細枝末節的審慎態度，必定會找韓絮探問一番。他雖然因為韓珍的事而心煩意亂，可方才喝了幾大口酒，又與史寬之唇舌相對一番，堵在胸口的那口惡氣已出了大半，心思便又回到了查案上。

「你怎知我去過劉太丞家？」韓絮道。

「姑娘還記得上次到錦繡客舍查案的宋提刑吧？」劉克莊道，「劉太丞死於非命，宋提刑正在追查此案，什麼事都瞞不過他。」

「我是去過劉太丞家。」韓絮道，「難不成宋提刑在懷疑我？」

「當然不是。」劉克莊應道，「只是姑娘數日前曾去劉太丞家看診，如今好不容易見到了姑娘，總要問上一問，還望姑娘不要介意。」

「你想問什麼？」

「姑娘去劉太丞家，當真是去看診嗎？」

「我素有心疾，去醫館不看病，還能看別的？」

「可是姑娘貴為郡主，直接請大夫上門即可，何必親自走一趟醫館？」

韓絮微笑道：「我離開臨安已有五、六年，如今才剛回來幾日，你竟然知道我是郡主？」

劉克莊整了整青衿服和東坡巾，行禮道：「太學劉克莊，參見新安郡主。」

史寬之聽見劉克莊的話，當即投來目光，看了韓絮好幾眼，忽然起身來到韓絮面前恭恭敬敬地行禮道：「史寬之拜見新安郡主。」又朝那幾個膏粱子弟招手，幾個膏粱子弟紛紛過來，向韓絮行禮。

「你是誰？也識得我嗎？」韓絮看著史寬之。

史彌遠投靠韓侂冑是最近一、兩年的事，此前只是一個小小的司封郎中，根本沒機會接觸當朝權貴，史寬之身為其子，自然是沒見過韓絮的。他道：「家父是禮部侍郎兼刑部侍郎史彌遠，曾提及恭淑皇后有一位妹妹，深受聖上喜愛，獲封為新安郡主。史寬之雖未得見郡主尊容，但久仰郡主之名。」

韓絮揮了揮手，道：「無須多禮。我好些年沒來過這豐樂樓了，只是來此小酌幾杯，你們請便。」說著手把酒盞，淺飲了一口。

史寬之應了聲「是」，帶著幾個膏粱子弟回到自己那一桌，只是再推杯換盞起來，不敢像剛才那樣肆無忌憚。

「劉公子，你還要問我什麼嗎？」韓絮將酒盞勾在指間，輕輕地搖晃，看著並未離開的劉克莊。

劉克莊應道：「我是想問，只是怕郡主不肯答。」

「有什麼是我不肯答的？」韓絮微笑道，「你倒是說來聽聽。」

「那我就得罪了。」劉克莊道，「我聽說郡主前些年也去過劉太丞家，那時劉太丞家的主人還是劉扁，他剛從太丞一職上退下來。劉扁不做太丞，是六年前的事。那一年可謂是多事之秋，不止有蟲達叛投金國，恭淑皇后也染病崩逝了……」

聽到恭淑皇后染病崩逝，韓絮臉上的微笑頓時不見了，指間的酒盞也停止了搖晃。

「敢問郡主，恭淑皇后染病崩逝，和劉扁離任太丞，這兩件事是哪個發生在前？」劉克莊問道。

韓絮幾乎沒怎麼回想，應道：「恭淑皇后崩逝在前，劉扁離任在後。」

「劉扁是宮中太丞，聖上還曾御賜給他一座宅邸，可見他醫術高明，甚得聖上信任，恭淑皇后染病之時，他既然還沒離任，想必一定會參與診治吧？」劉克莊道，「我是在想，是不是因為劉扁沒醫好恭淑皇后，這才去了職？」

韓絮回應道：「你說的不錯，劉扁是沒治好恭淑皇后的病，這才自領責罰，不再做太丞。」

「據我所知，恭淑皇后乃是郡主的親姐姐，既然劉扁沒能治好恭淑皇后的病，那為何郡主身體抱恙時，還要去劉太丞家找劉扁診治呢？」

「恭淑皇后的病無人能治，此事怪不得劉扁。若非劉扁施針用藥，恭淑皇后只怕早前幾年便不在了。」

劉克莊點了點頭，道：「原來如此。」

劉客莊正要繼續發問，韓絮卻道：「恭淑皇后的事，我實在不願多提，你不必再問了。」她神色憂戚地起身，不再理會劉克莊，逕自離開了中樓。

劉克莊也不強求，應了聲「是」，立在原地，恭送韓絮離開。

「宋大人，水來了。」

劉太丞家，醫館書房，許義遵照宋慈的吩咐，提來了一大桶清水。

宋慈站在書案前，拿出準備好的三塊白手絹——那是來劉太丞家的路上，從街邊店鋪買來的——一併丟進了水桶裡。三塊手絹浸濕了水，很快沉至水桶底部。他挽起袖子撈起其中一塊手絹，擰乾後，擦拭起了書案。

他擦拭得很用力，尤其是劉鵲死後趴伏過的位置，來來回回、反反覆覆地擦拭，直到將書案擦得明光可鑑。這時他停了下來，拿起手絹一看，原本純白的手絹已染上了不少汙穢。臥床邊的桌子上擺放著三只碗，他走過去，將手絹放入其中一只碗裡。

接下來，宋慈又從水桶裡撈起第二塊白手絹，同樣是擰乾後用力擦拭，只不過這一次擦拭的不再是書案，而是椅子。這張椅子擺放在書案前，劉鵲死時，便是坐在這把椅子上。他同樣擦拭得極為用力，扶手、靠背、椅面，每一處都反復擦拭了好幾遍。這塊白手絹同樣染上了不少汙穢，被他放入了第二只碗中。

還剩最後一塊白手絹了。宋慈用同樣的法子，用這塊手絹擦拭起了地磚。地磚位於書案和椅子底下，那是劉鵲死後雙腳踩踏過的地方。這一塊白手絹沾染的汙穢最多，被他放在了第三只碗裡。

書房的門敞開著，劉太丞家的三個藥童此刻都聚在門外圍觀。宋慈此次來劉太丞家查驗現場，並未驚動其他人，也吩咐三個藥童不用去把其他人叫來。三個藥童不知宋慈在幹什麼，對宋慈的一舉一動甚是好奇。

宋慈往三只碗裡分別加入清水，沒過了手絹。等手絹在碗中浸泡了一陣，他將三塊手絹揉搓了幾下再撈出，只見三只碗裡的清水都變髒了不少。這時他取出三枚銀針，分別放入三碗髒水之中，然後蓋上手絹，封住碗口。他這麼做，是為了查驗書案、椅子和地磚上是否有毒。

劉鵲是中砒霜而死，毒發時應該會吐血，或是嘔吐，吐出來的汙穢之物很可能會濺在附近。倘若書案、椅子和地磚上能驗出毒來，那就證明劉鵲的確是死在書案前。倘若這些地方驗不出毒，那劉鵲極有可能不是死在書案前，而是死在書房裡的其他位置。

劉鵲頭晚見過白首烏後，影子便從窗戶上消失了，此後再也沒有出現過，這使得宋慈懷疑劉鵲很可能不是死在書案前。他需要查驗清楚這一點，倘若真如他猜想的這樣，那就要找出劉鵲毒發身亡時的真正位置，繼而追查是否有遺漏的線索。

宋慈等了好一陣子，方才揭去手絹，將三只碗裡的銀針一一取出。果然如他所料，三枚銀針的色澤沒有任何變化。由此可見，劉鵲極大可能死在書房裡的其他地方，死後才被人移屍至書案前。

有了這一發現，宋慈開始在書房裡四處走動，仔細查找起來。他把書房裡各處地方都查找了一遍，時而伸手觸摸，時而湊近細聞，連犄角旮旯都沒放過，卻沒有發現任何異常。直到最後，他的目光定住了，落在了書案的外側。

在那裡，擺放著一個面盆架，與書案相隔了三、四步的距離。他的目光落在面盆架的正中，那裡有幾道微不可察的刮痕。

宋慈伸出手指，輕輕地觸摸這幾道刮痕。刮痕比較新，應該是近幾日留下的，但痕跡太細、太淺，不像是硬物刮擦所致，倒像是指甲刮出來的。他暗想了一陣，忽然回頭看向書房門外，示意許義將三個藥童帶進來。

三個藥童來到了宋慈的身前，宋慈先看了一眼黃楊皮，道：「上次在梅氏榻房，我們見過面的，還記得嗎？」

黃楊皮應道：「記得，梅氏榻房有個姓桑的啞女，小人隨先生去給她爹看病，當時見過大人一面，沒想到大人還記得小人。」

宋慈聽黃楊皮稱呼桑榆為姓桑的啞女，臉色不由得一沉。他指著面盆架，道：「你以前伺候過劉鵲梳洗，這個面盆架，是一直擺放在這裡嗎？」

黃楊皮點頭道：「回大人的話，這個面盆架，一直是擺在這裡的。」

「這些刮痕是什麼時候有的？」宋慈指著面盆架上那幾道細微刮痕。

黃楊皮上前瞧了幾眼，搖了搖頭：「小人沒留意過，不知道是什麼時候有的。」

宋慈看向遠志和當歸道：「我聽說昨天清晨發現劉鵲遇害時，你們二人都在場？」

遠志和當歸點了點頭。

「當時是何情形？你們二人如實說來。」

遠志不敢隱瞞，埋著頭，將昨天早上發現劉鵲遇害的經過說了。

宋慈聽罷，向遠志道：「你說昨天清晨，是你端來了洗臉水，那你有把洗臉水放在這個面盆架上嗎？」

遠志點了點頭，應道：「放了的。」

「你放下洗臉水時，可有看見這裡的刮痕？」宋慈仍是指著面盆架正中的那幾道刮痕問道。

遠志輕輕搖頭，道：「我當時只顧著瞧先生怎麼了，沒看過這面盆架，不知道有沒有刮痕。」

「那你放洗臉水時，是平穩放在這面盆架上的嗎？」宋慈又問。

遠志應道：「是平穩放上去的。」

宋慈微微皺眉，盯著面盆架上的刮痕瞧了一陣，忽然道：「劉太丞家有賣砒霜吧？」

砒霜雖是劇毒之物，但也可以入藥，有蝕瘡去腐、劫痰截瘧的功效，許多醫館都有售賣。

黃楊皮應道：「回大人，醫館裡一直有賣砒霜。」

「醫館裡的藥材，多久清點一次？」

「每天都會清點。」黃楊皮答道，「這藥材可是醫館的命根子，小人每天都會清點，以免有人私自多拿。」說這話時，有意無意地朝遠志和當歸斜了一眼。

「劉鵲死後，也就是昨天，你有清點過藥材嗎？」

「小人清點過。」

「那你昨天清點時，砒霜有沒有少？」

黃楊皮答道：「昨天傍晚醫館關門後，小人去藥房清點藥材，是發現砒霜少了一些。」

宋慈眉頭微微一皺，道：「是誰用過砒霜？」

黃楊皮搖頭道：「這小人就不知道了。昨天因為先生出事，醫館沒對外看診病人，沒用過任何藥材，小人本想著不用清點的，但還是去看了一眼，沒想到砒霜卻變少了，不知被誰拿走了一些。」

「醫館裡每天清點藥材，都是在傍晚關門後嗎？」

「是的，傍晚時醫館關門，當天用了哪些藥材，用了多少，都要清點清楚，方便後續補買藥材。」

宋慈暗暗心想：『那就是說，砒霜變少，是前天傍晚到昨天傍晚之間的事。劉鵲死於砒霜中毒，這些少了的砒霜，會不會是用於給劉鵲下毒？倘若真是這樣，劉鵲死在前天夜裡，那麼凶手從藥房取走砒霜，就發生在前天傍晚清點藥材之後，到劉鵲死之前的那段時間。』想到這裡，他問道：「前天傍晚之後，到第二天天亮，有沒有人去過藥房？」

黃楊皮回想了一下，道：「有的。」

「誰去過？」

「先生去過。」

「劉鵲？」宋慈微微一愣。

黃楊皮應道：「前天傍晚清點完藥材後，小人在大堂裡分揀藥材，先生當時去了一趟藥房，然後便回書房著書去了。從那以後，再到第二天天亮，小人記得沒人再去過藥房了。後來再有人去藥房，便是白大夫聽大人的命令，去藥房取通木的時候。」

「劉鵲傍晚時去藥房，」宋慈看向遠志和當歸，「你們二人也看見了嗎？」

遠志和當歸回以點頭，當時兩人正在大堂裡分揀藥材，劉鵲去藥房的那一幕，他們也瞧見了。

宋慈凝著眉頭想了片刻，問黃楊皮道：「你是劉鵲的貼身藥童，想必經常跟在劉鵲的身邊吧？」

黃楊皮應道：「那是自然，做藥童的，平日裡都跟著各自的大夫，幫著整理器具，抓藥煎藥。遠志跟著大大夫，當歸跟著二大夫，小人則是跟著先生。」說到這裡時，很是神氣地瞧了遠志和當歸一眼，「平日裡先生的起居都是小人在伺候，先生看診時，小人便在旁搭手，備好所需的器具和藥材，大多時候都是跟在先生身邊的。」

「那劉鵲死前幾日，」宋慈問道，「他言行舉止可有什麼異常？」

黃楊皮回想了一下，道：「先生那幾日照常看診，沒什麼異常，只是前天夏虞候來過之後，先生再給病人看診時，便時不時地嘆一、兩聲氣，以前小人很少聽見先生嘆氣的。那天結束看診後，當時快吃晚飯了，先生去了一趟祖師堂，給祖師畫像上了香，又關上門，獨自在祖師堂裡待了好一陣才出來。以前先生只在逢年過節才去祖師堂祭拜，平日裡可從沒去過，再說過幾日便是上元節，到時醫館裡所有人都要去祭拜的。」

「夏虞候前天來醫館，是請劉鵲去給韓太師治病吧？」宋慈道。

黃楊皮應道：「是的，夏虞候來請先生第二天一早去吳山南園，為韓太師診治背疾。」

宋慈沒再問劉鵲的事，暗自思慮了一陣，忽然道：「你們三人都記得紫草吧？」

遠志和當歸有些詫異地點了點頭，不明白宋慈為何會突然問起紫草。

黃楊皮一聽紫草的名字，眉頭往中間擠了擠，蠟黃的臉上閃過一絲厭惡之色。

宋慈看向遠志和當歸，道：「我聽說你們二人與紫草是一同來到劉太丞家的，是吧？」

遠志低頭應道：「我和當歸原本流落街頭，無家可歸，是紫草領著我們二人來到劉太丞家的。」當歸跟著點了一下頭。

「紫草對你們二人應該很好吧？」

「紫草待我和當歸，便如親姐姐一般，她那時侍奉太丞，但凡得了什麼好吃的、好用的，自己不捨得吃、不捨得用，全都留給我們二人。若能早些認識她，我們二人也不至於流落街頭那麼多年，受那麼多苦，遭那麼多罪……」

「認識得不夠早？」宋慈語氣一奇，「你們二人以前不是與她一起相依為命嗎？」

遠志搖搖頭，道：「我打小沒了父母，當歸也是這樣，我們二人流落街頭時相識，相依為命了好些年，後來來劉太丞家的那一晚，才認識了紫草。」

宋慈想起白首烏講過，六年前的一個大雨夜，紫草渾身被雨淋透，跪在劉太丞家的大門外，求醫館救治重病瀕死的當歸，他以為紫草與當歸、遠志原本就是在一起的，沒想到是那晚才剛認識的。

「你們二人是如何認識紫草的？」他道，「此事須仔細說來，不可遺漏分毫。」

遠志朝當歸看了看，道：「我記得那晚下著很大的雨，當歸額頭發燙，身子沒半點力氣。我背著他，挨家挨戶地敲門，四處尋人救助，找了好幾家醫館，可人家一見我們二人是乞丐，不由分說便把我們二人轟走。

那時，我只有十二、三歲，沒經歷過這種事，急得不知該怎麼辦，抱著當歸在街邊大哭。紫草當時從附近路過，聽見哭聲，尋了過來。她比我們二人稍大一些，渾身衣服有很多補丁，也是流落街頭的乞兒。

她摸了摸當歸的額頭，說當歸很是危險，若不及時救治，只怕會沒命，要我趕緊送醫才行。我說送過醫了，沒哪家醫館肯救治。紫草說城北有家醫館，是劉太丞家，聽說劉太丞經常對窮苦病人施藥救濟，分文不取，是個活菩薩，便讓我背著當歸，隨她一起前往劉太丞家求醫。她在前帶路，我背著當歸在後，冒著大雨趕到了劉太丞家。她跪在大雨裡，不停地懇求，最終打動了劉太丞，劉太丞不僅救治了當歸，還將我們三人收留了下來。」

宋慈問道：「臨安城裡行乞之人不少，你們二人以前流落街頭時，可有在眾多行乞之人中見過紫草？」

遠志搖搖頭：「我和當歸在城裡流浪了好些年，城裡的乞丐大都是見過的，但是沒見過紫草。」

宋慈若有所思，過了片刻，又問：「以你們二人對紫草的瞭解，她會因為不願嫁給祁老二而自盡嗎？」

遠志想了想，道：「祁老二雖然年紀大，可為人本分老實，嫁給他，好歹是能過安穩日子的。我討過飯，受過不少欺辱，能過上安穩日子，便是最大的願望。可這只是我的想法。紫草生得那麼美，讓她嫁給祁老二，實在是委屈了她。可那是先生的意思，紫草也沒法子，她定是百般不願，才會選擇自盡的吧。」

「紫草待你們二人那麼好，她死之後，你們二人應該很傷心吧？」

「我一直將紫草當作親姐姐看待，當歸也是如此，他的性命還是紫草救回來的，紫草死了，我們二人自然傷心。那時祁老二將紫草運去泥溪村安葬，我們二人一路哭著送葬，親手挖土、填土，安葬了紫草。紫草死後，逢上一些節日，我們二人誰得了空，便去她的墳前祭拜。只可惜她去得早，我們二人再也報答不了她的恩情……」

「你們三人身為藥童，想必醫館裡的各種藥，你們都是見過的吧？」宋慈忽然話題一轉。

遠志和當歸點了點頭，黃楊皮道：「但凡是醫館裡有的藥，小人都是見過的。」

「那你們知道牽機藥嗎？」

「牽機藥？」黃楊皮擺了擺頭，「小人還沒聽說過。」

遠志和當歸都是一愣，不知道牽機藥是什麼東西。

「牽機藥是一種劇毒，凡中此毒之人，會頭足相就，狀若牽機而死。以前劉鵲的女兒便是吃了這種藥，死在了這間書房之中，你們不知道嗎？」

黃楊皮道：「先生是死過一個女兒，這事小人聽說過，小人只知道是誤食了毒藥，卻不知是誤食了什麼毒藥。」

黃楊皮說話之時，一旁的當歸眉頭微微一顫。

宋慈注意到了，立刻向當歸問道：「你是不是想到了什麼？」

當歸愣了一下，搖了搖頭。

一旁的許義看出了當歸的不對勁，喝道：「事關人命案子，在宋大人面前，你休得隱瞞！」

宋慈朝許義看了一眼，輕輕搖頭，示意許義不必如此。

但許義這一喝似乎起到了作用，當歸開口了：「大人說的頭足相就，狀若牽機，我見過……」

「你在哪裡見過？」宋慈問道。

「在後院。」當歸答道，「以前後院養過一隻小狗，只養了一、兩個月便死了。那隻小狗死的時候我瞧見了，正是大人剛才說的那樣。我還瞧見……」

當歸欲言又止，宋慈問道：「你還瞧見了什麼？」

「那隻小狗死時，我還瞧見二大夫守在旁邊。」當歸道，「二大夫拿衣服裹了那隻小狗，在牆角挖坑埋了，還搬去一個花盆，壓在了上面。」

「這是什麼時候的事？」

「有一年多了。」

遠志瞧著當歸，道：「你說的是前年大黃差點死了，石管家弄來準備替換大黃的那隻小花狗？」

當歸點了一下頭。

「那隻狗埋在何處？」宋慈道，「帶我去看看。」

當歸應了，領著宋慈出了醫館後門，穿過家宅，去往後院。

就在穿過家宅正堂時，宋慈注意到東側有一間單獨的小屋子，屋子門楣上題有「祖師堂」三字。宋慈立馬停下腳步，轉頭走向祖師堂——他想進祖師堂看看。

祖師堂的門關著，但沒有上鎖，他一推即開，走了進去。

祖師堂內不大，甚至說得上逼仄，裡面擺放著一方紅布垂遮的供桌，供桌上立著一只香爐，香爐裡插著三根燒過的香頭。在香爐的背後，是一尊立著的牌位，上書「先師知宮皇甫先生之靈位」。

在牌位後面的牆壁上掛著一幅畫像，畫中是個瘦骨嶙峋的道士，題字為「丹經萬卷，不如守一，皇甫坦自題」，乃是皇甫坦的自畫像。在畫像的上方，懸有一塊金匾，上有「麻衣妙手」四個金字，已沾染了不少灰塵，是當年高宗皇帝御賜的金匾。除此之外，整個祖師堂內空空蕩蕩，再不見其他東西。

宋慈在祖師堂裡來回走了幾遍，沒發現什麼異常，於是退了出來，道：「走吧，去後院。」

當歸繼續領路，宋慈跟在後面，一起去往後院的還有許義、遠志和黃楊皮。

剛一來到後院，一陣犬吠聲立刻響起，拴在後院左側的小黑狗見了生人，衝著宋慈和許義一個勁地狂吠。這隻小黑狗是遠志養的，遠志趕緊上前，伸出左手撫摸小黑狗的頭，臉上帶著笑，嘴裡發出「噓」聲。

小黑狗很聽遠志的話，立刻止住了狂吠，一個勁地擺動尾巴。拴在另一側的大黃狗沒有吠叫，流著涎水，在原地沒頭沒腦地轉著圈。

這一陣犬吠聲太過響亮，管家石膽被吸引了過來，隨同趕來的還有家宅裡的幾個奴僕和高良薑。

「埋在哪裡？」宋慈問當歸道。

當歸走向後院的西北角，向牆角擺放的花盆一指。

宋慈道：「石管家，你來得正好，煩請你取把鋤頭來。」

石膽不知宋慈要幹什麼。他身邊跟著幾個奴僕，卻不加以使喚，反而衝遠志道：「遠志，沒聽見大人說的嗎？快去找把鋤頭來。」

遠志不敢違拗，埋著頭去了，不多時返回，左手握著一把鋤頭，交給了宋慈。

宋慈吩咐許義移開花盆，又把鋤頭交給許義，讓許義挖起了牆角下的泥土。

高良薑是聽見狗叫聲才趕來的，奇道：「這是在挖什麼呢？」

黃楊皮應道：「回大大夫的話，這是在挖死掉的狗。」

「挖什麼？」高良薑很是詫異，「狗？」

黃楊皮將羌獨活埋狗一事說了。

高良薑道：「你說的是那隻小花狗？牠不是繩子沒拴緊，自己跑掉了嗎？」

黃楊皮道：「當歸說他親眼瞧見，二大夫把狗埋在了這裡。」

正當這時，許義的聲音忽然響起：「宋大人，挖到了！」他沒挖幾下，泥土裡便露出了衣物。他將衣物周圍的泥土小心翼翼地刨開，一團裹在一起的衣物出現在眼前。

宋慈示意許義停下。他沒有將這團衣物直接取出，生怕稍微一動，便會破壞衣物裡屍骨的形狀。他蹲了下來，將裹成一團的衣物慢慢地展開，一具白慘慘的屍骨出現了。

這具屍骨如當歸所言，尺寸不大，看形狀是一隻小狗。屍骨頭仰腿翹，反彎成了弓狀，骨色慘白之中透著烏黑，像是中毒而死的樣子。

眼前的這一幕，令宋慈一下子想起了劉扁的屍骨。雖說人與狗差異太大，本不該拿來進行比較，但這隻小狗的屍骨，的確與劉扁的屍骨存在不少相似之處——既骨色發黑又狀若牽機。

「羌大夫在哪裡？」宋慈問道，「怎的一直不見他人？」

黃楊皮應道：「小人今天還沒見過二大夫呢。」

「羌大夫住在何處？」宋慈又問。

黃楊皮朝旁邊一指，道：「二大夫就住在那間屋子。」

宋慈順其所指望去，只見那屋子緊挨著後院，門窗緊閉，後院裡這麼大動靜，卻一直沒人出來，問道：「羌大夫是外出了嗎？」

黃楊皮應道：「二大夫不常露面，小人一向跟著先生，不清楚二大夫的行蹤。當歸，你不是二大夫的藥童嗎？他去了哪裡，你倒是說說。」說著，斜眼瞧著當歸。

當歸搖頭道：「我也不知道。」

高良薑忽然道：「羌師弟每次外出，都會把門鎖上。」他注意到羌獨活的屋子雖然門窗皆閉，但並未上鎖，「師父出事後這兩天，醫館裡沒接診病人，他能外出去哪裡？」說著走向那間屋子，用力地拍打房門，大聲叫道：「羌師弟，我知道你在裡面。宋大人有事找你，你還不趕緊開門！」

就這麼重重地拍打了一陣，忽然傳出門閂被拔掉的聲音，緊接著「吱呀」一響，房門一下子被拉開了，羌獨活出現在了門內。

宋慈微微有些詫異。羌獨活的住處緊挨著後院，後院裡又是狗叫，又是人聲，這麼大的響動，把身在更遠處的石膽和高良薑都吸引了過來，羌獨活離得這麼近，竟一直閉門不出。

「羌師弟，大白天把自己關在屋子裡，不敢出來見人，莫不是做了什麼虧心事？」高良薑的目光越過羌獨活，朝屋子裡瞧了一眼。

羌獨活斜了高良薑一眼，從屋子裡走了出來，不忘將房門關上，向宋慈道：「大人找我何事？」

「羌大夫，這是你埋的嗎？」宋慈朝牆角挖出來的小狗屍骨一指。

羌獨活瞧了一眼，道：「是我埋的。」

「這隻狗是怎麼死的？」

「我不知道。」羌獨活道，「我看見牠死了，便把牠埋了。」

「羌師弟，」高良薑忽然冷言冷語地道，「我看這隻狗是被你藥死的吧。」

羌獨活轉過頭去，盯著高良薑。

「盯著我做什麼？要想人不知，除非己莫為。」高良薑有意提高了聲音，「宋大人有所不知，我這位師弟入門比我晚上一年半載，雖說有學醫的天分，卻沒用在醫術上，反而迷上了毒藥。那時他瞞著師父私自養了一堆家禽，給那些家禽偷偷地試用各種毒藥，藥死了一大批。這事被我發現了，稟告師父，師父將他狠狠罵了一頓，他才有所收斂，沒再那麼做。」又朝那隻小狗的屍骨看了一眼，「這隻狗骨色發黑，我看八成是中毒而死，只怕是羌師弟死性不改，又偷偷試用起了毒藥，讓他給藥死的吧。若非如此，他埋了這隻狗，為何不敢公開說出來？我們還當這隻狗是掙脫了繫繩，自己跑掉了。」

羌獨活哼了一聲，沒有應聲。

「你不吭聲，看來是讓我說準了。」高良薑冷眼瞧著羌獨活，「你以前經常把自己關在屋子裡，偷偷摸摸地擺弄毒藥，剛才你鬼鬼祟祟地躲在屋子裡不出來，我看又是在擺弄毒藥了吧。我這便進你屋子瞧一瞧，是與不是，一搜便知。」話音一落，一把推開房門，搶先進了羌獨活的屋子。

羌獨活臉色一變，叫道：「你出來！」就追了進去。

宋慈和其他人緊跟著進入屋內，只見高良薑從床底下拖出一口箱子，一把掀了開來，羌獨活想要上前阻止，卻慢了一步。

箱子裡滿是各種瓶瓶罐罐，五顏六色，大小不一。

「啊哈！」高良薑的聲音很是得意，「你以前總是把各種毒藥塞在箱子裡，藏在床底下，這麼多年過去了，你還是這樣，真是一點長進也沒有！」

羌獨活臉色陰沉，一把推開高良薑，要關上箱子。

宋慈道一聲：「許大哥。」

許義會意，立刻上前，捕刀往箱子上一橫，瞪眼盯著羌獨活。

羌獨活已經把手伸到了箱蓋上，卻不得不縮回了手。

高良薑被羌獨活一推，摔倒在了地上。但他並不生氣，爬起身來，拍了拍身上的塵土，道：「羌師弟，惱羞成怒了吧？我還以為當年師父罵你一頓，你會痛改前非，想不到還是惡習不改。你說，師父是不是被你毒死的？」

「我沒有。」羌獨活怒道。

「《太丞驗方》也是被你偷走的吧？」高良薑將手一伸，「趕緊交出來！」

「我沒有害過師父，」羌獨活陰著臉道，「更沒有拿過師父的醫書！」

高良薑還要咄咄相逼，宋慈卻把手一擺，道：「羌大夫，這箱子裡裝的，可是毒藥？」

羌獨活低頭看著那箱子裡的瓶瓶罐罐，遲疑了一下，點了一下頭。

「這麼說，剛才挖出來的那隻狗，真是被你毒死的？」宋慈道。

這一下羌獨活沒再遲疑，也沒加以否認，道：「是我藥死的。」

「剛才問你時，你為何不說？」

「我……我怕大人懷疑我給師父下毒。」

「毒分明就是你下的，還用得著懷疑？」高良薑冷冷地插了一嘴，立刻引來羌獨活的怒目瞪視。

「那隻狗是你用什麼藥毒死的？」宋慈問道，「又為何要毒死牠？」

羌獨活應道：「我拿牠試用牽機藥的藥性，下藥時用多了量，牠便死了。」

「你有牽機藥？」宋慈語氣一奇，「我聽說牽機藥民間很少見，通常只在皇宮大內才有，你是從何得來的？」

羌獨活沒說話。

「到底從何處得來的？」宋慈又問一遍，加重了語氣。

羌獨活朝屋內眾人看了看，尤其朝高良薑多看了幾眼，道：「此事我只能說與大人一人知道。」

宋慈手一揮，道：「許大哥，帶所有人出去。」

許義挨近道：「宋大人，此人舉止怪異，只怕不懷好意。」

「無妨，」宋慈卻道，「你只管照我說的做。」

許義點頭領命，招呼石膽和三個藥童退出屋外。高良薑不大情願，但在許義的催促之下，還是退出了屋子。

宋慈關上房門，又拉上了門閂，回頭道：「現在可以說了吧。」

羌獨活微微低著頭，道：「不瞞大人，牽機藥是……是我偷來的。」

「從何處偷來的？」宋慈道，「你仔細說來。」

羌獨活說道：「那是一年多前，有一回太師府來人，說韓太師病了，請師父去看診，師父當時走得太急，忘了帶藥箱。我擔心師父要用到藥箱，想著給師父送去。我拿藥箱時，怕裡面的器具和藥物不夠，便清點了一下。師父的藥箱有一處暗格，我很早便知道，那暗格一直是空的，可當天我清點藥物時，卻發現暗格裡藏了一個小藥瓶。我知道師父藏起來的藥，必不是尋常藥物，便……便偷偷倒出來一些，私藏了起來。我正打算把藥箱給師父送去，黃楊皮卻趕了回來，原來他跟著師父出門後不久，便發現忘了帶藥箱，趕回來將藥箱取走了。」

「你私藏的藥，便是牽機藥嗎？」宋慈道。

羌獨活點頭道：「我私下裡暗暗琢磨那藥，發現那藥以馬錢子為主，多半是毒藥，我便拿後院裡剛養的小花狗一試，沒想到一下子便給毒死了，死時身子反彎，狀若牽機，我這才知道那是牽機藥。我早前聽說過牽機藥，那是罕見的劇毒，聽說吃過之人會毒入腦髓，以致毒發時身子反弓，狀若牽機。聽說師父有過一個女兒，便是誤食了牽機藥被毒死的，那時我還沒有拜入師門。我對牽機藥甚是好奇，暗自琢磨了好幾個月，總算弄清楚了它的配方，便私自配製了一些。」

「你配製牽機藥來做什麼？」

「大人有所不知，這世上許多毒物，其實都可入藥。」羌獨活朝箱子裡的幾個瓶瓶罐罐指了幾下，「這是砒霜，這是雄黃，這是蜈蚣和蟾蜍，這是千金子和天南星，都是些有毒之物，卻也都有各自的藥用。我自入師父門下學醫，對此尤是好奇，這才養了一些家禽，試用各種毒藥。我想弄清楚各種毒物的藥用之法，用多少能治病，用多少會傷身，用多少會致死，將來寫就一部毒物藥用的醫書，或可留名百世。牽機藥雖是劇毒，其實使用得當，亦可藥用。我去年配製出此藥，發現此藥若是外用，能消腫散結，通絡止痛。我又拿大黃試用內服，發現極少量地服用，不會有任何事，稍稍多加一些用量，會致使頭目不清，出現瘋癲之狀，再加大用量才會致死。可這些毒藥，我都只在家畜身上試用，從沒對人用過。師父中毒而死，真不是我下的毒。」

宋慈聽罷，道：「後院裡那隻大黃狗，我看牠總是自己轉圈，是你給牠試用了牽機藥，牠才變成這樣的嗎？」

「我多次給大黃用過牽機藥，每次都把控好用量，牠沒被毒死，但變得頭目不清，有些瘋瘋癲癲。」

「你還有牽機藥嗎？」

「還有。」羌獨活從箱子裡拿起一個黑色藥瓶。

宋慈伸手接過，瞧了一眼，道：「這便是牽機藥？」

羌獨活點了點頭。

宋慈從懷中摸出隨身攜帶的皮手套和銀針。他將皮手套戴上，拔掉藥瓶的塞口，小心翼翼地傾斜瓶嘴，倒了一滴黑色的藥液在手套上。他湊近聞了一下，這牽機藥並沒有什麼特殊氣味。他又將這一滴牽機藥均勻地塗抹在銀針上，片刻後擦去，卻見銀針色澤如故，絲毫沒有變色。

他暗暗心道：『《諸病源候論》有載，銀器可驗金藥、菌藥、藍藥、不強藥和焦銅藥，砒霜乃是金藥，銀器接觸便會變黑，可牽機藥以馬錢子為主，並不歸屬於這五類毒，是以銀器並不會變色。劉扁的屍骨反彎似弓，狀若牽機，骨色又明顯發黑，用銀器查驗不變色，由此可見，他應是死於牽機藥中毒。羌獨活是從劉鵲的藥箱裡偷來的牽機藥，這麼說，牽機藥不只做過太丞的劉扁有，劉鵲也有。』想到這裡，他問道：「你說偷牽機藥是一年多前的事，當時劉扁還在世嗎？」

「師伯還在。」羌獨活應道，「我記得當時臨近中秋，是師伯出事的前幾天。」

宋慈聽了這話，眉頭一凝，陷入沉思。

「我有一事，」羌獨活忽然壓低聲音道，「想告知大人。」

「什麼事？」宋慈回過神來。

屋內除了宋慈再無他人，可羌獨活還是忍不住看了看周圍，確定是真的沒有其他人在場，這才道：「高良薑背著師父，與二夫人私通。」

「有這等事？」宋慈眉頭微皺。

「以前師父外出看診時，高良薑曾偷偷溜進側室，那是二夫人的住處，好長時間他才鬼鬼祟祟地出來，而且不止一次、兩次。私下裡沒人注意時，他與二夫人還偷偷地眉來眼去，這些都是我親眼所見。」羌獨活被高良薑揭破了隱私，他也要抖出高良薑的祕密，如此以牙還牙，方能泄心頭之恨，「此事關乎師父聲譽，我本不該說出來。可如今師父死了，我懷疑是高良薑所為，是他毒害了師父，還望大人能為師父討回公道。」

宋慈沒有說話，只是若有所思地點了點頭。

後院中，高良薑等了好長時間，終於等到房門拉開。他見宋慈出現在門口，忙迎上去道：「宋大人，羌師弟都交代了吧？」

宋慈應道：「都交代了。」

院。

「當真是他害了師父？不知那《太丞驗方》……」

高良薑的話還沒說完，卻聽宋慈道：「羌大夫，帶路吧。」

羌獨活應了聲「是」，從屋子裡出來，冷冷地瞧了高良薑一眼，領著宋慈走出了後院。

高良薑不知羌獨活要帶宋慈去哪兒，趕緊跟了上去，最後發現竟是去往家宅的西側，來到了鶯桃所住的側室，他臉色不由得微微發緊。

許義、石膽和三個藥童也都跟了過來。許義見宋慈要上前叩門，搶上幾步道：「宋大人，讓小的來。」說著，上前拍打側室的房門。

側室之內，劉決明端坐桌前，正一筆一畫地練字。鶯桃身著豔服，坐在牆角的梳妝檯前，正對著銅鏡擦脂塗粉。拍門聲突然響起，鶯桃嚇了一跳，忙起身去到房門處，透過門縫朝外面一瞧，見敲門的是官差，她有些慌神，嘴裡說著「來了」，手上飛快地脫掉豔服，露出裡面的素服，又將臉上剛塗抹的脂粉擦掉，再把胭脂水粉一股腦兒地收進抽屜裡。她用指尖蘸水打濕了眼角，還不忘把頭髮撥亂，這才拔掉門閂，拉開了房門。

她微低著頭，怯生生地道：「差大人有事嗎？」

「宋大人前來查案。」許義將身子一讓。

宋慈走上前去，目光上下游移，朝鶯桃打量了一番。他見鶯桃神色黯然，眼角似有淚痕，像是剛哭過一場，可他看向鶯桃的手時，卻見其指尖上殘留著些許脂粉。鶯桃似乎察覺到了宋慈的目光，忙將手指捏了起來。

「可否入內一坐？」宋慈這話一問出口，不等鶯桃應答，當即跨過門檻，走進了側室。

高良薑向鶯桃望去，鶯桃也抬眼向他望來，兩人眼神一對，鶯桃眉眼間似有急色，高良薑忙走上兩步，想跟著走進側室，許義卻抬手一攔：「宋大人查案，沒他的吩咐，旁人不得打擾。」高良薑只好止步。

鶯桃柳眉微蹙，轉回身去，跟著宋慈走進了側室。

側室之內，劉決明聽見腳步聲，回頭看著宋慈。宋慈先朝側室裡的布置打量了幾眼，雖說室內不大，但各種漆木家具擺放得滿滿當當，處處透著華貴之氣。他的目光落到劉決明身上，見劉決明在桌前坐得端端正正，小小的手握著長長的毛筆，紙上墨跡歪歪扭扭，已寫下了好幾行墨字。

他微笑著摸了摸劉決明的頭，道：「你是叫劉決明吧，今年幾歲了？」

「我今年五歲了。」劉決明小小的腦袋一點，聲音明脆。

宋慈臉上的微笑頓時一僵。五歲之於他而言，實在是一個太過特殊的年齡。他回頭道：「鶯桃夫人，能讓小公子先出去嗎？」

鶯桃招呼道：「明兒，別練字了，去外面玩會兒。」見劉決明將紙筆收拾整齊，起身往外走去，又叮囑道，「就在屋外玩，別跑遠了，千萬別去正屋。」正屋是居白英的住處，每次劉決明外出玩耍，她都不忘這般叮囑。

劉決明出去後，宋慈示意許義將側室的門關上。他讓鶯桃在凳子上坐了，問起鶯桃是如何來到劉太丞家的。

「說出來不怕大人笑話，我原是勾欄裡唱曲兒的，是劉老爺相中了我，花錢為我贖身，又納我過門，給了我名分。我為老爺生下了明兒，原以為從此能過上安穩日子，可這才幾年，不想他竟遭人所害……」鶯桃說著說著，聲音哽咽了起來，舉起手帕，輕拭眼角，「大人，老爺死得冤啊，你要為他做主啊！」

「妳來劉太丞家已有好幾年，家中的人妳應該都有所瞭解。」宋慈不為所動，語氣如常，「在妳看來，羌大夫和白大夫為人如何？」

「我一個婦道人家，大門不出、二門不邁的，平時老爺也不讓我插手醫館的事，二位大夫我少有見到，對他們實在不大瞭解，只知道羌大夫不愛說話，經常獨來獨往，白大夫脾氣比較溫和，成天外出給病人看診。」

「那高大夫呢？」宋慈道，「妳應該對他瞭解甚多吧。」

鶯桃柳眉微微一顫，見宋慈的目光一直在自己臉上打轉，忙稍稍低頭，道：「我對大大夫也不大瞭解，只知道他替老爺打理醫館，品性還算端直，對家裡人照顧也多。」

宋慈話題一轉，道：「劉決明身為家中獨子，想必劉鵲對他很好吧？」

鶯桃點點頭道：「老爺對明兒一貫很好，醫館裡事情繁多，可他再忙再累，每天總會抽出空子，來我這裡陪明兒玩耍。明兒想要什麼，無論多稀罕的東西，他總能想法子弄來。他對明兒就是太好了，含嘴裡怕化了，捏手裡怕碎了，有時我真怕他把明兒給寵壞了。」

「劉鵲遇害那天，他也來過妳這裡陪劉決明玩耍嗎？」

「來過。」鶯桃一邊回想，一邊應道，「那天晚飯過後，天瞧著快黑了，老爺來我這裡，倒沒陪明兒玩耍，而是教明兒識字、寫字。他還說，等明兒再大一些，就可以教明兒學醫了，將來把一身醫術都傳給明兒。誰能想到，他剛說完這些話，轉過天來，他竟……」說到這裡，說不下去了，又擦拭起了眼角。

「這麼說，劉鵲有意將《太丞驗方》傳給劉決明？」

「老爺是怎樣的打算，我不清楚，只是聽老爺的口氣，似乎是有此意。」

宋慈想了想，問道：「那天劉鵲來妳這裡時，可有什麼反常之處？」

鶯桃柳眉一蹙，道：「大人這麼一說倒提醒了我，老爺那天來時，還真有些反常。老爺對明兒一向疼愛，可那天他教明兒識字、寫字時，卻尤為嚴格。他要明兒把他教的字都認好了、寫對了，若是認錯寫錯，便要讓明兒重認重寫，寫不對還要打手，直到絲毫不出錯為止，把明兒都給折騰哭了。他以前從沒對明兒這麼嚴厲過，我還是頭一次見他這樣。可他離開時，又對明兒很是憐惜，不斷摸著明兒的頭，很是捨不得的樣子，又再三叮囑我，要我把明兒照顧好，就像……就像他以後再也見不到明兒了。」

宋慈略微一想，問道：「劉鵲教劉決明識字、寫字有多久了？」

鶯桃應道：「那天還是頭一次，以前老爺沒教過。」

宋慈聽了這話，忽然想到了什麼，當即把劉決明收拾整齊的紙翻找了出來，朝紙上歪歪扭扭的字跡看去。劉鵲既然只教過劉決明一次，那劉決明寫在紙上的，自然是劉鵲遇害那天所教的字。初學識字，通常會教一些簡單易認的字，可劉決明寫在紙上的字並非如此。

「祖師麻，味辛，性溫，小毒」，這九個字被劉決明寫了好幾遍，一列列地排布在紙上。祖師麻是一味藥材，別名黃楊皮，可治風濕痹痛、四肢麻木和跌打損傷，劉鵲教劉決明寫的字，乃是這味藥材的性味。

祖師麻並非什麼稀罕的藥材，在任何一家藥房都能買到，也並非什麼靈丹妙藥，所治的病症甚為普通。可宋慈一見這九個字，頓時眉目一展。他不再向鶯桃提問，而是拉開房門，走出了側室。在朝黃楊皮看了一眼後，他快步朝正堂方向走去。

許義急忙跟上宋慈，羌獨活、石膽、黃楊皮、遠志和當歸等人覺著好奇，也跟著去了。高良薑故意落在最後面，等所有人都走了，才挨近鶯桃，低聲問宋慈是不是在查問他們二人之間的事。鶯桃說沒有，高良薑鬆了口氣，但又好奇宋慈為何突然走得這麼急，忙追趕宋慈去了。

鶯桃瞧著高良薑急慌慌離開的樣子，跺腳道：「你個沒良心的東西，就只關心自己有沒有事，也不知道關心關心我，說走就走！」說罷柳眉一蹙，哼了一聲，招呼劉決明回屋去了。

宋慈一路來到正堂，去到正堂東側的祖師堂前。他又一次進入祖師堂，但這一次與之前不同，他吩咐許義留守門外，不許任何人進入，然後關上了祖師堂的門，獨自一人在堂內待了好一陣子，方才開門出來。

這一幕看得黃楊皮莫名其妙。他想起劉鵲在遇害的那天，吃晚飯之前，也曾獨自進入祖師堂祭拜，並關起門在裡面待了好一陣才出來。他撓了撓頭，實在想不明白宋慈為何也突然這樣，至於其他人，自然更加想不明白。

從祖師堂出來時，宋慈懷裡微鼓，像是揣著什麼東西。他一言不發，帶著許義離開了劉太丞家，只留下高良薑等人面面相覷，莫名其妙地立在原地。

從劉太丞家出來，宋慈向許義交代了一些事，兩人就在街上分開了。宋慈向太學而回，許義則獨自一人回了提刑司。

此時已是下午，提刑司的差役都外出忙活去了，役房裡空無一人。許義回到役房，卸下捕刀，脫去差服，改換了一身常服，又戴上了一頂帽子，走側門出了提刑司。

他將帽子壓低，深埋著頭，專揀人少的僻靜巷子快步而行，一路穿城向南，過朝天門，最終來到了吳山南園。

他尋門丁通傳，很快夏震來了，領他進入南園，去到堆錦堂中。兩人在堆錦堂裡待了許久，許義方才離開，夏震則去往歸耕之莊，向正在獨自弈棋的韓侂胄稟報。

聽罷夏震的話，韓侂胄微微點頭，道：「元欽外放時，說這個許義深得宋慈信任，能監視宋慈的一舉一動，倒還真有些用處。」原來許義此番趕來南園，是為了稟報今日宋慈查案時的所言所行，夏震聽完許義所言，再來向韓侂胄如實回稟。

「這個喬行簡，昨晚才來這裡見了我，今日竟敢允許宋慈兩案並查。」韓侂胄拈著一枚黑子，對著參差錯落的織錦棋盤凝視許久，慢慢落下了一子，「暗中追查蟲達的下落，還查到了牽機藥上，這個宋慈，我此前倒有些小瞧了他，看來是不能不管了。他既然要飛蛾撲火，那便成全了他。」說完眼皮一翻，看向侍立在旁的夏震，「知道該怎麼做了吧？」

「屬下明白。」夏震拱手領命，退出了歸耕之莊。

宋慈回到太學習是齋時，劉克莊已在齋舍裡了。他原以為劉克莊憤怨難平，定會找家酒樓喝得酩酊大醉，沒想到劉克莊早已回到了齋舍，且沒有絲毫大醉之態，倒是有些出乎他的意料。

「你可算回來了。」劉克莊正在齋舍裡來回踱步，一見宋慈，忙將宋慈拉到一邊，將今早他在豐樂樓遇到史寬之和韓絮的事說了。

宋慈聽罷，對韓絮所說的劉扁是因為沒能治好韓皇后才離任太丞一事，倒是沒有多想，反而是史寬之說過的話，令他頗為深思。史寬之提及劉扁的案子，卻不是為了打聽查案的進展，尤其是史寬之的那句「我與劉扁之死毫無瓜葛，與之相關的另有其人，此人可以說是大有來頭」，似乎意在提醒劉扁的案子牽涉到某個非比尋常的大人物。這令他不由得想起，喬行簡今早命他兩案並查時，曾變相提醒過他，追查此案很可能會遇到極大的阻力。

「你今日追查一番，查得怎樣？」劉克莊問道。

宋慈將喬行簡命令他兩案並查的事說了，又說了今日在提刑司和劉太丞家的查案經過，道：「劉扁和劉鵲這兩起案子，單論案情而言，其實並不複雜，喬大人命我三天之內破案，足夠了。只是我總覺得這兩案互有關聯，背後似乎牽連甚廣，便如岳祠一案，儘管能查出凶手，但要澈底查清案子背後的牽連，恐怕不是三兩天的事。」頓了一下又道，「我打算明早走一趟泥溪村。」

「泥溪村離得可不近，你想找祁老二問話，我直接找人去叫他來就行，用不著專程跑一趟。」

宋慈卻道：「去泥溪村的事，我已告知了許義，讓他提前備好檢屍格目。明早我與許義先行一步，你記得去找葛阿大他們，讓他們備好器具，到泥溪村與我會合。」

既要許義備好檢屍格目，又要葛阿大等勞力備好器具，劉克莊不由得奇道：「你這是要做什麼？」忽然想到紫草被祁老二帶回去安葬，多半便是安葬在泥溪村，「難不成你又要開棺驗骨？」

「不錯，我想查驗紫草的屍骨。」

「紫草的死，當真與劉太丞的案子有關？」

「只要查清紫草的死，」宋慈微微點頭，「劉太丞一案的凶手是誰，我想便能知曉了。」

第六章　起墳開棺

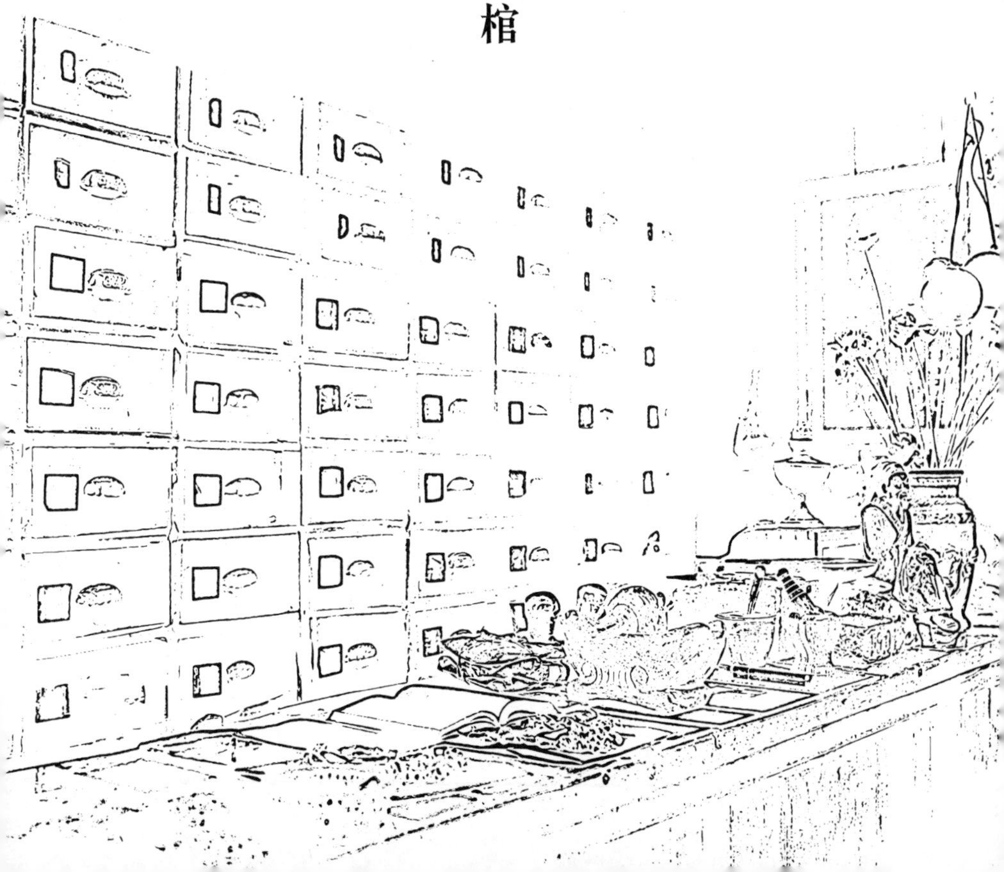

出臨安城北，餘杭門外，是北接長江、南通錢塘的浙西運河，這是一條通衢大河，繞城而過，水波粼粼，舟行上下，風帆徐徐。

在浙西運河北岸有一條支流喚作上塘河，逆河北行六、七里地，再轉入一條小溪，沿溪邊行進一、二里地，便到了泥溪村。

正月十四一大早，宋慈和許義來到泥溪村時，這座自然淡雅的小村子正被籠罩在一片白茫茫的濃霧之中。跨過潺潺溪水上的青石拱橋，兩人走進了村子，霧氣中偶有人影出現，那是挑著擔早起趕集的村民。

兩人向村民一打聽，得知祁老二的屋子位於村子最北端的一片山坡下，屋子背後是一片竹林。兩人依言尋去，很快找到了祁老二的住處。

一陣霍霍聲刺透了濃霧，祁老二正坐在門前磨著柴刀。那柴刀已經磨得鋥亮，他用指尖撥了撥刀口，仍覺得不夠鋒利，便繼續在磨刀石上來回打磨。板車和籮筐都已備好，再過上一會兒，他便要去皋亭山裡砍柴燒炭了。宋慈和許義若是晚來片刻，只怕要多跑十幾里地，去到皋亭山中，才能見到祁老二了。

霧氣實在太濃，直到宋慈和許義來到面前，祁老二才看清了二人。他忙將柴刀放在一旁，在褲腿上擦了幾把手，起身道：「二位大人，你們怎麼來了？快請屋裡坐。」

宋慈沒有進屋，向祁老二表明了開棺驗骨的來意，問道：「不知紫草葬在何處？」

「大人要……開棺驗骨？」祁老二很是驚訝。

宋慈點頭道：「不錯，還請帶路。」

祁老二不敢違拗，領著宋慈和許義繞過屋子，來到屋後的山坡上，這裡生長著不少竹子，是一片不大不小的竹林。竹林裡濃霧彌漫，放眼望去，四周全是白茫茫的一片，十幾步開外便什麼也看不見了。

祁老二對這片竹林甚是熟悉，閉著眼也不會走錯。他帶著宋慈和許義走進竹林，很快來到一片竹叢環繞的空地上，這裡立著一座土堆，土堆前豎著一塊墓碑，碑上刻著四個字——紫草之墓。

宋慈向其看去，雖只是一座小土堆，但清理得很是乾淨，墳墓上幾乎見不到一片枯落的竹葉，墓碑前還插了不少燒過的香燭，此外還有一個鐵盆，裡面滿是紙錢灰燼。他眉頭微凝，問祁老二道：「除了你，還有人來祭拜紫草姑娘嗎？」

墳前燒過的香燭很多，無論怎麼看，都不像只有一個人來祭拜過的樣子。

祁老二應道：「劉太丞家有兩個藥童，叫遠志和當歸，過年時，曾來祭拜過紫草姑娘。這兩個藥童年紀不大，卻都是好娃娃，來的時候，還給小人提了幾斤肉來。他們二人與紫草姑娘一向交好，當年紫草姑娘死後，他們二人一路送葬，還幫著小人安葬了紫草姑娘。下葬前，他們二人默默給紫草姑娘整理儀容，突然趴在棺材上大哭起來，哭了好久，才很是不捨地埋葬了紫草姑娘。」想起當年安葬紫草時的場景，他忍不住嘆了一口氣。

遠志曾說過送葬的事，也說過每逢節日，他與當歸只要一有空閒，便會來祭拜紫草。祁老二的話，倒是與遠志所述對應上了。但宋慈仍然凝著眉頭，朝墳墓看了看，又抬頭環顧所處的這片竹林。

竹林裡一片靜謐，不時有乾枯的竹葉飄下，落地無聲。

「大人，」祁老二打破了這份靜謐，「紫草姑娘去世已久，不知為何……為何要突然開棺驗骨？」去世之人講究入土為安，他實在不願九泉之下的紫草再受驚擾。

宋慈應道：「紫草之死存疑，她究竟是不是自盡，還需開過棺驗過骨方才知曉。」

祁老二著實吃了一驚，道：「不……不是自盡？」

宋慈點了點頭，沒再說話。確定了紫草墳墓的位置，他便開始靜心地等待。

「宋大人，」許義小聲道，「你這是在等劉公子嗎？」

宋慈點了一下頭。

許義朝四周看了看，道：「這地方霧氣太大，實在不大好找，劉公子到了泥溪村，未必能找到這裡來。不如……不如小的去村口等著劉公子？」

宋慈點頭應允，許義當即快步去了。

祁老二朝四周彌漫的霧氣看了看，道：「大人，這竹林裡寒氣重，要不，回屋裡等吧？」

宋慈搖搖頭：「無妨。」

「那小人回屋裡沏些山茶來，給大人暖暖身子。」

「不必麻煩了。」

「不麻煩，不麻煩！」說完，祁老二快步去了。

轉眼間，靜謐無聲的竹林裡，只剩下了宋慈一人。這樣的獨處，沒讓宋慈覺得不舒服，反倒讓他生出了安閒自得之感。

他來臨安求學已近一年，太學裡學子濟濟，臨安城裡熙熙攘攘，平日裡出城也是去西湖，那裡常常是遊人如織，他難得來到這遠離市井的山野之地。這片幽謐的竹林，令他很快靜下了心來。竹林間散落著一些石頭，他尋了一塊還算平整的石頭坐下，凝起神思，思索起來，不單單是劉太丞家的案子，還有蟲達的下落，以及十五年前錦繡客舍的那樁舊案。

但這樣的凝思沒能持續太久，竹林外很快響起了腳步聲。今早宋慈離開太學時，劉克莊趕去城南尋找葛阿大等勞力，劉克莊辦事一向乾淨俐落，想必用不了多久便能趕來泥溪村會合。竹林外的腳步聲聽起來不止一人，應該是許義等到了劉克莊和眾勞力，將他們帶到了這裡。

但宋慈很快凝起了眉頭，只因這腳步聲窸窸窣窣的，並未進入竹林，而是四散分開，彷彿將這片竹林包圍了起來，隨之而來的便是死一般的沉寂。

「許大哥？」宋慈試著一問。

四下裡沒有回應。

「是誰？」宋慈又是一問。

這一下有了回應，是祁老二的聲音：「宋大人，是小人。這山茶是小人種的，吃起來有些澀口，你是金貴之人，可別嫌棄……」

伴隨著這陣說話聲，祁老二笑著走進竹林，來到了宋慈的身前。他左手提著一壺剛燒的開水，右手拿著一只粗瓷碗，碗中放著不少茶葉。可他話沒說完，笑容卻驟然一僵，說話聲戛然而止。他低下頭去，看向自己的大腿，那裡竟有一支血淋淋的箭頭穿了出來。水壺和粗瓷碗摔在地上，熱氣騰騰的開水濺出大半，粗瓷碗中的茶葉撒落一地，他按住大腿，慘叫著倒在了地上。

這一變故來得太過突然，宋慈一下子驚立而起。他想衝上去扶住摔倒的祁老二，可是箭聲不斷，一連七、八支箭穿透霧氣，向他射了過來。這些箭幾乎是貼著他的身子飛過，有的射在紫草的墳頭，有的釘在了身後的竹子上。

突然，他頭頂一涼，已被一箭射中，可他顧不得這麼多，衝上去摟住祁老二的腋下，將祁老二拖到附近一片竹叢後。又有七、八支箭飛掠而來，幾乎是追著祁老二的慘叫聲而來，好在宋慈速度夠快，幾支箭慢了些許，全都釘在了地上。這時宋慈才有餘暇去摸頭頂，原來是被一支箭貫穿了東坡巾，又射穿了髮髻，懸吊吊地掛在他的頭上。

宋慈不知這些箭是何人所射，但每次有箭射來，都不少於七、八支，可見射箭之人少說也有七、八人。他將頭頂的箭拔了下來，仔細瞧了一眼，箭杆光禿禿的，沒有任何標記，實難推測射箭之人是什麼來路。

祁老二的大腿被一支箭貫穿，鮮血染紅了褲管。宋慈看了一眼，知道祁老二正在承受著難以想像的劇痛，但他還是示意祁老二盡量忍住，不要做聲。祁老二捲起袖子，咬在口中，哪怕疼痛萬分，也盡可能不發出聲音。

宋慈經歷了最初的驚慌，此時已完全冷靜了下來。祁老二只是一個燒炭賣炭的鄉下人，不可能招惹來這樣的禍患，想到喬行簡曾對他的提醒，宋慈很清楚這些人十有八九是衝他來的，而且很明顯是想置他於死地。

宋慈從地上撿起一塊石頭，試著朝遠處的一叢竹子扔了過去。石塊砸在竹子上，立刻「咄咄」聲不斷，七、八支箭穿透霧氣，全都釘在了那叢竹子上。看來射箭之人被霧氣擋住了視線，只能朝竹林中發出聲響的位置射箭。竹林中滿是枯落的竹枝竹葉，他知道自己只要稍微一走動，便會不可避免地踩踏出聲響，勢必招來箭如雨下。他想帶著大腿受傷的祁老二逃出這片竹林，看來是不可能了，若是拋棄祁老二，獨自朝竹林外逃，靠著霧氣的遮掩，或許能有逃出去的機會。但他不願捨棄祁老二，獨自逃命的想法剛一冒出來，便被他拋諸腦後。

為今之計，他只有護著祁老二，不出聲響地躲在竹林中，能多挨一刻便多挨一刻，盼著許義能等到劉克莊盡快趕來。可他又免不了擔心，倘若許義和劉克莊來了，這些射箭之人會不會沒被驚走，反而將許義和劉克莊一併殺害呢？這麼一想，他又盼著許義和劉克莊千萬不要來。

四周又響起了窸窸窣窣的腳步聲，那是竹葉被踩踏的聲音。宋慈知道自己好一陣子沒發出聲響，這些射箭之人為了確認他是否已被箭射死，於是踏入竹林搜尋他來了。

「大……大人……」祁老二咬著衣袖，大腿被箭貫穿的劇痛，令他渾身止不住地發抖著。

宋慈「噓」了一聲，探頭望了一眼，霧氣籠罩的竹林間隱約能看見一些黑幢幢的人影，但無法看清是什麼人。他半趴在地上，悄悄探出半截身子，伸手搆到了摔落在地的水壺。水壺裡的開水已傾倒了大半，還剩下小半壺。

腳步聲越來越近了。宋慈再次抬眼望去，已能瞧清那些黑幢幢的人影，全都是黑衣黑帽，還用黑布罩著臉，只露出眼睛，無法看見長相。他原以為這些人只有七、八個，哪知走得近了，才發現竟有十幾、二十人之多，只是手持弓箭的只有七、八人，其餘人則握著明晃晃的手刀。

宋慈深吸了一口氣，看準黑衣人附近的一片竹叢，手臂猛地一掄，將水壺扔了過去。水壺在竹叢上一砸，霎時間開水四濺。竹叢下是幾個正在搜尋的黑衣人，聽見響聲，全都抬起了頭，頓時被飛濺的開水燙個正著，發出了一陣慘叫聲。其餘的黑衣人立刻警戒，又一輪箭雨朝前方射出，全都釘在了竹子上，緊接著腳步聲密集向前，朝宋慈所在的這片竹叢靠了過來。

宋慈縮回了身子，握緊那支從頭頂拔下來的箭，箭鏃朝外，只要有人靠近，立馬準備一箭刺出。他知道這麼做無濟於事，面對十幾、二十個持弓握刀的敵人，他一個太學學子，就算能殺傷一、二人，也決計逃脫不了。

黑衣人搜尋的腳步聲越發近了，他握箭的手微微發抖，忍不住朝周圍看了看，這片方才還令他感覺安閒自得的幽謐竹林，不承想轉眼間竟會變成他的葬身之地。

就在這時，一聲短促卻尖銳的口哨，忽然在黑衣人中響起。

那些已經快搜到宋慈藏身處的黑衣人，因為這聲突如其來的口哨，紛紛轉身，如臨大敵般朝向竹林外面。竹林外響起了大片腳步聲，竹叢間霧氣奔湧，忽然一大群人衝了進來。

這群人少說有三、四十個，全都是身穿勁衣的武學生。這些武學生個個身手矯健，來勢洶洶，當先之人更是如狼似虎，以拳腳開道，勢不可當，竟是辛鐵柱。那些黑衣人雖持弓握刀，但對此毫無戒備，被這群突然出現的武學生一衝，紛紛向後潰退。

「宋慈，宋慈！」辛鐵柱的身邊緊跟著一人，是劉克莊，他不顧危險地跟著辛鐵柱往前衝，朝四周大聲地呼喊。

宋慈探頭望見了這一幕，饒是他素來喜怒不形於色，此時也禁不住喜出望外，應道：「克莊！」

劉克莊立刻循聲奔來，找到了躲在竹叢後的宋慈。他一把捉住宋慈的肩膀，著急萬分地上下打量，確定宋慈沒有受傷，這才鬆了一口氣，道：「你沒事，真是太好了！我就怕自己來遲了。」

又一聲口哨在黑衣人中響起。與之前那聲短促尖銳的口哨相比，這一聲口哨雖然同樣尖銳，但拖長了許多。那些黑衣人潰退之際，原本還試圖抵擋眾武學生，聽見這聲口哨紛紛不再戀戰，轉身飛奔，退出竹林，迅速消失在了濃霧當中。

辛鐵柱見那些黑衣人以口哨為號令，進退有度，生怕有詐，喝令眾武學生聚在一起留守在宋慈身邊，不要盲目追擊，又命令所有人戒備，不可有絲毫大意。如此警戒了片刻，四周再無聲息，辛鐵柱命趙飛帶著幾個武學生去竹林外探查，回報說已無黑衣人的蹤跡，由此確定那些黑衣人是真的退走了，辛鐵柱這才解除了戒備。

宋慈劫後餘生，驚喜之餘，沒有忘記身受重傷的祁老二。劉克莊見祁老二大腿被箭貫穿，忙去請辛鐵柱幫忙。辛鐵柱立刻叫來趙飛，讓趙飛背著祁老二，與幾個武學生一起趕往村外，尋醫救治。

宋慈朝辛鐵柱和眾武學生感激萬分地看去，他知道劉克莊會來泥溪村，但沒想到辛鐵柱竟會帶著這麼多武學生出現在這裡。他想起劉克莊的那句「就怕自己來遲了」，彷彿知道他會在泥溪村遇險一般。他一問劉克莊，才知今早在太學分開後，劉克莊去城南找齊了葛阿大等勞力，向北出城時經過紀家橋，在橋頭遇到了正打算去太學的史寬之。

「史寬之一大早去太學，」劉克莊向宋慈道，「是為了去找你。」

「找我做什麼？」宋慈不由得一奇。

「史寬之說有人要害你，城裡人多眼雜，不便動手，要趁你今日出城之時，對你下手。」劉克莊道，「一開始我還不信，以為是史寬之危言聳聽，故意嚇唬我。可他卻能說出你今日出城，是要到泥溪村開棺驗骨，又說那些害你的人有一、二十人之多，早已在泥溪村設下了埋伏，就等著你去。你今早來這泥溪村開棺驗骨，事先並未聲張，他史寬之竟然知道得一清二楚，我立刻便覺得不妙。」

當時宋慈先行一步，已經走了好長一段時間，劉克莊自知追趕不及，即便趕去了泥溪村，單憑他一人之力，面對一、二十個敵人，必定無濟於事。武學就在紀家橋旁邊，劉克莊來不及多想，衝進武學找到了辛鐵柱。

辛鐵柱一聽說宋慈有危險，立刻叫攏趙飛等數十個武學生，與劉克莊一起，以最快的速度趕來了泥溪村。劉克莊向村民打聽，得知祁老二住在村北，當即往祁老二的住處趕去，在半路上發現了倒地昏迷的許義。

劉克莊知道出了事，飛快地趕到祁老二的住處，卻見屋子裡空無一人，不知宋慈去了何處。好在屋後突然傳來了幾聲慘叫，那是幾個黑衣人被開水燙傷時發出的叫聲。劉克莊、辛鐵柱和眾武學生立刻趕到屋後竹林之中，這才救下了宋慈的性命。

「許大哥現下怎樣？」宋慈聽罷這番講述，第一時間關心的不是自己遇襲一事，而是許義的安危。

「放心吧，許義只是被人打暈，已經醒過來了。他說自己原本要去村口等我，走到半路時，突然被人從背後襲擊，一下子暈了過去，想來是那些黑衣人所為。他後頸上有些青腫，我讓他在祁老二的住處暫且休息，留了兩個武學生照看他。」

宋慈這才放下心來，心思回到了史寬之通風報信一事上。史寬之常跟在韓㐨左右，與宋慈算是多有交惡，此番竟會趕去太學報信，實在是出乎宋慈的意料。他道：「史寬之有沒有說泥溪村設伏一事，是何人所為？」

「我問過史寬之，他不肯透露，只說叫我抓緊時間，否則救不了你。我就怕來不及，一路往這裡趕，所幸沒有來遲。」劉克莊道，「這個史寬之，說話只說半截，昨天就是這樣，今天還是這樣，真是奇怪。」

史寬之昨天有意提醒宋慈劉扁的案子牽涉到某個大人物，今日又趕來通風報信，只怕派人來泥溪村襲擊他的，便是這個大人物。只是他今早來泥溪村開棺驗骨，事先只告訴了劉克莊和許義，這個大人物又是如何知道的？史寬之又怎會獲知這個大人物會在泥溪村設伏？想必史寬之是為了不落人口實，這才不肯說出此人的姓名。

宋慈念頭一轉，又一次想起喬行簡說過的話，追查此案會遭遇極大的阻力，這話算是應驗了。他之前設想過會遭遇何等樣的阻力，比如查案受到其他官員阻撓，比如線索證據遭人惡意破壞，卻沒想到這阻力來得如此之猛，竟是一上來便試圖置他於死地。

宋慈從附近竹子上拔下一支箭，交給辛鐵柱，道：「辛公子，你可識得這箭的來歷？」箭上沒有標記，自己無法辨別來路，但辛鐵柱身在武學，經常接觸弓箭，說不定能從箭的長短粗細瞧出端倪。

辛鐵柱接過那支箭，翻來覆去地看了好幾遍，搖頭道：「只是一支普通的箭，瞧不出來歷。」他又朝那些黑衣人退走的方向看了一眼，「這群人以口哨為號，令行禁止，只怕不是尋常賊匪。」

宋慈點了點頭，那些黑衣人行動一致，進退有度，尤其是聽見竹林裡何處有響動，立刻弓箭齊發，七、八支箭幾乎同時射來，長時間在一起訓練有素才有可能做到這樣。

他不再去猜測黑衣人的來路，問劉克莊道：「葛阿大他們呢？」

「你還要繼續開棺驗骨？」劉克莊有些詫異。

宋慈應道：「當然。」

「葛阿大他們來了，眼下都在祁老二的住處等著。」

「開棺驗骨的器具都備好了吧？」

「備好了，竹席、草席各一張，二升酒、五升醋、一大筐木炭，還有一把紅油傘。」劉克莊一一報來，「和上次淨慈報恩寺後山驗骨一樣，全都備齊，一樣不少。」

「那就好，你去把葛阿大他們叫來，這便起墳開棺。」宋慈看了看四周的霧氣，「今日大霧，應是晴好天氣，一會兒霧氣散去，即可驗骨。」

劉克莊立刻去祁老二的住處，把葛阿大等勞力叫來了，勞力們將那些備好的器具一併搬到了紫草的墳墓前，還提來了一大桶清水。

許義不顧後頸青腫，也跟著幾個勞力來了。宋慈叫許義多休息一陣，許義卻說自己沒什麼大礙，說什麼也不肯離開，宋慈只得作罷。

泥溪村附近沒有寺廟，請不來僧人做法事，劉克莊便提前備了香燭紙錢，在葛阿大等勞力起墳之前，點燃了香燭，燃燒了紙錢，在紫草墳前誠心地祭拜起來。

他雙手合十，對著墳墓搗頭數拜，道：「驚擾姑娘亡魂，只為查案洗冤，姑娘若是泉下有知，還望莫要怪罪。」祭拜完後，才讓葛阿大等勞力動土。

葛阿大等勞力掄起鋤頭、鐵鍬，過不多時，挖開了紫草的墳墓，露出一口黑漆漆的棺材。幾個勞力拿來撬棍，將棺蓋撬開，一股穢臭散發出來。幾個勞力避讓之時，宋慈含了一粒蘇合香圓，走上前去，朝棺材裡看去，一具裹著衣物的骸骨出現在眼前。

宋慈吩咐許義取出檢屍格目和事先準備好的筆墨，一併交給了劉克莊，道：「知道該怎麼做吧？」

劉克莊應道：「做書吏，我可是輕車熟路。怕就怕你又把我給忘了。」說著，倒轉筆頭，朝自己張開的嘴巴指了一下。

淨慈報恩寺後山開棺驗骨的那次，宋慈忘了給他準備蘇合香圓，他可是一直記在心上的。

宋慈淡淡一笑，取出一粒蘇合香圓，塞入劉克莊口中，道：「那就開始吧。」

兩人共同轉身，一起面對棺材。

宋慈取出一副皮手套戴上，伸手入棺，將紫草的骨頭一塊塊取出。他用清水將這些骨頭清洗乾淨，逐一細看，沒發現任何明顯的損傷。他在地上鋪開竹席，將骨頭一塊塊地擺放在上面，再用細繩逐一串連。與此同時，他吩咐葛阿大等勞力在旁邊掘出一個棺材大小的土坑，倒入木炭，點火燒坑。

劉克莊對這樣的場景已經見識過一次，手握毛筆和檢屍格目，鎮定自若地候在宋慈身邊。辛鐵柱和眾武學生還是頭一次見，一個個伸長了脖子，看得屏氣凝神。

竹林裡的霧氣在一點點地散去。待到濃濃的白霧只剩薄薄一層時，宋慈終於將整副骸骨清洗乾淨，依照人體串好定形。這時，一旁的土坑也已燒到發紅。葛阿大等勞力同樣是輕車熟路，先去除坑中炭火，再將二升酒和五升醋均勻地潑入坑中，一時間熱氣蒸騰，刺鼻至極。幾個勞力抬起擺放骸骨的竹席，小心翼翼地放入土坑裡，再拿來草席，嚴嚴實實地蓋在上面。

又一輪等待開始了。

宋慈不時地觸摸土坑周圍的泥土，只有當泥土完全冷卻之後，才能揭開草席查驗骸骨。這一次等待的時間過長，眾武學生開始交頭接耳，葛阿大等勞力也在一旁閒聊了起來。這些說話聲鑽入宋慈耳中，他聽見眾武學生之中，有的在議論他開棺驗骨，有的在揣測剛才那群黑衣人的來路，還有的在爭辯當前的北伐局勢，至於葛阿大等勞力，閒聊的卻是這兩天在櫃坊賭錢的輸贏，以及葛阿大撞鬼的事。

聊起撞鬼一事，葛阿大立馬神氣起來，道：「我便是喝再多的酒，那也不會看花眼，那晚就是骷髏爬坡，我看得是真真切切！還有侍郎橋那事，真就是撞見了無頭鬼，你們可別不信。」幾個勞力都忍不住發笑，顯然不信葛阿大的鬼話。

葛阿大嗓門大，說話聲音響，宋慈聽了，不由得微微一怔。

時間在一點點地流逝，竹林裡僅剩的一點薄霧慢慢散盡，日頭升起，林間陽光漸明。宋慈觸摸表土，泥土終於澈底冷卻了。他吩咐葛阿大等勞力揭開草席，將紫草的骸骨抬出土坑，一直抬到竹林外，放在一片可以照射陽光的開闊地上。

劉克莊不等宋慈招呼，立刻撐開紅油傘，罩在了骸骨之上。

宋慈湊近傘下，目光在一根根骨頭上緩慢地游移，仔細驗看有無血蔭，嘴裡唱報導：「頂心至囟門骨、鼻梁骨、頦頷骨以至口骨並全；兩眼眶、兩額角、兩太陽穴、兩耳、兩腮頰骨並全；兩肩井、兩臆骨全；胸前龜子骨、心坎骨全；兩臂、兩腕、兩手及髀骨全；左右肋骨全；兩胯、兩腿、兩臁肕並全；兩腳踝骨、兩腳掌骨並全。」

劉克莊運筆如飛，依著這番唱報，如實書填檢屍格目。

宋慈驗看完了骸骨的正面，並未找到任何血蔭，於是將整副骸骨小心地翻轉過來，背面朝上，再以紅油傘遮罩，繼續驗尋血蔭。

很快，宋慈的目光微微一緊，盯住了頸骨。

頸骨位於肩骨上際，乃是頭之莖骨，有天柱骨之稱，從上往下共有七節。宋慈盯視之處，是頸骨的第一節，那裡有一丁點淡紅色，是一處極其微小的血蔭。

但凡有血蔭顯現，必是生前所受的骨傷。可宋慈乍一看，血蔭處似乎沒有傷痕，只有一個細小、如同沒洗乾淨的汙點。他用指尖輕輕地摸了摸那處汙點，又解開串骨定形的細繩，將那一節頸骨拿了起來，就著陽光定睛細看，發現那其實並非汙點，而是一個微不可察的小孔，只因小孔裡塞滿了泥汙，這才看起來像一個汙點。

宋慈隨身帶著用以驗毒的銀針，當即取了出來，將小孔裡的泥汙挑出，再細看時，發現小孔裡似乎嵌有什麼東西。那東西嵌得太緊，他用銀針挑了好一陣子，好不容易才將那東西挑了出來——那是一小截只有米粒長短的針尖。正是這截細小的針尖，嵌在了頸骨上的小孔之中。

霎時間，宋慈明白了過來。因為紫草的頸部存在抓傷，之前他懷疑紫草並非上吊自盡而是死於他殺，但他懷疑的方向一直是勒殺，從沒想過紫草真正的死因會是如此。

凶手將針刺入紫草後頸時，想必用了極大的力氣，以至針尖刺入頸部後，扎進頸骨之中，拔出時被卡住，折斷在了頸骨裡。當時紫草應該沒有立刻斃命，因為斷針扎在後頸之中，帶來了難以忍受的疼痛，她便伸手去抓後頸扎針之處，這才在後頸上，留下了抓傷。

宋慈細看這截細小的針尖，不像是縫衣納鞋的繡花針，更像是針灸所用的銀針。他將針尖仔細收好，繼續驗看其他骨頭，但沒有再發現血蔭。整具骸骨上，唯一生前所受的損傷，便是第一節頸骨上的銀針扎刺之處。

他唱報導：「腦後乘枕骨全；頸骨第一節出現血蔭，血蔭處發現針尖一截，米粒長短，嵌於骨中；脊下至尾蛆骨並全。」

至此，宋慈對紫草骸骨的查驗結束了。他接過劉克莊遞來的檢屍格目，此前他還要仔細比對，生怕劉克莊有錯填漏填，這一次卻是快速掃了一眼，便收了起來。

劉克莊吩咐葛阿大等勞力將紫草的骸骨抬回竹林，準備放入棺材，重新下葬。

「且慢。」宋慈忽然道。

葛阿大等勞力聞聲停下，抬著骸骨等在原地。

宋慈走上前去，目光落在骸骨的腳趾骨上。尋常人的腳趾，要麼腳拇趾最長，要麼第二趾最長，可紫草的左右腳趾骨中，都是第三趾骨最長，這樣的情形極其罕見，宋慈只是聽說過腳趾長成這樣的人，但還是頭一次見到。

「怎麼了？」劉克莊問道。

宋慈眉頭微凝，嘴上道：「沒什麼，下葬吧。」

葛阿大等勞力將紫草的骸骨抬至墳墓旁，小心翼翼地放入棺材，再合棺入土，重新安葬在原處。等到泥土掩埋棺材，墳墓重新立起時，劉克莊不忘再行祭拜，然後與辛鐵柱等人一起，跟著宋慈離開了這片竹林。

宋慈的腳步很快，他似乎急於求證什麼，離開了泥溪村，朝臨安城而回。

第七章　穴位殺人

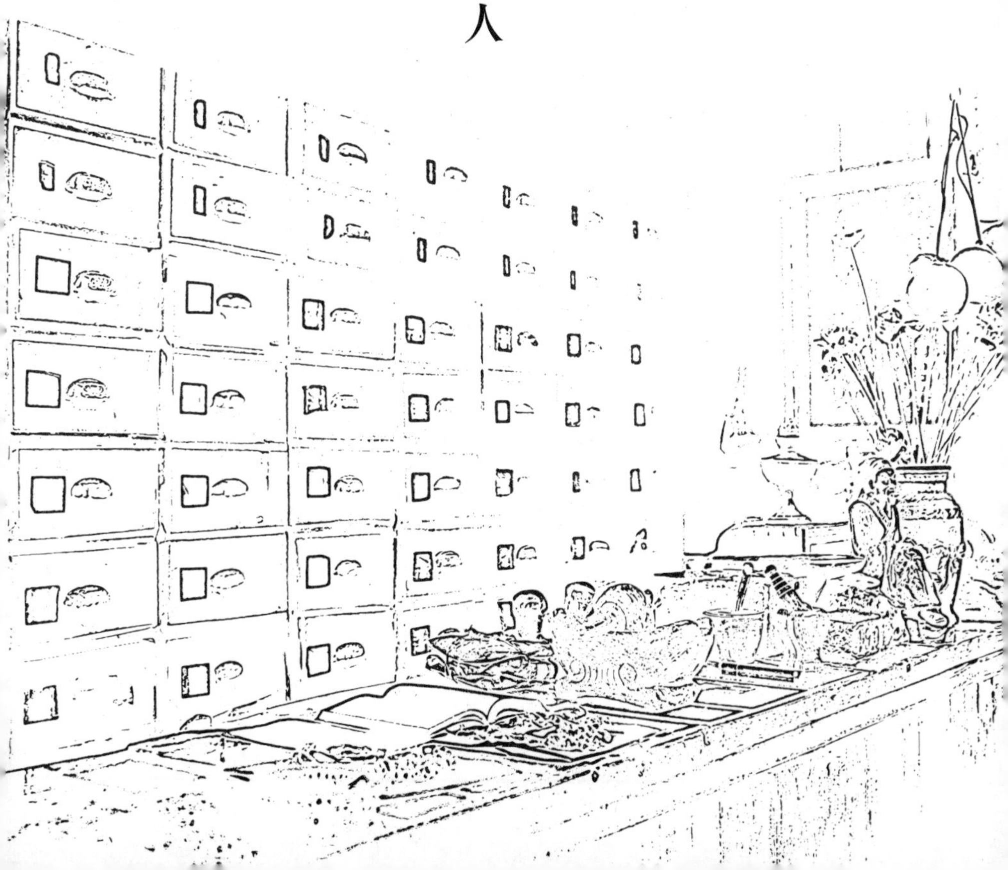

瓊樓上，史寬之已經等了一整個上午。

自打在紀家橋遇到劉克莊，並將泥溪村有埋伏的消息告訴對方後，史寬之便來到了瓊樓，特意挑選了臨窗的一桌。坐在這裡，他只需稍稍探頭，餘杭門便盡在眼中。從太學出城北去泥溪村，必從餘杭門經過，他坐下不久，便看見劉克莊和辛鐵柱帶著一群武學生從樓下飛奔而過，經餘杭門出了城。

他點了點頭，拿出收攏的摺扇，有一下、沒一下地敲打窗框，開始等待。

等待期間，他要了一壺酒，眺望餘杭門的同時，時不時地喝上一口，暗暗琢磨起了昨天的事。

昨天在豐樂樓遇見劉克莊後，他沒在酒桌上過多停留，假稱不勝酒力，與那幾個膏粱子弟告了別，返回了自己家中，等著入宮上朝的父親回來。這一等，竟從早上等到了入夜時分，史彌遠才乘轎歸家。父子二人屏退所有下人，進入花廳，關上了門。

「寬兒，今日如何？」

「依爹的吩咐，我今日一早去了豐樂樓，仍去結交韓珍身邊那幫衙內，他們與韓珍一樣，都是麻袋裡裝稻稈，全是草包。」

「雖是草包，可這些人的父輩，無一不在朝中官居要職，往後仍要繼續交結才行。宋慈那邊呢？」

「我原打算遲些去太學見宋慈，但在豐樂樓偶遇了劉克莊，便把那些話對劉克莊說了。劉克莊與宋慈乃莫逆之交，他回去後必會告訴宋慈。」

史彌遠微微頷首，道：「明日一早，你再走一趟太學。宋慈為了查案，要去城北泥溪村開棺驗骨，你去告訴他，有人要置他於死地，已在泥溪村設下了埋伏。」

「韓侂胄這是忍不了了？」史寬之略有些驚訝。

史彌遠面露微笑，慢條斯理地捋著鬍鬚，道：「宋慈在查蟲達的下落，還在查牽機藥的事，韓侂胄這隻老狐狸，終於有沉不住氣的時候了。」頓了一下又道，「為父上次說過，要扳倒韓侂胄，必須先讓他在聖上那裡失寵，劉扁的案子，便是一大良機。此案既與蟲達相關，宋慈必會深挖到底，只要當年的案子被挖出來，聖上必會對韓侂胄大失所望。為父今日退朝後，密會了楊太尉，楊太尉也覺得，當年這層窗戶紙，普天之下沒人敢捅，只有宋慈敢捅，也只有宋慈會真的去捅。無論如何，在捅破這層窗戶紙前，宋慈千萬不能出事，至少要保他不死。至於捅破這層窗戶紙後，他是死是活，那就沒人在乎了。」

「寬兒明白，明日一早，我便去太學。」史寬之道，「只是那宋慈是出了名的死腦筋，倘若他不信我的話，執意要去泥溪村，那該如何？」

「無妨，你只管告訴他就行。」史彌遠顯得胸有成竹，「倘若他真去了泥溪村，為父便另有安排，頂多讓他受些皮肉之傷，不會讓他丟掉性命的。」

此刻回想昨晚與父親的這番對話，史寬之不禁暗暗心道：『父親那麼有把握，看來在泥溪村設伏的人當中，父親也安插了眼線。惜奴忍辱負重，一心為蟲達報仇，好不容易才把她安插到韓侂冑的身邊，卻那麼輕易便被韓㐱殺了，我還覺得可惜，父親卻顯得不在意，原來他安插在韓侂冑身邊的眼線遠不止惜奴一個，難怪他能對韓侂冑的一切瞭若指掌。薑終究是老的辣，看來我離父親，還差著不少距離啊。』這麼想著，他端起一盞酒喝了，抬眼朝餘杭門望去。

漸漸地，一整個上午過去了，時間到了正午，餘杭門下人影攢動，一大群武學生出現了。

史寬之定睛望去，望見了走在眾武學生當中的劉克莊和辛鐵柱，也望見了走在劉克莊和辛鐵柱中間的宋慈。他雖然相信史彌遠所謂的另有安排，但還是擔心出什麼岔子，眼見宋慈相安無事，他微懸的心終於放下了。

宋慈與劉克莊、辛鐵柱等人沿街南來，不多時走到了瓊樓外。忽然，宋慈停住了腳步，抬頭朝瓊樓望去。史寬之趕緊縮回了身子，心想莫非宋慈已發現了自己？

宋慈並未發現史寬之。他之所以抬頭，是因為時至正午，劉克莊提出由他做東，就在瓊樓好好地吃一頓，以答謝眾武學生相救宋慈之恩。眾武學生一聽說有免費的酒食可吃忍不住歡呼雀躍，葛阿大等勞力也是面露喜色。宋慈卻望了一眼瓊樓，很煞風景地說了一句：「先去提刑司。」說完便在附近的新莊橋頭折向東，朝提刑司而去。

現成的酒食吃不成了，葛阿大等勞力在劉克莊那裡領了酬勞，各自散去。趙飛和眾武學生有些失望，結伴回了武學。辛鐵柱沒與眾武學生同行，而是與劉克莊、許義一起跟隨宋慈去往提刑司。

早在回城的路上，辛鐵柱便提出要留在宋慈的身邊。宋慈剛剛遭遇黑衣人的襲擊，這幫黑衣人未必就此死心，說不定還會另尋時機再次下手。辛鐵柱放心不下，執意要跟在宋慈身邊，說宋慈只要不回太學，他便一直跟著，時刻護衛，還說宋慈破案之前，不管是三五數日，還是十天半月，他會一直如此。

劉克莊也擔心宋慈再次遇險，有辛鐵柱隨行護衛，他自然放心，也對宋慈加以勸說。宋慈本不願意，但實在拗不過二人，只能應允。

提刑司位於祥符寺附近，離瓊樓不算太遠，過不多時，四人便來到了提刑司。

宋慈直入提刑司大門，奔偏廳而去。

偏廳的門被推開，光亮透入廳內，只見劉扁的屍骨和劉鵲的屍體以白布遮蓋，並排停放在偏廳的左側。這二人生前同族，又師出同門，還在同一處屋簷下共住了多年，雖是相隔一年多而死，卻能在死後並肩躺在一處，不免令人唏噓。

宋慈走上前去，在劉鵲的屍體前停住了腳步。

他戴上了皮手套，揭開白布，將已經僵硬的屍體翻轉過來，使其背部朝上。他湊近劉鵲的腦後，撥開其髮叢，在一根根頭髮間仔細地尋找，不放過任何一寸頭皮。

很快，宋慈的目光定住了。

在劉鵲左耳後髮叢下的頭皮上，他發現了一小塊紅斑，只有一粒黃豆那麼大，而在紅斑之中，還有一個發暗的小點。

劉克莊湊近看了，道：「這是什麼？」

宋慈應道：「針眼。」

「針眼？」劉克莊有些驚訝，「這麼說，劉鵲不是被毒死的，而是被針扎死的？」

宋慈搖了搖頭，道：「喬大人用銀器驗過毒，我又用糯米法驗過毒，劉鵲的確中了砒霜的毒。這處針眼周圍有些許紅斑，並非死後造成的，應是生前被針扎刺所致。我之前驗屍實在輕率，竟沒發現這處針眼。」

他之前查驗劉鵲的屍體時，雖也檢查了髮叢，但更多的是在尋找有無鐵釘，這處針眼位於左耳後側，又被頭髮遮掩，若不仔細撥開髮叢尋找，實難發現得了，再加上劉鵲中毒的跡象太過明顯，他內心深處其實早已認定劉鵲是死於中毒，便沒對頭部查驗得那麼細緻。好在他開棺查驗紫草的骸骨，發現紫草後頸的針尖，於是來驗看劉鵲的屍體，這才沒漏過這處針眼。

原以為劉鵲的死因已經確定，可現下又出現了疑問。宋慈抖開白布，重新遮蓋在劉鵲的屍體上，然後去往提刑司大堂，想將這一發現告知喬行簡。然而喬行簡不在提刑司，他只見到了文修和武偃。文修說喬行簡有事外出，沒說去哪裡，也沒說幾時回來，宋慈只得作罷，向文修和武偃告辭離開。

從提刑司大堂出來，宋慈沒走出幾步，忽然在堂前空地上站定了，凝眉沉思起來。劉克莊跟在宋慈身後，見了宋慈這副模樣，忙向辛鐵柱和許義打手勢，示意二人停在原地，不要做聲。

宋慈如此沉思一陣，忽然道：「去劉太丞家。」他說走便走，腳步極快。劉克莊忙招呼辛鐵柱和許義，緊跟在宋慈的身後。

沒過多久，四人趕到了梅家橋東，駐足於劉太丞家的大門外。

這是三天之內，宋慈第三次來到劉太丞家了。

大門沒有上閂，只是虛掩著。宋慈推門而入，穿過空無一人的醫館大堂，徑直朝藥童起居的偏屋而去。

此時，狹小的偏屋裡，遠志和當歸仿如挨訓一般，低頭站成一排，身前是斜坐在凳子上、臉色大為不悅的高良薑。黃楊皮也在屋內，站在高良薑的身邊。

「他們二人當真沒回來過？」高良薑語氣一揚。

遠志左手拿著抹布，挨訓之前，他正在打掃醫館。他小聲答道：「回大大夫的話，那晚二大夫和白大夫離開書房後，當真沒再回來過。」

「那師父的醫書是誰拿走了？那麼一大本的醫書，總不至於長了翅膀，自個兒飛走了吧。」高良薑的目光從遠志身上移開，落在了當歸身上，「遠志平日裡跟著我，他素來膽小，諒他也不敢動師父的東西。你當歸可就不一定了。你平時跟著羌獨活，有時還傲裡傲氣的。你說，是不是羌獨活指使你溜進書房，偷走了師父的《太丞驗方》？」

「我沒有。」當歸聲音低沉，回以搖頭。他同樣手拿抹布，此前也是在打掃醫館。

「還敢說沒有？」高良薑站了起來，踏前兩步，與當歸相隔咫尺，「外人進不了醫館書房，能偷走《太丞驗方》的，必定是醫館裡的人。整個劉太丞家，人人都很正常，就你和羌獨活最為古怪。你們二人還真是物以類聚，臭味相投。你老實交代，是不是你和羌獨活合夥偷了師父的醫書？」

當歸仍是搖頭，說自己沒有偷過。

遠志道：「大大夫息怒。那晚，黃楊皮也在大堂，當時我們三人鬧肚子，一人去茅房，另兩人便留在大堂，當歸要麼與我待在一起，要麼便與黃楊皮待在一起，他不可能獨自溜進書房偷走醫書的，黃楊皮可以作證。」

黃楊皮冷哼一聲，道：「誰說我要作證了？」

高良薑則是瞪了遠志一眼，道：「我沒問你，就沒你插嘴的份！」又衝當歸喝道，「快說，是不是你偷了醫書？」

高良薑聲音漸怒之時，伴隨著一陣突如其來的腳步聲，宋慈等人出現在了偏屋門口。

高良薑回頭瞧見了宋慈，滿面怒容頓時收斂了起來，擠出一絲笑容，道：「宋大人，你們怎麼來了？」他認得劉克莊，也認得許義，但對辛鐵柱還是頭一次見，忍不住多看了辛鐵柱幾眼。

「高大夫這是在做什麼？」宋慈沒有進入偏屋，就站在門口，向屋內幾人打量了幾眼。

「沒什麼，我就是問一問《太丞驗方》的下落。」

「可有問出？」

高良薑斜了當歸一眼，道：「眼下還沒問出來。」

「黃楊皮，你來一下。」宋慈留下這話，忽然轉身離開偏屋，朝醫館書房走去。許義趕前幾步，揭下房門上的封條，讓宋慈走進了書房。

黃楊皮沒有立刻跟著宋慈而去，而是轉頭瞧了瞧高良薑。

高良薑道：「宋大人叫你，你趕緊去吧。」黃楊皮這才走出偏屋，隨著宋慈進入了書房。宋慈吩咐許義留守在書房門外，除了劉克莊和辛鐵柱之外，不許其他任何人進入書房。

黃楊皮站在宋慈的面前，道：「大人找小人來，不知所為何事？」

宋慈道：「記得你上次說過，你常跟在劉鵲身邊，他看診之時，你便幫著準備各種器具和藥材，是吧？」

這是黃楊皮昨天親口說過的話，他應道：「小人是說過這話，大人記性真好。」

宋慈沒理會黃楊皮的恭維，道：「劉鵲應該會針灸吧？」

「先生何止是會？他精於針灸，每次給病人施針，都是針到病除，靈效無比。」

「那他針灸時所用的銀針，也是由你提前備好嗎？」

「先生的銀針都收裹在針囊裡，每次施針前，都是由小人備好針囊，再交給先生使用的。」

「去年紫草上吊自盡，此事可有影響劉鵲日常看診？」

「紫草就是一個小小的婢女，又死在後院，能有什麼影響？先生照常在醫館看診病人，只是讓醫館裡的人不准提紫草的死，以免驚擾到病人。」

「那紫草死後，劉鵲的針囊之中，可有銀針缺失？」

「大人這麼一說，好像是缺失了一枚。」

「你可記清楚了？」宋慈強調道，「別說好像。」

黃楊皮回想了一下，道：「小人記得紫草死的那天，祁老二將紫草的屍體拉走後，先生便在醫館裡開始看診。當時，遠志和當歸沒經先生的允許，去給紫草送葬，醫館裡就小人一個藥童，又要迎送病人，又要抓藥、煎藥，還要準備各種器具，在醫館裡來回地跑，可把小人忙活壞了。

後來遠志和當歸過了好半天才回來，被先生劈頭蓋臉地罵了一頓，又被高大夫和羌大夫數落了一頓。先生叫小人去歇一會兒，讓遠志和當歸去幹活。後來先生要給病人針灸時，小人歇得差不多了，便去藥房給先生備針，當時遠志和當歸也在藥房，他們二人剛剛打掃完藥房，正在整理針囊。

小人心裡有氣，叫他們讓到一邊，把針囊拿了過來。小人每逢給先生備針，除了清洗擦拭，還會清點針囊裡的銀針，當天也清點了。先生的針囊共有銀針七七四十九枚，但那天只有四十八枚，小人沒記錯的話，是少了一枚毫針。」

「毫針？」

「大人有所不知，針灸有靈樞九針之說，一曰鑱針，二曰圓針，三曰提針，四曰鋒針，五曰鈹針，六曰圓利針，七曰毫針，八曰長針，九曰大針。毫針是靈樞九針之一，長一寸六分或三寸六分，針細而長，形如毫毛，針尖銳利如蚊虻之喙，靜以徐往，微以久留，主治寒熱痛痹。」黃楊皮說得頭頭是道，語氣透著得意，像是有意賣弄自己在醫術上的學問。

「你似乎很懂針灸？」

「先生教過小人靈樞九針的分別，他為病人針灸時，小人常在一旁伺候，看得多了，自然懂一些。」

「醫館裡的幾位大夫，還有遠志和當歸，都懂針灸嗎？」

「幾位大夫自然是懂的，遠志和當歸嘛，倒也懂一些。」

「除了劉鵲，醫館中誰最擅於針灸？」

「那當然是大大夫了。大大夫精於針灸，二大夫精於用藥，醫館裡人人都知道。」

「幾位大夫針灸時，用的是同一套銀針嗎？」

「幾位大夫各有一套銀針，給病人針灸時，都是各用各的。」

「這幾套銀針放在何處？」

「都放在藥房裡。幾位大夫要用時，我們做藥童的便去取來，用過之後，再清洗乾淨放回原處。」

「這幾套銀針之中，有沒有與那枚缺失掉的毫針同等大小的銀針？」宋慈道，「若有，還請你取來看看。」

黃楊皮點頭應了，去了一趟藥房，很快取來了一裹針囊，道：「這是先生的針囊。缺失的那枚毫針，先生後來補齊了，新針與舊針的長廣是一樣的，請大人過目。」說罷打開針囊，拈起其中一枚毫針，交給了宋慈。

宋慈接過來看了，那是一枚長一寸六分的毫針，廣不及半分，針尖果然如蚊虻之喙般銳利。他取出那截在紫草頸骨中發現的針尖，與手中毫針的針尖一對比，果然是同等大小。

他微微點頭，將那截針尖收好，又將毫針插回針囊中，道：「這套銀針關係重大，暫且由我保管，結案之後歸還。」他不管黃楊皮同意與否，說完，便將針囊揣入了自己懷中，隨即問道，「紫草可有親人？」

黃楊皮有些輕蔑地笑道：「紫草以前是個無家可歸的乞丐，一個街頭要飯的，哪裡會有親人？」

「高、羌、白三位大夫，平日裡與紫草關係怎樣？」宋慈又問。

「紫草過去服侍老太丞，老太丞看診時，她便在旁幫手，那時白大夫也隨老太丞一起看診，常見她與白大夫待在一起。她與大大夫和二大夫之間，倒是沒什麼來往。」

「所以除了遠志和當歸，在這劉太丞家中，就數白大夫與紫草關係最好？」

黃楊皮點頭應道：「那是。」

「劉鵲遇害那晚，白大夫來書房見劉鵲時，你是在大堂裡分揀藥材，對吧？」

「是的。」

「白大夫走後不久，你是不是也曾離開過？」宋慈直視著黃楊皮。

黃楊皮面露驚訝，道：「大人怎麼知道？」

宋慈不答，問道：「你為何離開？」

「小人鬧肚子，去了茅房。」

「真是鬧肚子？」

「那還能有假？當時白大夫剛走，小人肚子便嘩啦啦的，一個勁地亂響，小人趕著去茅房，一出醫館後門，沒多遠便追上了白大夫。白大夫得知小人鬧肚子，還說什麼揀木鱉子一個、母丁香一錢，加少許麝香，研成細麵，做成膏藥往肚臍上貼一夜，便可緩解症狀。小人趕去茅房，哪知碰上了石管家在裡面，他在裡面好半天才出來，害得小人險些……」黃楊皮說著撓頭一笑，「險些沒憋住，拉在了褲襠裡。」

「你之前對喬大人說，你鬧肚子症狀緩解，是在後半夜睡下之後？」宋慈道。

「是的。」

「這麼說，你是用了白大夫所說的法子？」

「小人是伺候先生的藥童，白大夫是老太丞的弟子，一向與先生不對付，小人怎麼會用他說的法子？萬一他不安好心，想捉弄小人，小人按他的法子用藥，豈不是害了自己？小人可沒那麼傻。」

宋慈不由得想起，劉鵲死的那晚，遠志和當歸也鬧肚子，二人的症狀直到第二天早上才稍有好轉，當時他和喬行簡上門查案，二人仍是臉色發白，看起來虛脫無力。同樣是鬧肚子，黃楊皮卻好得這麼快，第二天看起來精神很好，面對他和喬行簡的查問，可以說是口齒伶俐，對答如流，幾乎看不出有鬧過肚子的樣子。

他看了黃楊皮幾眼，沒再問鬧肚子的事，道：「那晚書房裡的燈火滅掉時，你是親眼看見的嗎？」

「小人是親眼看見的。」

「當時燈火是一下子滅的，還是慢慢暗下去的？」

黃楊皮回想著道：「小人記得是慢慢暗下去的。」

宋慈點了點頭，沒再繼續發問，道：「你可以離開了。」

查問來得突然，結束得也很突然。黃楊皮行禮道：「那小人便告退了。」說完，便退出了書房。

黃楊皮離開後，宋慈走到書案旁的面盆架前，摸了摸面盆架上那幾道細微的刮痕。他將劉克莊叫到身邊，在其耳邊囑咐了幾句。

劉克莊神色有些茫然，似乎沒明白宋慈的用意，但嘴上立刻答應下來：「放心吧，我記住了。」

宋慈拍了拍劉克莊的肩膀，走出書房門外，只見高良薑、遠志和當歸都等在大堂裡，剛剛離開書房的黃楊皮也在這裡。

「宋大人，還沒查到凶手嗎？」高良薑迎上來道，「我看害死師父的，八成是那羌獨活，你可要好好地查查他啊。」他昨天向宋慈透露了羌獨活鑽研毒藥一事，還親自從羌獨活的屋子裡搜出了一大箱毒藥，本以為宋慈會將羌獨活當作嫌凶抓回衙門細審，哪知宋慈昨天直接便走了，令他既不解又不爽。

宋慈沒提羌獨活的事，道：「聽說高大夫很擅長針灸？」

高良薑不無得意地道：「若論針灸之術，我比師父是遠遠不及，但比醫館裡的其他人，那還是綽綽有餘的。」醫館裡的大夫，除了他和劉鵲，便只有羌獨活和白首烏，言下之意是他的針灸之術遠遠勝過羌獨活和白首烏。

「那我有一事，正要請教高大夫。」

「大人可別說請教，有什麼事，直說就行。」

「敢問後頸之上，第一節頸骨附近，可有什麼穴位？」

「風池穴。」高良薑不假思索地回答，同時稍稍側頭，朝自己耳後髮叢之間點了一下，指出了風池穴的位置。

「風池穴是有兩處嗎？」

「是，左右耳後各有一處。」

「倘若用銀針扎刺風池穴，那會怎樣？」

「風池穴別名熱府，屬足少陽膽經，所謂『治風先治血，血行風自滅』，針刺此穴可提振一身之陽氣，疏通經絡，調理氣血，驅散風寒之邪。」高良薑說起自己最擅長的領域，侃侃而談起來，「只不過，此穴靠近腦髓末端，進針時，需朝著鼻尖方向斜刺而入。」

「倘若不斜刺進針，而是朝頸骨方向進針，又當如何？」

「那便會傷及腦髓末端。這地方一旦受損，輕則呼吸不暢，吞咽困難，重則嘛，立時斃命。」

「那就是說，一針刺穿，人會立即死亡？」

「別說刺穿，便是刺得稍微深一些，便沒命可活了。」高良薑奇道，「大人，你問這個做什麼？」

宋慈應道：「我查驗劉鵲的屍體時，在其腦後發現了一枚銀針，這枚銀針深深扎入後頸，其所刺之處，正是高大夫所說的風池穴。」

一旁的劉克莊聽得這話，不免有些奇怪，之前宋慈在提刑司偏廳查驗劉鵲屍體時，在其左耳後髮叢下發現了針眼，但他沒見宋慈從針眼裡取出過銀針。

高良薑極為驚訝，道：「師父的風池穴有銀針？」

宋慈點了點頭，不再提銀針的事，問道：「居老夫人在家吧？」

高良薑道：「師娘一直在家，她成天待在正屋，少有出來。」

「我有一些事，需找居老夫人查問一番，還請高大夫帶路。」宋慈前後三次來到劉太丞家，劉太丞家中的人，他該問的都已經問過了，只剩下居白英一人還沒查問。

高良薑因為鶯桃的緣故，對居白英這位師娘向來沒什麼好感，聽聞宋慈要去查問居白英，立刻領路前往正屋。

宋慈正準備跟隨高良薑離開醫館大堂，劉克莊忽然道：「宋提刑，跟著你跑了大半天了，又是去泥溪村，又是去提刑司，我這兩條腿實在是不聽使喚了。我就在這裡歇一會兒，等你回來，可好？」

宋慈隨口道：「隨你便吧。」說著，由辛鐵柱和許義隨行，跟著高良薑出了醫館後門，往正屋而去。

眾人來到正屋時，房門緊閉的屋內有低沉的誦經聲傳出。宋慈正要上前叩門，忽然「吱呀」一響，房門拉開了，石膽端著放有碗碟的託盤，正準備從屋內退出來，瞧見宋慈等人站在屋外，不免有些驚訝。

「宋大人，你們這是……」

「我有些事，需向居老夫人問明，眼下方便吧？」

宋慈問出這話，不等石膽回答，便徑直從石膽的身邊跨過門檻，踏入了正屋。辛鐵柱和許義想隨他進屋，他卻把手一擺，示意二人留在外面。

他環視一圈，打量正屋裡的布置。

正屋比之鶯桃起居的側室，足足寬敞了一倍有餘，擺置的家具卻極少，只一床一桌一櫃而已，看起來甚是冷清。屋內彌漫著一股濃濃的香火氣味，乳白色的煙氣飄浮在空中有如霧靄。在左側靠牆的位置，設有一方佛龕，龕內是一尊鍍金的佛像，佛龕下擺放著劉知母的靈位，靈位旁立著一盞長明燈，以及一只燃有三支立香的小香爐。

地上放置著一個蒲團，居白英身著緇衣，跪於其上，手捏佛珠，正在閉目誦經。聽見宋慈的說話聲，她睜眼回頭，瞧了宋慈一眼，絲毫不掩飾眼神裡的厭惡之色，道：「我對劉鵲的死一無所知，你用不著來問我。」

「我不問劉鵲的死。」宋慈應道，「我是為紫草的死而來。」

居白英微微一怔，隨後朝石膽抬起了手。石膽趕緊放下託盤，上前扶起居白英，扶至一旁的椅子上坐下。

椅子旁放著拐杖，居白英握住拐杖，道：「你先退下吧。」

「是，夫人。」石膽看了宋慈一眼，退出屋外，帶上了門。

辛鐵柱和許義都沒進屋，帶路的高良薑也站在門外。

「你想問什麼？」居白英看著宋慈，左手捏著佛珠，右手持拐往地上一杵，「趕緊問吧。」

宋慈沒有立刻開口，而是走到劉知母的靈位前。靈位旁放有一堆立香，他從中拈起三支，在長明燈上點燃了，輕輕插在香爐之中，這才回頭道：「聽說當初將紫草賣與祁老二為妻，是居老夫人妳的意思，不知妳為何要這麼做？」

居白英見宋慈給劉知母上香，眼神裡的厭惡之色稍減，道：「那小妮子抓錯了藥，險些害了人命，犯下了大錯。她一個賤籍之人，沒把她賣去青樓妓院，而是賣給祁老二那等良民為妻，已是對她從輕發落了。是她自己想不明白，非要去尋死。」

「我不是問紫草犯了什麼錯。」宋慈道，「我問的是，這些年妳極少踏足醫館，從未管過醫館的大小事務，為何在紫草抓錯藥這件事上，妳卻要突然插手呢？」

「那小妮子是家中婢女，我身為主母，還不能處置一個犯了錯的婢女嗎？」

「居老夫人自然能處置，只是紫草所犯之錯，並未真的傷害人命，似乎不至於將她趕出家門，更不至於將她殺害。」最末二字，宋慈刻意加重了語氣。

「你說什麼？」居白英猛地一下捏緊了佛珠。

宋慈神色如常，聲音也如常，只是在「殺害」二字的語調上又加重了幾分：「我說紫草不是自盡，而是遭人殺害的。」

「那小妮子明明是在後院上吊死的，家裡人都能作證，官府也來人查過，如今時隔一年，你無憑無據，卻來說她是遭人殺害，真是……」

「妳要證據嗎？」宋慈不等居白英把話說完，取出那截斷在紫草頸骨裡的針尖，「我今早去過泥溪村，開棺查驗了紫草的骸骨，發現她的頸骨裡，嵌有一截銀針針尖。紫草並非自盡，而是被人用銀針刺入後頸殺害的。她吊在後院，那是有人故意移屍，偽造成了自盡。巧的是，當初紫草死之後，劉鵲的針囊裡，正好缺失了一枚同等尺寸的銀針。」

居白英盯著宋慈手中的針尖，有些詫異，道：「你是說，那小妮子是被劉鵲給殺死的？」

「劉鵲已死，我雖有此懷疑，卻無法找他本人對質，這才來找妳。」

「那你找錯了人。」居白英把頭一偏，目光從針尖上移開了，「我只知道那小妮子吊死在後院，其他的事，我一概不知。」這話一出口，她手指撥動，重新盤捏起了佛珠。

「是嗎？」宋慈語氣忽然一變，「那劉鵲與紫草私通的事呢？」

居白英如聞驚雷，轉回頭來盯著宋慈，嘴唇顫動了幾下，沒能說出話來。

宋慈見了居白英的反應，道：「看來妳是知道的。」頓了一下又道，「他們二人私通是劉鵲逼迫的，還是紫草心甘情願的？」

居白英哼了一聲，道：「劉鵲那老東西，人老心不老，納了個歌女為妾，生下個賤種當寶，還敢背著我對家中婢女動手動腳。那小妮子也是個壞胚子，長著一對桃花眼，跟狐狸精似的，自個兒不知檢點，死了也是活該！」

「所以你才以拿錯藥為名，執意將紫草賤賣給祁老二為妻？」

「不錯，這種不知廉恥的女人，就該配給祁老二那種又老又醜的男人。」

「那紫草死於銀針刺頸，妳是當真不知？」

「我是不知道。劉鵲那老東西，除了看重他那賤種兒子，最看重的就是名聲。可我倒沒想過，他為了遮醜，竟連人都敢殺了。」居白英回想著道，「難怪當初官府的人來查案，他要暗地裡塞錢，說什麼怕影響醫館的生意，讓官府盡快結案，又叫祁老二拉走屍體後盡快下葬，原來人是他殺的。」

宋慈聽了這話，才知道韋應奎當初為何會草草結案。他沒再問紫草的死，轉而問道：「十年前，劉鵲在將軍蟲達麾下做過隨軍郎中，不知他當年為何要從軍中去職，來到這劉太丞家，替劉扁打理醫館呢？」

「那老東西說劉扁在太丞任上忙不過來，沒工夫照理醫館，所以才來幫忙。」

「既然是這樣，那六年前劉扁不做太丞回到了醫館，劉鵲為何仍沒離開呢？以劉鵲的醫術，想必足以自立門戶了吧。」

「我早就勸過那老東西，叫他開一家自己的醫館，不用寄人籬下，可是無論我怎麼勸，那老東西就是不聽！」

宋慈想了一想，道：「劉扁與劉鵲師從皇甫坦學醫，皇甫坦乃聲震三朝的名醫，生前曾著有醫書，劉鵲甘願留在劉太丞家整整十年，可是為了這部醫書？」

他記得，白首烏曾提及師祖皇甫坦也著述過醫書。皇甫坦曾多次入宮為皇帝看診，劉扁能成為太丞，接替為皇帝看診的職責，而劉鵲只是做了一個隨軍郎中，加之劉扁在醫術上的造詣明顯要勝過劉鵲一截，因此宋慈猜想，皇甫坦生前所著的醫書，應該極大可能是傳給了劉扁。

居白英有些詫異地看了宋慈一眼，似乎沒想到宋慈竟能知道這麼多事，道：「你既然都知道了，何必再來問我？」

「我只是這樣猜想。倘若真是如此，劉鵲為此花費十年，真可謂是處心積慮了。他若聽從妳的勸告，早些自立門戶，」宋慈目光一轉，朝劉知母的靈位看去，「只怕妳年幼的女兒就不會死在這裡，如今也已十三、四歲，長大成人了。」

居白英一直為劉知母的死而耿耿於懷，這些年對劉鵲深懷恨意，是以他故意提起劉知母的死，以激居白英吐露實言。

果不其然，居白英捏著佛珠的手微微顫抖，朝劉知母的靈位癡癡望去，老眼中隱隱含淚，道：「知母小小年紀，才只三歲，卻知道為我擦手洗臉，見我不高興，會扮鬼臉來逗我開心，還常去採摘各種花兒，送來給我……真如你說的那樣，知母如今有十三、四歲，那該多好……」她淚眼一閉，等到再睜開時，老眼中淚水已無，環顧所處的這間正屋，眼中流露出深深的恨意。

「那老東西執意留在這裡，嘴上說幫劉扁的忙，背地裡打什麼心思，我能不知道？他惦記著皇甫坦的醫書，那醫書在劉扁的手中，他是為了得到那部醫書，才甘願寄人籬下。整整十年，他可算是得償所願，占了劉扁的太丞之名，成了這家醫館的主人，醫書什麼的，想必也早入了他手，否則他何以每晚把自己關在醫館書房裡？說什麼著述自己的醫書，我看他是在鑽研皇甫坦的醫書才對。那什麼《太丞驗方》，只怕他壓根就沒寫過。他那兩個徒弟，居然為了一部不存在的醫書爭得勾心鬥角，真是可笑至極！」

這一番話，算是把劉鵲寄人籬下到鳩占鵲巢的經過抖了出來。宋慈聽罷，想到白首烏曾提及劉扁所著的醫書收錄了許多獨到的驗方，高良薑也曾說劉鵲所著的《太丞驗方》彙集了各種用最少的藥材治最疑難病症的驗方，可見與皇甫坦的醫書是一脈相承，或者換句話說，從皇甫坦到劉扁，再從劉扁到劉鵲，三人所著的醫書很可能是同一部，是皇甫坦著書在前，劉扁和劉鵲增刪在後。

想明白這一點，宋慈算是知道劉扁為何要將所著的醫書隨身攜帶了，顯然劉扁知道劉鵲覬覦皇甫坦傳下的醫書，因此留了個心眼，對同處一個屋簷下的劉鵲多有防範，只是他最終在淨慈報恩寺死於非命，醫書連同他的家業，甚至他太丞的名聲，一併落入了劉鵲手中。

「倘若《太丞驗方》是存在的呢？」宋慈道，「妳覺得劉鵲會把這部醫書傳給哪位弟子？」

「上樑不正下樑歪，高良薑也好，羌獨活也罷，都不是什麼好東西。那老東西精明著呢，他若真寫了醫書，只要他沒瞎了眼，便不可能傳給他那兩個弟子。」居白英冷哼一聲，「那老東西最在乎他那賤種兒子，他若再多活幾年，等那賤種兒子長大一些，定會把醫書傳給那賤種兒子。那老東西患了風疾，連他自己也治不好，沒能多活這幾年，最後是被毒死的，真是蒼天有眼。」她這話說得極怨毒，可見她對劉鵲的恨意有多深。

宋慈略微想了一下，道：「據我所知，劉扁和劉鵲都曾為韓太師看診治病，不知他們二人可有什麼事做得不對，得罪過韓太師？」

居白英把頭一擺，道：「自打知母死後，我極少踏足醫館，從不關心醫館的事，他們二人給誰看過診，得罪過誰，我全不知道。」

「既是如此，那便叨擾居老夫人了。」宋慈不再發問，拉開房門，離開了正屋。

辛鐵柱和許義等在屋外，高良薑和石膽也在這裡等著。高良薑又湊上來問宋慈查得怎樣，似乎對宋慈查案的進度很是關心。這一次宋慈沒理會高良薑，帶上辛鐵柱和許義回到了醫館大堂。

劉克莊等在大堂裡，見宋慈回來了，朝宋慈輕輕點了點頭。宋慈不做停留，叫上劉克莊，離開了劉太丞家。

出劉太丞家之後，宋慈的腳步很快，直到走出很遠，他才放緩腳步，問劉克莊道：「如何？」

劉克莊應道：「你們走之後，那兩個叫遠志和當歸的藥童，拿了掃帚抹布，在大堂各處清掃擦拭起來。那個叫黃楊皮的藥童站在一旁，說他們二人今日倒是勤快，不用使喚便知道灑掃。黃楊皮明明也是藥童，比遠志和當歸還小一些，卻不去幫忙，反而不斷地挑刺，一會兒說這裡沒掃到，一會兒說那裡沒擦乾淨，他們二人不敢還口，只是埋頭打掃，看得我氣不打一處來。

我藉口說要買些上等人參送人，叫黃楊皮帶我去了藥房，在裡面挑選人參。我故意挑選得很慢，盡可能在藥房裡待久一些。過了一陣，遠志和當歸進來打掃藥房，他們二人把百子櫃擦了一遍，把藥碾子、研缽、脈枕、通木和一些叫不上名的器具全都清洗了一道，又擦拭了針灸銅人，把針囊裡的銀針取出來整理清點，最後把一大堆用過的火罐清洗了一遍，差不多有七、八十個之多。我隨意挑選了一株人參，讓黃楊皮給我包好，就從藥房裡出來了。沒過多久，你們便回來了。」

宋慈聽罷，微微點頭，道：「果然如此。」

「果然什麼？」劉克莊不解道，「你叫我盯著藥房，我到現在還沒明白呢。」原來之前在醫館書房裡，宋慈在他耳邊囑咐了一番話，就是讓他找藉口留在醫院大堂裡，一刻也不轉眼地盯住藥房。

「我已經知道凶手是誰了。」宋慈道，「但還有一個疑問，需要立刻去查清楚。」

第八章　蛤蟆附骨

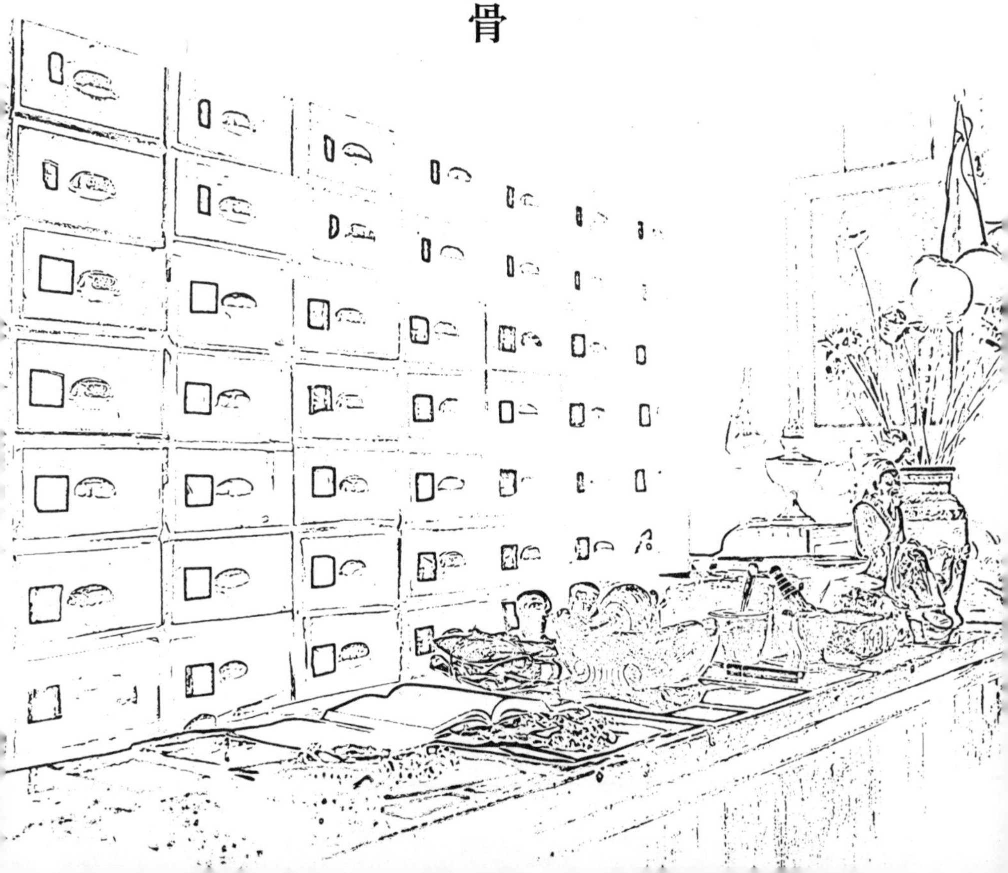

宋慈這話說得很是平靜，劉克莊卻聽得極為驚訝。他沒追問凶手是誰，儘管他對此甚是好奇，道：「你還有什麼疑問？」

「葛阿大曾在淨慈報恩寺後山，目睹過骷髏頭爬坡，你我一直當他是喝醉後看花了眼，把石頭錯當成了骷髏頭。」宋慈道，「可萬一他沒看花眼呢？」

劉克莊把頭一搖，道：「骨頭是死物，怎麼可能自己動？更別說什麼爬坡了。」見宋慈始終面帶疑色，又道，「你既有此懷疑，那便走一趟淨慈報恩寺後山，大不了把那片土坡翻一個遍，查清楚不就行了。」

宋慈應道：「我正有此意。」

說走便走，四人當即西行出城，行過蘇堤，來到淨慈報恩寺後山，到了發現劉扁屍骨的那處土坡下。

那塊灰白色的石頭，還擱在土坡下。宋慈以這塊灰白色的石頭為中心，吩咐許義往上，劉克莊往左，辛鐵柱往右，他自己則往下，四散開來，尋找有沒有散落的骷髏頭。

一路沿山坡向下，在滿是落葉和荒草的山林間，宋慈搜尋得極為仔細，但一直沒有發現。另外三個方向也沒有傳來聲音，可見另外三人同樣沒有發現。就這麼往下搜尋了數十步，行經了好幾座墳墓，林間出現了一個方圓丈餘的小水坑。

這片山林是一片墳地，立有不少墳墓，修墳時堆土不夠，便會在附近取土，因而留下了一些坑洞，雨水積留其中，便形成了水坑。這樣的小水坑，在後山上還有好幾處。坑裡的水是夏秋多雨時節積下的，如今已是寒冬，水已減少了大半，水面上漂滿了枯枝敗葉，成了有些發黑的死水，散發著難聞的臭味。

宋慈從旁邊繞過，往下搜尋了幾步，忽然停步回頭，目光落在這個小水坑上。

他想了一想，折了一截樹枝，回到水坑邊，將水面上漂浮的枯枝敗葉撥開。他想看一看水下有什麼，但水色發黑，根本看不清楚。他將樹枝插至坑底，水不算深，頂多沒過膝蓋。他沒有絲毫猶豫，當即脫掉鞋子，將褲腳高高挽起，下到了水坑之中。

正月裡的水冰冷刺骨，再一攪動，淤泥騰起，水色變得更黑，臭味也更加濃烈。宋慈忍著冰冷和臭氣，捲高袖子，將手伸入水下，仔細地摸尋起來。坑底滿是枯爛的樹枝，在接連摸了好幾把枯枝後，他指尖一緊，觸碰到了一個堅硬的東西——他摸了摸這個硬物的外形，眉頭不禁一皺。

他用雙手環住這個硬物，將其捧出了水面——那是一個人頭，一個已成骷髏的人頭。骷髏頭出水時，是倒轉過來的，帶著淤泥的黑水從兩個眼孔中汩汩流出，仿若眼淚在不斷地往下倒流。

尋常人拿起死人頭骨，只怕早就雙手一拋，有多遠扔多遠，宋慈卻是如獲至寶，捧著這個骷髏頭走出了水坑。他顧不得滿手滿腳的汙泥，先將骷髏頭裡的泥水倒空，然後湊近眼孔，朝骷髏頭內部看了好幾眼。

在看清骷髏頭裡藏有什麼東西後，他若有所悟地點了點頭，取出手帕，簡單地擦了擦手腳上的汙泥，放下袖子和褲腳，再穿上鞋子，然後抱著這個骷髏頭，原路返回了那處土坡下。

劉克莊、辛鐵柱和許義已將各自負責的方向搜尋了一遍，在沒有任何發現後，先後回到了土坡下等著。望見宋慈抱著個骷髏頭從林間走來，三人都是一驚。

「找到了。」宋慈一直將骷髏頭抱至三人的面前，方才止步。

劉克莊早已不是第一次面對死人屍骨，但看著這個孤零零的頭骨，還是忍不住後退了兩步，道：「這是……葛阿大看見的那個骷髏頭？」

「應該是的。」宋慈將骷髏頭放在那塊灰白色的石頭上，「你們過來看看，這頭骨之中有什麼？」

三人先後湊近，透過骷髏頭上的孔洞，朝內望了一眼，不約而同地露出驚訝又疑惑的神色。

「裡面是……一隻癩蛤蟆？」劉克莊看了好幾眼，很確定骷髏頭裡面有一隻比拳頭還大的癩蛤蟆，但還是禁不住為之詫異。這隻癩蛤蟆一動不動，看起來已經死去多時，只是時下天寒地凍，為何會有癩蛤蟆出現？

「不錯，是一隻蛤蟆。」宋慈抬起手來，指著土坡下葛阿大等勞力曾取過土的位置說道，「倘若我沒猜錯，這個骷髏頭的下半身骸骨，應該還埋在這片土坡之下。」

劉克莊、辛鐵柱和許義聞言轉頭，朝那片土坡望去。

「許大哥，」宋慈把手一伸，「可否借你佩刀一用？」

許義取下腰間佩刀，交到宋慈手中。

宋慈走到那片土坡下，將佩刀插入土中，一下一下地撬挖起了泥土。隨著這陣撬挖，坡上的泥土一塊塊地剝落，很快，有白慘慘的骨頭從泥土裡露了出來。

又一具屍骨出現了。

宋慈停止了撬挖，道：「當初為了給蟲氏姐妹和袁晴修築墳墓，葛阿大等人曾在這裡取土。這土坡下正好埋著一具屍骨，倘若當時他們再多挖一、兩鍬土，只怕便能發現這具屍骨。」他朝放在石頭上的骷髏頭看去，「骷髏頭中的這隻蛤蟆，想來是鑽入頭骨之中冬蟄，卻在取土時被驚醒。取土之後，這片土坡本就泥土鬆動，蛤蟆再一動，頭骨便滾了出來。這隻蛤蟆被壓在頭骨之下，掙扎跳動時，頭骨便跟著移動，這一幕恰巧被返回的葛阿大瞧見，被醉酒的他看成了是骷髏頭在爬坡。

葛阿大被嚇走後，這個骷髏頭跟著蛤蟆移動，想是最終沿著山坡滾了下去，落進水坑之中，蛤蟆困在裡面出不來，被凍死在了水裡。第二天葛阿大再回到這裡時，找不見骷髏頭，便依薛一貫的指點在土坡下挖掘尋找，不承想附近還埋著劉扁的屍骨，被他碰巧挖了出來，這才有了後面的事。」

劉克莊本不信葛阿大目擊骷髏頭爬坡一事，但如今宋慈已找到骷髏頭，又在土坡下發現了另一具屍骨，哪怕這事太過離奇，卻也由不得他不信。

他道：「那這具屍骨又是誰？」

「我也不知是誰。」宋慈道，「這具屍骨掩埋的位置，與劉扁的屍骨只相隔不到數步，說不定有所關聯，挖出來看看便知。」

辛鐵柱一聽要挖掘屍骨，上前道：「宋提刑，你歇著，讓我來。」不由分說，拿過宋慈手中的佩刀，飛快地撬挖起了泥土。他膂力驚人，彷彿察覺不到疲累，一口氣將坡上的泥土撬挖了大半，只片刻時間，便將那具屍骨完完整整地挖了出來。等到他將佩刀還給許義時，刀尖已出現些許捲曲，可見他撬挖泥土時所用的力氣有多麼大。

這具屍骨的身高，與劉扁的屍骨差別不大，但骨架寬了許多。整具屍骨微微發黑，上身與下身反向彎曲，形似一張弓，這與劉扁的屍骨形狀極為相似。不單單是精於驗屍的宋慈，便連劉克莊和許義，也能一眼看出這具屍骨與劉扁的屍骨是同樣的死法，二者只怕大有關聯。

宋慈的目光在屍骨上掃掠而過，一下子定在了屍骨的右掌上。那右掌指骨不全，沒有末尾二指，只剩下三根指骨。他湊近細看，末尾二指斷骨處平整圓滑，顯然是生前便已斷去了二指。

他胸中頓起驚雷，一個人名掠過了心頭——蟲達。

思緒一下子翻回至十五年前，宋慈盡可能地回想蟲達的身形樣貌。他記得當年蟲達跟隨在年僅十歲的韓珍身邊，幾乎是寸步不離地護衛著韓珍，其人身形矮壯，右手末尾二指缺失，只餘三根手指，與眼前這具屍骨極為相符。

他望著這具屍骨在原地呆立了半晌，直到劉克莊輕拍他的肩膀，他才回過神來。他檢查了一遍屍骨，沒有發現明顯的骨傷，又不忘在撬挖下來的泥土中撥弄一番，希望像當初發現燒過的通木和獐獅玉那樣，能找到與這具屍骨相關的線索，但最終一無所獲。

宋慈想了一想，命許義下山找來一床草席，將這具屍骨收撿到一起，決定帶上這具屍骨，即刻下山。

四人來到山下。宋慈沒有立刻回城，而是去了一趟淨慈報恩寺，在靈壇附近找到了居簡和尚。新發現的那具屍骨，不管是不是蟲達，總之它與劉扁的屍骨埋得那麼近，死狀又如出一轍，極可能存在關聯。

當年劉扁是死在德輝禪師的禪房之中，那一晚一同死在禪房裡的人，除了臥病在床的德輝禪師，還有一人，是守在病榻前照顧德輝禪師的道隱和尚。

「居簡大師，」宋慈問道，「敢問一年前在大火中圓寂的道隱禪師，右手可是只有三根指頭？」

居簡和尚應道：「道隱師叔的右手沒有小指和無名指，是只有三根指頭。」

「那他年歲幾何？」

「道隱師叔剛過四十，比我稍長兩歲。」

「他是何時來貴寺出家的？」

居簡和尚想了一想，道：「沒記錯的話，道隱師叔到本寺出家，比道濟師叔早了兩年，應該是在六年前。」

宋慈最初聽說道隱和尚時，因其人是淨慈報恩寺前任住持德輝禪師的弟子，是現任住持道濟禪師的師兄，而德輝禪師與道濟禪師都是七、八十歲的高齡，便想當然地認為道隱和尚年歲已高，殊不知其人才年過四十，來到淨慈報恩寺拜德輝禪師為師也只是六年前的事。這一下，不單是身形、斷指與蟲達相符，連年齡也對上了，再加上蟲達叛宋投金是在六年前，從此便沒了音信，宋慈有理由相信，這位道隱和尚極可能便是蟲達。

從淨慈報恩寺出來，四人沿原路回城。

劉克莊以為宋慈此番回城，一定會去提刑司停放新發現的屍骨，並對屍骨進行檢驗。可是當走到太學中門外時，宋慈卻忽地停住了腳步。他說，今日四處奔波，實在太過疲累，再加上案情還有不少疑點，他需要靜下心來推敲，所以他不打算再去提刑司。

他吩咐許義將新發現的屍骨帶回提刑司偏廳停放，又拿出查驗紫草屍骨時填寫的檢屍格目，交由許義帶回提刑司，保管在書吏房，然後便回了太學。

進入中門後，宋慈沒有回習是齋，而是就近等了片刻，然後帶著劉克莊和辛鐵柱又走出太學，一路穿城向南，直到朝天門附近，方才找了一家茶樓，在二樓上要了一間臨街的雅閣，點了一些茶點。

辛鐵柱全然不明白宋慈的用意，他也不願去想這些費神的事，有茶便喝，有點心便吃，只是覺得少了滋味，若能把茶點換作酒肉，那便痛快多了。

劉克莊深知宋慈的脾性，若是為了填飽肚子，一定會回齋舍熱幾個太學饅頭，絕不會特意跑這麼遠來吃茶點。對於宋慈的用意，他倒是猜到了一二，道：「你莫不是在避著許義？」

宋慈點了點頭，應道：「不錯。」他抬眼望向窗外。這家茶樓叫御街茶樓，從二樓上眺望出去，不遠處朝天門的一切，可以盡收於眼底。

自打在泥溪村遇襲之後，宋慈便對許義生出了懷疑。他之前只對劉克莊和許義說過開棺驗骨一事，也只有劉克莊和許義知道他今早會去泥溪村。劉克莊自然不會對外洩密，那麼洩露此事的只可能是許義，更別說今早在泥溪村遇襲時，許義還藉故從他身邊離開了，他沒法不起疑。

他雖然不知道那些襲擊他的黑衣人是什麼來路，但他能隱隱感覺到，劉扁和劉鵲的案子似乎與韓侂胄有著千絲萬縷的關聯，只怕韓侂胄與這一切都脫不了干係。為了證實這一猜想，他才來到了朝天門。

朝天門位於臨安城正南方向，出了此門，行經太史局和城隍廟，便到了吳山，韓侂胄的南園便建在那裡。也就是說，出城去往吳山南園，必會經過朝天門。今日發生了這麼多事，查案時又有這麼多新發現，倘若昨天的事真是許義洩密，那麼許義極大可能還會把今天的事洩露出去。

許義洩密的對象若真是韓侂胄，那他一定會去吳山南園，也就一定會從朝天門過。所以宋慈故意在途經太學時與許義分開，再帶著劉克莊和辛鐵柱趕來朝天門守候，只要看到許義出朝天門而去，便能驗證他的這番猜想。

在太學中門與宋慈等人分別後，許義回到了提刑司。他將新發現的屍骨停放在偏廳，又將檢屍格目送去了書吏房。做完這一切後，他回到役房，換了一身常服，戴上帽子，走側門出提刑司，穿城向南，一如昨天那般，打算去往吳山南園，向夏震稟報宋慈今日查案時的一舉一動。

許義一路上走得很快，不多時來到了朝天門。眼見離吳山南園已經不遠，他本就足夠快的腳步，不禁又加快了幾分。然而，他剛出朝天門，手臂忽然一緊，被人從身後拽住了。他一回頭，瞧見了辛鐵柱，驚訝道：「辛……辛公子。」

他記得辛鐵柱明明隨宋慈回了太學，沒想到竟會突然出現在此。

「宋提刑有請。」辛鐵柱不由分說，抓著許義的手臂，回身便走。

許義的手臂如被鐵鉗夾住了一般，掙脫不得，身不由己地跟著辛鐵柱回了朝天門，向不遠處的御街茶樓而去。

很快來到御街茶樓上的雅閣，許義見到了等在這裡的宋慈和劉克莊。他驚訝之餘，心裡發虛，不由自主地埋下了頭。

「許大哥，你從朝天門出城，這是要去何處？」宋慈問道。

許義囁嚅道：「宋大人，小的……小的是去……」

「是要去吳山南園吧？」宋慈道。

許義詫異地抬起頭來看了宋慈一眼，旋即又低下頭去，不知該怎麼回答。

「好你個許義，原來宋大人去泥溪村開棺驗骨的消息，是你洩露出去的！」劉克莊忽然站起身來，「宋大人一向對你那麼信任，你就是這麼報答宋大人的？你可知道，就因為你通風報信，害得宋大人今早險些死在了泥溪村！」

許義臉色一陣青一陣白，吞吞吐吐地道：「小的……小的也不想這樣……」

「你還有臉說不想？」劉克莊怒道，「你明知宋大人會在泥溪村遇險，卻藉口從宋大人身邊離開，事後還裝作挨打暈了過去。你這種人，就該好好地收拾一頓！」說著看向辛鐵柱，叫道：「鐵柱兄！」

辛鐵柱很是配合，當即怒目瞪視許義，提起拳頭，在桌上重重一捶，茶壺、茶碗全都跳了起來，力道隨著桌腿傳下，樓板都在微微發顫。

許義知道辛鐵柱動起手來有多厲害，情不自禁地縮了縮身子。

宋慈卻是神色如常，示意劉克莊和辛鐵柱不必動怒，道：「許大哥，我知道你在提刑司當差，有些事情也是身不由己。今早我雖然遇險，但最終平安無事，你無須為此自責。」

「宋大人……」許義喉嚨一哽，「小的實在是……實在是對不起你。」他耷拉著腦袋，跪了下去。

宋慈道：「過去這段日子，我四處奔走查案，你幫了我很大的忙。若沒有你，岳祠案和西湖沉屍案，我不可能那麼快破案。不管你以前做過什麼，我都不怪你，你起來吧。」說著伸出手去，將許義扶了起來。

許義極為感激地望著宋慈。他心中本還有一絲糾結，但這一絲糾結，在宋慈扶起他的這一刻，一下子冰消瓦解。他不再對宋慈隱瞞，將他當初替元欽監視宋慈的一舉一動，在元欽離任之後，又聽從夏震的命令繼續監視宋慈，並每天到南園通風報信的事，原原本本地說了出來。說完之後，他只覺得心頭一輕，彷若一塊壓了許久的石頭，終於落地。

宋慈聽罷，道：「是夏虞候命你盯著我？」

許義點頭應道：「元大人離任後，夏虞候來找過小的，說他知道小的監視宋大人的事，叫小的繼續盯著宋大人，將宋大人每天查案時的一舉一動記下來，再去南園向他通報。」

宋慈若有所思地想了想，道：「許大哥，你可否幫我一個忙？」

許義應道：「宋大人但有差遣，小的便是赴湯蹈火，也一定照辦。」

「赴湯蹈火倒是不用，」宋慈語氣淡然，「我要你繼續去南園，把我今日查案所得如實稟報給夏虞候。」

許義一度以為自己聽錯了，詫異道：「宋大人，你是叫我……去見夏虞候？」

劉克莊和辛鐵柱也甚是驚訝地望著宋慈。

「不錯，我要你把眼下的事忘了，就當沒有見過我，繼續去南園見夏虞候，該怎麼稟報，便怎麼稟報。等你回來時，再來這家茶樓，我會一直在這裡等你。」宋慈見許義仍是滿臉驚訝，說道，「許大哥不必多想，你只管去就行了。」

「是，小的知道了。」許義撓了撓頭，離開了茶樓。

望著許義出了茶樓，沿街走遠，劉克莊回過頭來，不解地看著宋慈，道：「許義背地裡通風報信，險些害死了你，你這麼輕易便放過了他？」

宋慈道：「他只是一個差役，元大人和夏虞候找到他，他也沒得選擇。」

「許義那樣對你，你還為他著想？就算你肚量大，不跟他計較，那也不能再叫他去通風報信啊。」劉克莊道，「夏震是韓侂胄的人，他叫許義監視你，一定是韓侂胄的意思。今早在泥溪村襲擊你的那些黑衣人，我看十有八九也是韓侂胄安排的。你再讓許義去通風報信，那不是給自己招惹禍患嗎？」

宋慈淡然一笑，道：「克莊，此事你無須多慮，我自有打算。」說著拿起茶碗，輕輕喝了一口，轉頭望著朝天門，等著許義回來。

劉克莊雖不明白宋慈的用意，但也不再多言，與辛鐵柱一起落座，陪著宋慈等待。

過了好長時間，許義的身影終於出現在朝天門外，徑直朝御街茶樓趕來。

他來到樓上雅閣，向宋慈稟道：「宋大人，小的依你所言，將今日查案諸事，都向夏虞候說了。」

宋慈指了指自己的臉，道：「夏虞候的臉看起來，是不是與往常不大一樣？」

「宋大人，你怎麼知道？」許義面露驚訝之色，「夏虞候的前額有些發紅，看起來像是被燙傷了。」

宋慈又道：「聽你稟報時，夏虞候的反應是不是也比往常更大？」

「沒錯，夏虞候一向喜怒不形於色，可今日聽了小人稟報，卻是臉色鐵青，看起來甚是氣憤。」許義更加詫異了，「宋大人，你怎麼什麼都知道？」

「那就是了。」宋慈微微點了點頭，「許大哥，你先回去吧。今日這茶樓上的事，還望你不要說破。」

許義應道：「宋大人放心，今日之事，小的一定守口如瓶。」說罷，自行離開了御街茶樓。

許義走之後，宋慈拿起茶碗，將剩餘的茶水一口喝盡，道：「走吧，是時候去南園了。」

「去南園？」劉克莊聞言一驚。

宋慈點了點頭，站起身來，大步走出了雅閣。

劉克莊和辛鐵柱相視一眼，跟了上去。

吳山南園，歸耕之莊。

「淨慈報恩寺後山，發現一具屍骨，右手只有三指，許義真是這麼說的？」韓侂胄坐在上首的太師椅上，聽罷夏震的稟報，臉色陰沉，如籠陰雲。

夏震立在下首，應道：「那許義是這麼說的，屬下轉述的原話，不敢隱瞞太師。」

韓侂胄低聲說起了話，好似自語一般：「那具屍骨不是燒掉了嗎？怎麼會出現在後山？」又看向夏震，「今日在泥溪村，你沒看走眼，真是辛鐵柱？」

「屬下認得清楚，是辛鐵柱帶著數十個武學生突然趕到，救下了宋慈。」

「一個宋慈，一個劉克莊，如今又來了一個辛鐵柱，這些個後生小輩，越來越不知天高地厚了。」韓侂胄語氣發冷，「喬行簡還等著吧？」

「喬大人還在許閒堂，已等了有三個半時辰。」

「你去把他叫來，然後速去府衙，命趙師罣帶人去提刑司，接手新屍骨的案子，把那具新發現的屍骨運走。」韓侂胄的身子微微後仰，靠在了椅背上，「今日泥溪村失手一事，暫不責罰於你，往後再有失手，你就別再回來見我了。」

夏震躬身道：「是，屬下遵命！」當即退出歸耕之莊，朝許閒堂去了。

許閒堂中，喬行簡已經等候多時。

喬行簡是今日上午被人請來吳山南園的，說是韓侂胄要見他。但與上一次他被一抬轎子直接請至歸耕之莊與韓侂胄見面不同，這一次韓侂胄雖然請了他來，卻只是讓他在許閒堂中等候，沒說讓他等多久，眼看著中午過去，下午都過了大半，也沒派人給他送來飯食，甚至連水都沒讓他喝上一口。

喬行簡也不生氣，平心靜氣地等著，一等便是三個半時辰，終於等來了夏震。

夏震一臉肅容，道：「喬大人，太師有請。」說完，領著喬行簡去往歸耕之莊。

夏震將喬行簡帶入莊內，韓侂胄揮了揮手，夏震躬身退了出去。

喬行簡走上前去，向韓侂胄行禮，道：「下官拜見韓太師。」

韓侂胄冷眼看著喬行簡，道：「你上次在這裡說過的話，可還記得？」

喬行簡一見韓侂胄的眼神，便明白韓侂胄一早將他叫來，卻又把他晾在一邊，讓他等了三個半時辰之久，顯然是因為他沒遵照韓侂胄的吩咐，反而授命宋慈兩案並查，這才有意敲打他。他言辭甚是恭敬，道：「下官記得清楚，未曾敢忘。」

「那你就是這樣不負所望的？」韓侂胄語氣微變。

喬行簡微微躬身，道：「稟太師，劉太丞一案存在頗多蹊蹺，先前所抓嫌凶，極可能不是真凶，下官掌一路刑獄，實在不敢輕率結案。」頓了一下又道，「那宋慈確實有大才，精於驗屍，行事公允，甚是難得。劉太丞一案中的不少疑點，都是他推敲出來的。他幹辦期限未到，下官這才命他在期限內查明真相。聖上乃聖明天子，太師乃股肱之臣，想必都希望看到早日破案。明日便是最後期限，以宋慈之才，想必定能如期破此疑案，揪出真凶，必不負太師所望，亦不負聖上所望。」

喬行簡這番話說得可謂滴水不漏，倒讓韓侂胄好一陣沒說出話來。

喬行簡一直躬身低頭擺出一副恭敬有加的樣子，韓侂胄冷冷瞧著他，忽然道：「倘若明日之內，宋慈破不了案呢？」

「宋慈身為太學學子，無論他破案與否，事後都該回歸太學，繼續求學。」喬行簡應道，「但他查案是下官授命，他若不能如期破案，那便是下官識人不明，耽誤了查案進程，下官願領一切責罰。」

「你這是要保他查案了？」韓侂胄抓握著太師椅的扶手，臉色很是難看。

一陣腳步聲忽然在這時響起，夏震去而復返，快步走入了莊內。

韓侂胄看向夏震，面露一絲疑色，他明明吩咐過夏震速去府衙辦事，沒想到夏震竟會突然回來。只聽夏震道：「稟太師，宋慈求見。」

韓侂胄眉頭微皺，道：「宋慈？」

「是宋慈，還有劉克莊和辛鐵柱，都等在大門外。」

「他們來做什麼？」

「說是聽聞太師抱恙，前來探望。」夏震稟道。原來他奉韓侂胄之命趕去府衙，卻不想剛走出南園大門，便迎面撞上了宋慈、劉克莊和辛鐵柱。

宋慈向他表明來意，說是聽聞韓侂胄身體抱恙，專程前來拜見，請他代為通傳。他只得回入園中，來到歸耕之莊，向韓侂胄稟明此事。

韓侂胄想了一下，道：「讓他們進來。」

「是。」夏震領命而去。

韓侂胄看向喬行簡，道：「宋慈詆毀我韓家清譽，又將珍兒定罪下獄，這些事你都是知道的。倘若我執意不讓宋慈查此案，你還要保他查下去嗎？」這話說得極直白，便如利刃出鞘，亮出了鋒口。

喬行簡應道：「下官授命宋慈查案，只為盡早破案，別無他意。若太師覺得不妥，下官自當收回成命，讓宋慈放棄查案。只是宋慈並無過錯，還望太師不要為難他。」

「一會兒宋慈來，你用不著回避。」韓侂胄道，「為不為難他，要看你怎麼做。」

喬行簡知道韓侂胄對他並不信任，怕他又有陽奉陰違之舉，這是要他當面收回宋慈的查案之權，與宋慈劃清界限。他應道：「下官明白。」

不一會兒，夏震領著宋慈、劉克莊和辛鐵柱，來到了歸耕之莊。

眼見喬行簡身在莊內，宋慈不免有些驚訝。他之前去提刑司找過喬行簡，得知喬行簡有事外出，沒想到是來了吳山南園。他上前拜見了韓侂胄，道：「學生宋慈、劉克莊、辛鐵柱，聞聽太師身體抱恙，特來探望。」劉克莊和辛鐵柱一同上前參拜行禮。

宋慈又向喬行簡行了一禮，道：「見過喬大人。」

喬行簡微微點了點頭。

韓侂胄的目光從劉克莊和辛鐵柱的身上掃過，沒怎麼在意劉克莊，倒是對辛鐵柱多看了兩眼，道：「你便是辛稼軒的兒子？倒是生得壯勇。」

辛鐵柱只是拱手多行了一禮，未有其他表示。

韓侂胄目光一轉，落在了宋慈身上，道：「宋慈，你怎知我身體抱恙？」

宋慈應道：「城北劉太丞家發生命案，我前去查案時，聽說太師患上背疾，曾請過劉太丞看診，是以前來探望。」

「些許小痛，早已無大礙了。」韓侂胄見宋慈等人空手而來，知道探病云云，不過是藉口而已，「你特地來此，應該不只是為了探病吧？」

「太師明見。」宋慈道，「我查案遇疑，想來向太師打聽一個人。」

「什麼人？」

「蟲達。」

「蟲達？」韓侂胄語調一揚。

宋慈道：「據我所知，蟲達過去曾是太師的下屬，太師應該不會忘了吧？」

十五年前，蟲達曾寸步不離地跟在韓珍身邊，那時韓珍才十歲，蟲達能成為韓珍的貼身護衛，顯然是韓侂胄的人。

韓侂胄道：「蟲達此人，我自然忘不了。他曾是我身邊一虞候，我見他勇武有加，曾向聖上舉薦，提拔他領兵打仗，有意栽培他，盼著將來北伐之時，他能堪大用。不承想我看走了眼，他竟叛投了金國。一個背國投敵的叛將，你打聽他做什麼？」

「不瞞太師，今日我在淨慈報恩寺後山，發現了一具屍骨，其右掌只有拇指、食指和中指三根指骨。」宋慈道，「據我所知，蟲達的右手末尾二指皆斷，與這具屍骨相符，因此我懷疑這具屍骨有可能是蟲達，這才來向太師打聽，希望能知道更多蟲達的特徵，以確認屍骨的身分。」

韓侂胄故作驚訝，道：「有這等事？蟲達這人，雖說勇武，但身形樣貌平平無奇，除了斷指，沒什麼特徵。他早就投了金國，在淨慈寺後山發現的屍骨，怎麼可能是他？再說，單憑幾根斷指，恐怕也不足以指認身分吧？」

「太師所言甚是，單憑幾根斷指，的確不能指認身分。」宋慈道，「發現這具屍骨的地方，與掩埋劉扁屍骨之處，只有數步之隔，其死狀與劉扁極為相似。當年劉扁死在淨慈報恩寺中，這具斷指屍骨不管是不是蟲達，都極可能與淨慈報恩寺有關。我想一併調查這具斷指屍骨的案子，只是提刑幹辦限期將至，因而斗膽來見太師，望太師能向聖上請旨，延長幹辦期限，讓我能接手此案，徹查真相。」

韓侂胄道：「聖上旨意，豈是我說請就能請的？真是胡鬧。」說罷目光一偏，向喬行簡看去。

喬行簡會意，道：「宋慈，你說新發現的這具屍骨，死狀與劉扁極為相似？」

「不錯。」宋慈應道，「二者都是骨色發黑，角弓反張，呈牽機之狀。」

喬行簡微微點頭，忽然道：「這具斷指屍骨的案子，還有劉扁與劉鵲的案子，往後你都不必再查了。」

宋慈微露詫異之色，道：「喬大人，這是為何？」

「此案一再出現新的死者，牽連實在太廣，往後由我接手，親自查辦。」喬行簡道，「你且回太學去，繼續學業功課，查案的事，你就不必再管了。」

「喬大人，你答應給我三日期限，讓我查明劉扁和劉鵲之死。」宋慈道，「這期限明日才到，你就算不讓我查斷指屍骨的案子，總該讓我查完劉太丞的案子才是。」

「說了不用再管查案的事，你就不用再管。我之前說過的話，你難道忘了嗎？」喬行簡目光如炬，直視著宋慈。

宋慈只覺喬行簡的目光似曾相識，猛然想起，之前喬行簡授命他兩案並查時，便曾用這種目光看過他。

『你能保證不管遇到什麼阻力，都會追查到底，決不放棄嗎？』這句當時喬行簡說過的話，霎時間迴響在他的耳邊。

他一下子明白過來，喬行簡這是有意提醒他，叫他不要忘了自己說過的話，無論遇到多大的壓力，決不能退縮放棄，哪怕這壓力是來自喬行簡本人。

「喬大人的命令，宋慈自當遵從。」他朗聲應道，「只是劉扁和劉鵲的案子，眼下我已經查明，我也已經知道凶手是誰。明明我已經破了案，難道還要我放棄此案嗎？」

喬行簡著實吃了一驚，道：「你已經破了此案？」

宋慈應道：「正是。」說完，目光一轉，向韓侂胄看去，「我現在便可前往劉太丞家揪出殺人凶手。以太師之尊，難道要阻止我揭祕已破之案，放任真凶逍遙法外嗎？」

「你當真破了案？」韓侂胄道。

宋慈道：「我來拜見太師，一為探病，二為請旨，三為請太師移步劉太丞家，作為見證，共破此疑。」

韓侂胄沒有說話，只朝夏震看了一眼。

夏震受韓侂胄的差遣，原本是要去府衙的，但宋慈、劉克莊和辛鐵柱突然到來，尤其是辛鐵柱，其人身強體壯，孔武有力，他擔心自己一旦離開，辛鐵柱若有異舉，對韓侂胄恐有不利，於是留在了歸耕之莊。

韓侂胄這些年打壓異己，樹敵極多，為自己安全所計，無論何時何地，都有夏震與一批甲士護衛。辛鐵柱雖是辛棄疾之子，但其人畢竟與宋慈走到了一路，韓侂胄也有此慮，因此默許了夏震留下。

夏震一直候在一旁，見韓侂胄向自己看來，立刻明白其意，道：「宋提刑，太師日理萬機，你這區區小案，就不要來煩擾太師了。」

宋慈打量了夏震一眼，尤其是其前額，道：「幾日不見，夏虞候何時傷著了額頭？沒有大礙吧？」

夏震神色如常，道：「些許小傷，不勞宋提刑記掛。」

「那就好。韓太師移步劉太丞家時，還請夏虞候一定要來。」宋慈目光一轉，看向韓侂胄，朗聲道：「今晚戌時，我會在劉太丞家破案緝凶，屆時恭候太師大駕。」說罷，向韓侂胄和喬行簡各行一禮，轉身走出了歸耕之莊。劉克莊和辛鐵柱也分別行禮，跟隨宋慈去了。

喬行簡望著宋慈的背影，目光中透著驚訝，卻又暗含了贊許。

韓侂胄仍舊坐在太師椅上，抓握扶手的雙手暗暗用力，越握越緊。

第九章 撥雲見日

「韓太師當真會來？」

「他一定會來的。」

酉戌之交，天已黑盡，劉太丞家燈燭齊明，宋慈等在醫館大堂之中，身邊的桌子上擱著一口木匣，劉克莊和辛鐵柱分立左右。劉太丞家的所有人，連同奴僕在內，全都聚集在此。聽聞宋慈將在今夜破案，除了閉目坐著、盤捏佛珠的居白英，其他人都在交頭接耳，暗自猜測凶手是誰。

劉克莊挨近宋慈耳邊，這般一問一答後不久，醫館大門外響起了成片的腳步聲，接著一大群人進入了醫館。

來人不是韓侂胄，而是喬行簡。喬行簡由文修和武偃隨同，帶著包括許義在內的一大批提刑司差役，押著桑榆、桑老丈和白首烏等人，來到了宋慈的面前。

宋慈朝桑榆看去，桑榆也向他望來，兩人目光一對。宋慈微微點了點頭，桑榆這一次沒有回避他的目光，望著他，眼眸深處透著信任。

「宋慈，我本想著三日期限太短，還怕你難以破案，沒想到你只用了兩日。」喬行簡道，「想著你或許要傳喚審問，我便把與本案相關之人，全都帶來了。還有之前幾次驗屍的檢屍格目，也全都拿來了。」說畢，文修便上前一步，奉上幾份檢屍格目。

宋慈向喬行簡行了一禮，道：「喬大人思慮周全，多謝了。」說完，他伸手接過檢屍格目，交給了身邊的劉克莊。

「此案牽連甚廣，一旦開了這個頭，再想結束，恐怕就沒那麼容易了。」喬行簡壓低了聲音，「你可要想清楚了。」

「喬大人之前說過的話，我從未忘過。」宋慈應道，「我想得很清楚。」

喬行簡點了點頭，在宋慈肩上輕輕拍了一下，走向一旁的凳子坐了下來。

又過了一陣，忽有金甲之聲由遠及近，不一會兒，一隊甲士衝入醫館大堂，守住大門和後門，在大堂裡滿滿當當地站了一圈。

劉太丞家眾人只見過差役上門查案，還從沒見過這麼多披堅執銳的甲士，免不了為之吃驚，便連一直閉目坐著的居白英也翻開了眼皮，朝衝進來的眾多甲士看了看，手中盤捏的佛珠為之一頓。

繼這隊陣勢威嚴的甲士之後，一抬轎子停在醫館大門外。韓侂胄從轎中下來，由夏震隨行護衛，進入了醫館大堂。

喬行簡當即起身，上前行禮，宋慈也跟著行禮。

韓侂胄沒什麼表示，從二人的身前走過。早有甲士抬來椅子，韓侂胄坐了上去，嘴裡吐出三字：「開始吧。」

宋慈拱手應道：「遵太師之命。」

他目光一轉，看向在場眾人，道：「本月十二清晨，劉太丞家的管家石膽趕到府衙報案，稱劉太丞死於醫館書房，府衙司理韋應奎率先前來查案。與此同時，喬大人到任臨安，微服察訪，在淨慈報恩寺後山接手了一起無名屍骨案，後又聽聞劉太丞家發現命案便趕來此處，一併接手了劉太丞的案子。

這兩起案子看似毫無聯繫，實則關聯甚大，只因淨慈報恩寺後山發現的那具無名屍骨其左臂尺骨存在一處骨裂，這處骨裂已有癒合跡象，可見死者生前曾斷過左臂，再加上在挖出屍骨的地方，發現了一段燒過的紫檀木以及一塊獅子狀的玉飾，前者對應劉太丞家用於接骨正骨的紫檀通木，後者則是當今聖上賜給劉太丞家原主人劉扁的獰獅玉，而劉扁死前兩個多月恰好摔斷過左臂，其身形也與無名屍骨相符，由此得以證實，這具無名屍骨便是劉扁。

劉扁曾在宮中做過太丞，後來的劉太丞劉鵲，其實從未有過太丞的經歷，只是承接了劉扁的名頭而已。有此關聯存在，喬大人出於對我的信任，將這兩起案子交給了我，命我兩案並查。」

宋慈說到這裡，向喬行簡看了一眼，接著道：「先來說劉扁的案子。劉扁與劉鵲乃同族兄弟，一起師從皇甫坦學醫。這位皇甫坦是一個麻衣道士，歷經高宗、孝宗、光宗三朝，多次應召入宮看診，曾治癒顯仁皇太后的目疾，受高宗皇帝御賜『麻衣妙手』金匾，算得上是一代名醫。白大夫曾提及，皇甫坦生前著述過醫書，」說到這裡，他向白首烏看了一眼，隨即又向居白英看去，「居老夫人也曾對我說過，皇甫坦著有醫書，書中載有各種用藥精簡卻靈效非凡的驗方，這部醫書在皇甫坦死後，傳到了劉扁的手中。劉扁和劉鵲生前也曾各自著述過醫書，收錄了各種獨到的驗方。這些驗方都是用最少的藥材治最疑難的病症。師徒三人，皆著有醫書，而且都收錄了各種驗方，可見三人的醫書一脈相承，或者可以說，三人所著的醫書，其實本就是同一部，是皇甫坦著書在前，劉扁和劉鵲增刪在後，成了所謂的《太丞驗方》。」

高良薑聽到此處，皺眉道：「師父的《太丞驗方》，是他老人家親自所著，宋大人的這番猜測，只怕有些主觀臆斷了吧。」

「說起醫術，高大夫乃劉鵲首徒，想必知之甚多。」宋慈道，「試問高大夫，著述一部傾注畢生心血、共計五部十六篇的醫書，還是在白天看診、晚上才能著書的情況下，只用一個多月，便能接近於完成嗎？」

「這個……」高良薑被問得有些啞口。他心裡清楚，一個多月的時間，充其量也就四、五十個晚上，別說著述醫書，便是在紙上隨意寫字，要寫夠五部十六篇的字數，恐怕也是極難。

「高大夫說我是主觀臆斷，這話其實沒錯，想必諸位心中，多少也有此想法。還請諸位少安毋躁，過得片刻，我自會拿出實證，證實我方才所言。」宋慈環顧醫館大堂，說道。

「十年前，聖上御賜了這座宅子給劉扁，劉扁將其開設成醫館，當時還在做隨軍郎中的劉鵲從軍中去職，來到臨安，襄助劉扁打理醫館，這一打理便是十年。按理說，劉鵲師從皇甫坦，醫術就算比不上劉扁，那也不可能差，大可以自立門戶。可他卻甘願寄於劉扁籬下，哪怕六年前劉扁已不做太丞，回到了劉太丞家，劉鵲仍然沒有離開，究其原因，是他覬覦皇甫坦傳給劉扁的那部醫書。」

高良薑當即爭辯道：「師父不可能做這種事……」

「這些事是居老夫人親口所言。」宋慈向居白英一抬手，「高大夫若不信，大可問一問居老夫人。」

手中的佛珠一頓，居白英不等高良薑開口，說道：「不錯，這些事是我說的。」

高良薑扁了扁嘴，臉色不大好看。

宋慈接著道：「劉鵲有此居心，劉扁是有所察覺的，他將所著醫書隨身攜帶，正是為了防備劉鵲。後來劉扁死於淨慈報恩寺的大火，白大夫曾說劉扁的醫書隨火焚化，沒能留存下來，實則不然，這部醫書並未毀於大火，而是落入了劉鵲手中。只是劉鵲隱瞞了此事，對外宣稱劉扁所著的醫書已毀。」

「師伯著述醫書的事情，醫館裡的人都只是聽說，卻沒人見過，這醫書究竟有是沒有，壓根沒人知道。」高良薑道，「一部沒人見過、說不定本就不存在的醫書，宋大人卻如此篤定是師父得到了它，怕是有些武斷吧。都說宋大人為人公允，據實斷案，難道就是這般據實斷案的嗎？」

「既然高大夫一再質疑，那我之前提到的實證，看來只好提前拿出來了。」宋慈走到辛鐵柱的身邊，那裡擺放著一張桌子，桌子上擱著一口木匣。

這口木匣是宋慈今晚帶到劉太丞家來的，此前一直放在桌上，辛鐵柱自始至終站在桌邊，似乎是在看守那口木匣。宋慈將木匣打開，裡面裝著一冊書。他將這冊頗為厚實的書拿了起來，示與眾人，只見書皮上赫然題著四字——太丞驗方。

《太丞驗方》突然出現，令在場所有人都是一驚，尤其是高良薑和羌獨活，神色之驚訝無以言表。二人見過劉鵲的《太丞驗方》，雖沒有機會打開翻閱，但二人是知道書冊是何模樣的。二人認得真切，無論是書冊的大小、尺寸還是書皮上的題字，都是記憶中《太丞驗方》的樣子。宋慈手中拿的，正是自劉鵲死後便消失不見的《太丞驗方》。

在眾人驚訝的注視下，宋慈神色淡然地打開《太丞驗方》，隨手翻頁道：「這部《太丞驗方》前後五部十六篇，共出現了三種筆跡，分屬於三個不同的人。書中收錄的驗方，用藥都極精簡，雖是三人所著，卻能看出是一脈相承。」

他走向白首烏，先請白首烏辨認書中的筆跡，再讓高良薑和羌獨活辨認筆跡，又讓黃楊皮、遠志和當歸等人看了。眾人都認得其中兩種筆跡分別屬於劉扁和劉鵲，另一種筆跡與祖師堂中皇甫坦自畫像上的題字相似，應該是出自皇甫坦之手。如此一來，宋慈之前的那些主觀臆斷，因為《太丞驗方》的突然出現，全都得以證實。

「師父的醫書，怎會在大人這裡？」宋慈拿出《太丞驗方》已有片刻時間，高良薑的驚訝卻絲毫未減。

宋慈沒提《太丞驗方》從何得來，而是繼續之前的話題，道：「這部醫書從皇甫坦傳與劉扁，此後便被劉扁隨身攜帶，從不示人，直到一年多前的中秋前夜。那一夜淨慈報恩寺的彌音和尚來到劉太丞家，請劉扁去給住持德輝禪師治病。當時彌音只請了劉扁一人，劉鵲卻以劉扁左臂有傷、行醫有所不便為由，主動跟了去。

是夜，劉扁為了照看德輝禪師的病情，留宿於禪房之中，劉鵲則是住進了廂房。後半夜大火從禪房開始燒起，當第一個發現著火的彌音趕到時，禪房已被大火吞噬。禪房與廂房之間隔著寺中僧人居住的寮房，按理說這部醫書被劉扁隨身攜帶，應該跟隨劉扁毀於大火才是，可它卻被住在廂房的劉鵲得到，可見當夜起火之前，劉鵲應該去過禪房，從劉扁身邊拿走了這部醫書。事實也是如此，當夜彌音發現起火的前一刻曾目睹劉鵲返回廂房，也就是說，起火時劉鵲不在廂房。因此，劉鵲有極大的殺人放火之嫌。」

宋慈看了眼劉克莊手中的檢屍格目，道：「我查驗過劉扁的屍骨，他不是被燒死，而是被毒死的。他頭足相就，狀若牽機，骨色發黑，以肋骨周圍的黑色最深，用銀器驗之不變色，乃是死於牽機藥中毒。牽機藥以馬錢子的毒為主，中毒之人毒入腦髓，毒發時會身體反弓，形似牽機。」說著看向羌獨活，「在劉扁死前幾天，羌大夫曾在劉鵲藥箱的暗格之中，發現了暗藏起來的牽機藥。劉鵲跟著劉扁去淨慈報恩寺時帶上了藥箱，這一點彌音可以證實。由此可見，劉扁遇害當晚，劉鵲是帶了牽機藥去的。」

韓侂胄一直一言不發地旁聽著，當聽到牽機藥被提及時，長時間神色毫無變動的他，眼角皺紋微微抽動了一下。

喬行簡道：「這麼說，是劉鵲謀奪醫書，用牽機藥毒死了劉扁，事後又放火毀屍滅跡，不承想火勢從禪房蔓延開來，最終將整個淨慈報恩寺燒毀？」

宋慈點頭道：「儘管他本人已死，無法找他對質，也沒有人目睹他殺害劉扁，但種種線索匯總在一起，用牽機藥毒殺劉扁的，應該就是劉鵲。」他環顧眾人，繼續往下說道，「劉扁無兒無女，他死之後，劉鵲作為他的族弟兼師弟，而且是打理過醫館整整十年的人，順理成章地成了劉太丞家的新主人。劉鵲不但從劉扁那裡得到了醫書，還得到了這份偌大的家業，甚至占了劉扁的太丞之名，可謂是鳩占鵲巢。這樣的日子持續了一年多，直到前不久的正月十二，劉鵲突然被發現死在醫館書房之中。」

宋慈轉頭朝貼有封條的書房看了一眼，道：「喬大人和我查驗過劉鵲的屍體，確認劉鵲生前吃下過砒霜，是死於砒霜中毒。當時書案上擺放著一個圓形食盒，經喬大人查驗，食盒裡的糕點都下了砒霜。」他看向被許義押著的桑榆，「這一盒糕點，是桑榆姑娘送來的。桑榆姑娘名義上是來道謝，感謝劉鵲救治了桑老丈，實則為了確認一件事。桑榆姑娘來自建安縣東溪鄉，十年前建安縣峒寇作亂，官軍分道進剿，其中一支官軍途經東溪鄉時，竟然劫掠百姓，殺良冒功，桑榆姑娘的父母和兄長皆死於官軍之手，她雖大難不死，但從此家破人亡，只能跟著家中奴僕桑老丈四處流亡，相依為命。當年率領這支官軍的將領名叫蟲達，當時劉鵲就在蟲達軍中做隨軍郎中。這支官軍在桑家燒殺劫掠時，劉鵲也參與其中，被桑榆姑娘和桑老丈親眼看見了。」說著向桑榆和桑老丈道，「二位，是這樣吧？」

韓侂胄聽宋慈提及蟲達率軍劫掠百姓，殺良冒功，眼角皺紋又是一抽。劉太丞家眾人聽說劉鵲參與過劫掠，除了居白英外，無不露出驚詫之色。

桑榆想起父母兄長倒在血泊中的慘象，面有悲色，悲色之中，又帶有深深的仇恨。

桑老丈點頭道：「宋大人說的是，當年禍害桑家的那些亂兵裡，就有劉鵲。」

「桑老丈前些日子臥病在床，劉鵲與貼身藥童黃楊皮前去診治。桑榆姑娘和桑老丈一見劉鵲，覺得與當年那位劉二實在很像，但也只是覺得很像，畢竟相隔十年，當年又只見過一面，並沒那麼確定。」宋慈說道，「桑榆姑娘之所以做了糕點上門道謝，便是為了確認劉鵲是不是當年參與劫掠桑家的劉二。當時桑榆姑娘給劉鵲看了一張寫有『十年前，建安縣，東溪鄉』的字條。劉鵲便將桑榆姑娘請入書房閉門相見，承認了自己參與劫掠的事，說自己這些年痛悔萬分，並向桑榆姑娘悔罪道歉。他還問桑榆姑娘是不是來報仇的，如果是，他願以死謝罪，還說在他死後，求桑榆姑娘不要傷害他的家人。」

桑榆想起當日見劉鵲時的場景，點了點頭。

「除了對桑榆表達過死意，劉鵲當天還有過不少反常之舉。黃楊皮曾提及，當天劉鵲看診時，時不時便會嘆氣，這種情況過去很少見。後來劉鵲又去祖師堂祭拜皇甫坦，要知道很快便是上元節，到時醫館裡所有人都會祭拜祖師，劉鵲卻突然獨自一人提前去祭拜，這是以往沒有過的舉動。再後來，劉鵲去了鶯桃夫人那裡，見了劉決明。

劉鵲可以說是老來得子，對劉決明這個獨子看得比什麼都重，每天都會抽空陪劉決明玩耍，很是寵愛疼惜。可那天劉鵲卻一反常態，教起了劉決明認字、練字，其間要求極為嚴格，稍有認錯、寫錯，不但打劉決明手心以示懲罰，還要他重認重寫，直到全然正確為止。劉鵲離開時，很是不捨地摸著劉決明的頭，又再三叮囑鶯桃夫人照顧好劉決明，好似他以後再也見不到劉決明一般。」宋慈說完這番話，目光落在了鶯桃身上。

鶯桃抱著劉決明站在最邊上，有意與居白英隔開老遠。見宋慈向自己望來，其他人也都向自己望來，她應道：「是這樣的，而且老爺離開時對明兒很是憐惜，很是不捨，再三叮囑我照顧好明兒，便如……便如囑咐後事一般。」

宋慈繼續道：「劉鵲見過鶯桃夫人和劉決明後，回到醫館書房開始著書，其間先後把高大夫、羌大夫和白大夫叫去書房，對三人所說的話驚人地一致，都說《太丞驗方》即將完成，打算將這部凝聚他畢生心血的醫書託付給他們。劉鵲年過五十，最近半年染上風疾，常頭暈目眩，曾好幾次突然暈厥，他身為大夫，卻一直治不好自己的病，然後在這一天出現了種種反常，有意要將衣缽託付給弟子。」

「你是想說，」喬行簡道，「劉鵲有求死之意？」

「不錯。」宋慈點頭道，「劉鵲的種種反常之舉，正是有意求死的表現。圓形食盒裡有四種糕點，分別是蜜糕、糖餅、韭餅和油酥餅，全都下了砒霜，其中韭餅和油酥餅被吃過，蜜糕和糖餅則是原封不動，這符合劉鵲不吃甜食的習慣，加之我又在劉鵲的齲齒中發現了韭菜碎末，由此可以證實，劉鵲生前的確吃過糕點，這才中了砒霜之毒。

那些糕點雖是桑榆姑娘親手做的，但一來桑榆姑娘尚未確認劉鵲就是劉二，沒理由提前下毒殺人，二來砒霜只在表皮之上，但凡接觸過這盒糕點的人都有可能下毒。我向黃楊皮查問過，他清點藥材時，發現那天醫館藥房裡的砒霜變少了，被人取用過，而在劉鵲死前，唯一去過藥房的，便是劉鵲本人，這一點三位藥童都可以證實。所以我認為劉鵲是有意求死，自行將砒霜塗抹在糕點上，再吃了下去。」

「你說劉鵲有求死之意，確有這種可能，但說劉鵲是服毒自盡……」喬行簡皺著眉搖了搖頭，「那他直接吞服砒霜即可，何必多此一舉，把砒霜塗抹在糕點上再吃下去，還把所有糕點一個不漏地塗抹了個遍，連他不吃的蜜糕和糖餅都塗抹了砒霜？」

「喬大人這話問得好。」宋慈說道，「劉鵲當天表現出異常，比如他時不時地嘆氣，那是上午就有的事。我認為那時劉鵲便有了求死之意，不管下午桑榆姑娘有沒有上門道謝，他都會選擇在當晚吞服砒霜而死。只不過桑榆姑娘的突然出現，讓劉鵲在服毒自盡時，多動了一些心思。

當時劉鵲問桑榆姑娘是不是來報仇的，又求桑榆姑娘不要傷害他的家人，可見他揣測桑榆姑娘前來是為報仇。他已經決定自盡，不在乎自己的死，但他在乎自己的家人，準確地說，是在乎他的獨子劉決明。桑榆姑娘家破人亡，父母兄長慘死，此等仇恨可謂不共戴天，劉鵲怕自己死後，桑榆姑娘不會甘休，還會繼續找他的家人尋仇，會傷害到劉決明，因此他把桑榆姑娘送來的糕點全都塗抹上砒霜，再吃下糕點自盡，用自己的死來嫁禍桑榆姑娘，將這個潛在的仇人除掉。喬大人曾在劉鵲的右手指甲縫裡發現殘留的砒霜，證明他生前曾用手抓拿過砒霜。」

說到這裡，宋慈將手中的《太丞驗方》舉了起來，道：「證明劉鵲是死於自盡，還有最為關鍵的一樣證據，便是我手中的這部《太丞驗方》。」他走到鶯桃和劉決明的面前蹲了下來，看著劉決明。

劉決明依偎在鶯桃的臂彎裡，這一幕讓宋慈不由得想起了自己，當年他像劉決明這麼大時，也曾這般依偎在母親的懷抱裡，可是自那以後，他就沒有與母親相依的機會，再也沒有了。

他的語氣溫和了許多，道：「你爹教你認的那些字，你還記得嗎？」

劉決明小小的腦袋點了點，道：「記得。祖師麻，味辛，性溫，小毒。」

宋慈點了點頭，站起身來，說道：「劉鵲死的那天，曾教過劉決明認字、寫字。那是他第一次教劉決明習字，卻不教一些簡單易認的字，反而教的是『祖師麻，味辛，性溫，小毒』這九個字。祖師麻是一味藥材，這九個字是這味藥材的性味。『祖師麻』別名黃楊皮，我一開始以為與藥童黃楊皮有關，但轉念一想，想到了另一層意思。

劉太丞家中，有一座祖師堂，裡面供奉著皇甫坦的畫像，還有一塊高宗皇帝御賜的『麻衣妙手』金匾。劉鵲在教劉決明習字前，曾去祖師堂祭拜過，還獨自在裡面待了一段時間才出來，此事黃楊皮可以證實。

我由此想到『祖師麻』三個字，會不會指的是祖師堂中的『麻衣妙手』金匾。於是我去了一趟祖師堂，關起門來，踩在供桌上，查看『麻衣妙手』金匾，在匾後找到了一口木匣，裡面裝的正是這部《太丞驗方》。劉太丞家聰明人不少，我怕有人解透這九個字的意思，去祖師堂找到這部醫書，於是我自己帶走了這部醫書，暫且保管了起來。」

高良薑、羌獨活、石膽和三個藥童頓時想起昨天宋慈查問完鶯桃後，突然去了一趟祖師堂，離開時懷中微鼓，像是揣了什麼東西，當時眾人都覺得莫名其妙，沒想到宋慈在那時便已找到並帶走了《太丞驗方》。

「劉鵲死的那天，曾去過祖師堂祭拜，還關起門在裡面待了一陣，顯然這部《太丞驗方》，是他親手藏在金匾後面的，他教劉決明習字，要求劉決明必須將這九個字記牢，便是為了把藏匿醫書的地點告訴劉決明。」宋慈說道，「這部《太丞驗方》不像尋常醫書那樣辨析藥材的性味和用法，而是收錄了從皇甫坦到劉扁再到劉鵲，三人生平使用過的所有靈驗有效的驗方，正如高大夫所言，哪怕是對醫術一竅不通的人，得到這部醫書，按書中驗方用藥，亦可成為妙手良醫。劉鵲最為疼惜劉決明，他自始至終的打算都是把這部金貴無比的醫書傳給劉決明。但劉決明只有五歲，年紀太小，又不受居老夫人待見，其生母鶯桃夫人出身微賤，在家中沒有地位，為人也不檢點，未必能為劉決明做主……」

鶯桃聽到「為人也不檢點」時，臉色一下子變得煞白。

宋慈並未點破鶯桃與高良薑私通之事，往下說道：「劉鵲瞭解自己的兩個弟子秉性如何，他能幹出殺害兄長、謀奪醫書的事，他的兩個弟子未必就幹不出來。」此話一出，高良薑的神情變得極為複雜，羌獨活的臉色也一下子陰沉下來。

宋慈對二人的反應不加理會，道：「劉鵲怕自己死後，《太丞驗方》傳不到劉決明的手中，反而被兩個弟子所得，於是以教劉決明習字的方式，偷偷將藏書的地點告知了劉決明，盼著劉決明再長大一些，能明白他的用意，找到這部醫書。

他怕只教『祖師麻』三個字，會被別人猜破用意，於是故意多加了『味辛，性溫，小毒』等字，讓旁人以為他只是在教劉決明辨認藥材的性味。他這樣還不放心，當晚將高大夫和羌大夫叫去書房，將白大夫也叫了去，故意說《太丞驗方》還未完成，又故意對三人都說出託付衣缽的話。

如此一來，他死之後，三位大夫找不到《太丞驗方》，必會相互猜疑，勾心鬥角。他還故意在紙上留字，寫下高良薑、羌獨活和何首烏這三種藥材的性味，分別來指代三位大夫，以此來加劇三位大夫的猜疑之心。可以想見，往後很長一段時間，三位大夫都會懷疑是對方拿走了《太丞驗方》，不會想到是劉鵲自己把醫書藏了起來，更不會懷疑到五歲的劉決明身上。」

高良薑聽得目瞪口呆。他不止一次見過劉決明練字，在側室外的空地上、在側室裡的紙張上，寫的字他也都見過，他從沒想過這竟與藏匿醫書的地點有關。他從一開始就認為是有人毒殺了劉鵲，偷走了《太丞驗方》，一直懷疑要麼是羌獨活幹的，要麼便是白首烏幹的。他費盡心思地尋找醫書，卻沒想到藏匿醫書的線索就明晃晃地擺在眼前。

羌獨活聽了宋慈的話，臉色更加陰沉了，便如中了劇毒一般。只有白首烏噓了一口氣，他知道自己即將洗去殺人之嫌，恢復清白之身，神色反倒輕鬆了不少。

「可劉鵲為何要自盡呢？就因為他患了風疾，一直治不好自己的頭疼？」一片沉寂之中，喬行簡忽然開口問道。

「喬大人，要論劉鵲為何自盡，眼下還為時尚早。劉鵲雖有自盡之意，也確實吃下了帶有砒霜的糕點，可他究竟是不是死於自盡，還要兩說。」宋慈向書房看去，「劉鵲在書房中伏案而死，房中的燭火是在子時才熄滅，窗戶上卻長時間沒有他的影子；三個藥童當晚鬧起了肚子，很可能是被人下了瀉藥；我還在劉鵲的風池穴上，發現了一處針眼。存在這麼多疑點，可見劉鵲之死，並不僅僅是自盡那麼簡單。」

「劉鵲的風池穴上有針眼？」喬行簡頗為詫異。

「我今天下午重驗了劉鵲的屍體，發現了風池穴上的針眼，原打算告知喬大人，但當時喬大人不在提刑司。」宋慈指著自己的後頸道，「風池穴共有兩處，分別位於左右耳後髮叢，因為靠近腦髓，在這裡施針時，需朝著鼻尖方向斜向進針，若朝後頸方向進針便會刺入腦髓，人會立時斃命。劉鵲的風池穴上有針眼，且針眼四周存在紅斑，可見是生前傷，應是他死前被針扎刺所致。

劉鵲被發現死亡時，是伏在書案上的，但燭臺位於書案裡側，窗戶位於書案外側，他人處在中間，影子卻一直沒被投在窗戶上，因此我一開始懷疑他不是死在書案前。砒霜中毒，往往伴有腹痛、吐血甚至嘔吐，於是我對書案、椅子和劉鵲腳下的地磚這幾處地方進行驗毒，都未發現有毒，也就是沒有任何嘔吐之物，這更令我確信劉鵲並非死在書案前，而是死在書房中的其他地方，在子時蠟燭滅掉後，才被移屍至書案前。

當晚黃楊皮、遠志和當歸一直在大堂裡分揀藥材，在此期間，除了高、羌、白三位大夫，沒人進出過書房。可要做到滅掉蠟燭、移動屍體，凶手必然是在書房裡，因此我一度懷疑，凶手提早藏在了書房之中，一直沒有出來，直到滅掉蠟燭、完成移屍後，才偷偷摸摸地離開。但在劉鵲的風池穴上發現的針眼，將我以上的所有推想都推翻了。」

他的目光掃過劉太丞家眾人，提高了聲音：「倘若劉鵲服毒之後，尚未毒發之前，便被人一針刺穿腦髓立即斃命，那麼吐血、嘔吐等砒霜中毒的症狀自然不會出現。事實上，我當初確認書案、椅子和劉鵲腳下的地磚沒毒後，為了確定劉鵲死在何處，把書房裡的角角落落都查了個遍，卻沒有發現任何異樣。那便有了另一種可能，劉鵲的屍體其實沒被移動過，他從始至終一直坐在椅子裡，伏在書案上。」

「那窗戶上沒有他的影子，作何解釋？」喬行簡道。

「我之前有一次離開提刑司大堂，在大堂外站了片刻，當時我腳下的影子在慢慢移動，那是因為我頭頂太陽的方位在慢慢移動。這讓我想明白了為何劉鵲死在書案前，書房中又點著蠟燭，窗戶上卻沒有他的影子。」宋慈說著，走向書房，揭下封條，踏入了房中。

喬行簡沒有立刻跟著走入書房，而是去到韓侂胄身前，頗為恭敬地道：「韓太師，請。」

韓侂胄斜了喬行簡一眼，從椅子裡起身，在夏震的護衛下，走進了書房。早有甲士過來，將椅子抬入房中，請韓侂胄坐了，喬行簡這才帶著文修和武偃進入房中。劉太丞家眾人最後進入，但被幾個甲士攔在書房的一側，不讓他們接近韓侂胄，以免他們之中有人心懷異志。

宋慈站在書案前，指著書案裡側的燭臺道：「我們一直認為，劉鵲只要在書案前，他的影子便會出現在窗戶上，那是因為燭臺位於書案的裡側，上面剩有半支沒燒完的蠟燭，於是想當然地以為當晚書房裡點的是這支蠟燭。可若劉鵲死的那晚，書房裡燃燒的蠟燭，不是這支呢？黃楊皮曾說過，當晚書房裡的燭火熄滅時，不是一下子滅掉的，而是慢慢暗下去的，這更像是蠟燭自行燃盡熄滅。所以我推測，當晚書房裡還有另一支蠟燭，這另一支蠟燭在子時前後燃盡，自行熄滅，只因它的位置不在書案裡側，是以劉鵲的影子便被投在了別處，沒有出現在窗戶上。這與太陽的方位不同，人的影子也就不同，是同樣的道理。」他的目光從高良薑、羌獨活和白首烏三人身上掃過，「高大夫、羌大夫，還有白大夫，你們當晚進入書房見劉鵲時，書房裡燃燒的，可是燭臺上的這支蠟燭？」

高良薑回想了一下，道：「我記得是燭臺上的蠟燭。」

羌獨活點了一下頭，白首烏應了聲「是」。

宋慈道：「劉鵲每晚著書時間很長，通常子時前後才休息，為了不頻繁地更換蠟燭，所以他使用的蠟燭很是粗長，一支能燒上兩個多時辰。凶手在一針刺死劉鵲後，另點了一支普通的蠟燭，將燭臺上的這支蠟燭滅掉，然後離開了書房。如此一來，便可造成凶手離開之後，燭火依然亮著，劉鵲依然活著的假象，而普通蠟燭只能燃燒半個時辰左右，正好能在子時前後熄滅，這樣便符合劉鵲的作息時間，從而不會引起外面藥童的懷疑。」

此話一出，喬行簡當即轉過頭，朝白首烏望去。凶手更換了蠟燭，導致劉鵲的影子從窗戶上消失，而影子消失，正是在白首烏離開之後的事。高良薑腦筋轉得快，也向白首烏看去，其他人也相繼明白過來，紛紛望向白首烏。

白首烏會過意來，原本輕鬆的神色一下子繃緊，道：「不是我，不是我……」

「凶手不是白大夫。」宋慈的聲音忽然響起。

所有人轉過頭來望著宋慈，只聽他道：「第二天發現劉鵲死亡時，書房的門是從裡面門上的，凶手用細麻繩閂門的法子，此前我已經解釋過了。凶手當晚離開書房時，曾拉扯細麻繩，從房外將門閂上。倘若白大夫是凶手，那他用細麻繩閂門的一幕，必然被大堂裡分揀藥材的三個藥童瞧見。」說著問三個藥童道，「你們三人有瞧見過嗎？」

黃楊皮應道：「小人記得白大夫從書房裡出來後，直接便走了，沒見他拉扯過什麼細麻繩。」

一旁的遠志也說沒有，當歸則是回以搖頭。

「既然白大夫沒有這樣的舉動，那白大夫便不是凶手。」宋慈道，「凶手應該是在白大夫之後進過書房的人。」

眾人聽得驚訝，喬行簡道：「可三個藥童證實，在白首烏之後，再沒有任何人進入過書房。」

宋慈卻道：「倘若有人進過書房，是三個藥童故意說假話，隱瞞不報呢？」

此話一出，一道道目光向三個藥童看去。

黃楊皮一下子急了，道：「宋大人，小人可沒說過假話，那晚白大夫走後，當真沒人再進過書房了。」

遠志和當歸也跟著搖頭，以示自己沒有說假話。

宋慈面無表情地看了三個藥童一眼，道：「有沒有說假話，一會兒便知。」他的目光回到書案上，「凶手更換了蠟燭，讓蠟燭自行燃盡熄滅，可無論如何，總會殘留一些蠟油，在燃燭之處慢慢乾結。這樣一來，凶手便需回到書房，將這乾結的蠟油剔除，以免留下破綻。高大夫，當日發現劉鵲死亡時，你是第一個進入書房的人，請問你進入書房時，可有在這書案上看到過殘留的蠟油？」

高良薑回憶當日所見，書案上有燭臺、食盒和筆墨紙硯等物，並沒有殘蠟，搖搖頭道：「沒有。」

「書案上沒有殘蠟，可見凶手也知道劉鵲死在書案前，書案這地方太過顯眼，沒有將蠟燭放在這上面。」宋慈道，「但凶手也不會傻到將蠟燭放在遠離書案的地方，否則從窗戶外一眼便能看出燭火的位置不對。凶手選擇的點燭之處，應該就在書案的附近，但又是一處很不起眼的地方。」

他伸手指著書案外側，那裡擺放著一個面盆架，離書案有三、四尺的距離，「在這個面盆架上，有些許細微的刮痕，那些細微的刮痕，應該是凶手事後剔除殘蠟時不小心留下的痕跡。案發之後，劉太丞家眾人相繼趕來了書房，高大夫，你可還記得誰接近過這個面盆架？」

高良薑回想當時發現劉鵲死亡時的場景，猛地轉過頭去，盯住了遠志。當日他衝進書房後，遠志端著一盆洗臉水，緊跟著他進入了書房，將洗臉水放在了面盆架上。

「遠志，」他吃驚道，「是你？」

遠志連連擺手，道：「不是我……」

「不只是遠志，」宋慈目光一轉，看向當歸，「還有當歸。劉鵲是被你們二人聯手殺害的！」

當歸臉色一沉，回以搖頭。

宋慈說道：「劉鵲死的那晚，三個藥童都鬧起了肚子，但黃楊皮後半夜睡下後便有所好轉，你二人卻直到第二天一早才稍有好轉，為何？因為當晚你們二人根本沒有鬧過肚子，真正鬧肚子的只有黃楊皮一人，是你們給他下了瀉藥，好讓他不斷地跑茅房。

當晚白大夫離開書房後，黃楊皮緊跟著便去了茅房，還因為茅房被石管家占著，耽擱了不少時間。你們二人便是在那時進入書房，用銀針刺死劉鵲，再另點蠟燭，閂上房門，繼續在大堂裡分揀藥材，裝作什麼都沒發生過。

等到黃楊皮再回來，見書房裡亮著燭火，自然不會想到劉鵲已死，他便在不知不覺中成了你們二人的證人。當時鬧肚子是假裝的，但畢竟醫館裡的幾位大夫都是懂醫術的，說不定能看出你們二人的異樣，於是為了不露出破綻，你們二人也服用了瀉藥，只不過是在殺死劉鵲後才服用的，因此症狀比黃楊皮來得晚，好得也就比黃楊皮遲。黃楊皮後半夜便有所好轉，你二人卻是直到第二天一早還是臉色蒼白，看起來虛脫無力。」

「好啊，原來凶手……凶手是你們兩個！」黃楊皮又驚又怒，原本站在遠志和當歸身邊的他，一連退開了好幾步。

遠志緊挨著當歸，見所有人都投來或驚訝或怨毒的目光，左手捏著衣角，搖頭道：「宋大人，我和當歸原本流落街頭，幸被太丞收留做了藥童，才能有衣有食，過上安穩日子。太丞去世後，先生成為家主，他沒趕我們二人走，仍留我們做藥童，我們感激還來不及，又怎會去害他？」

「劉太丞家有一婢女，名叫紫草。」宋慈說道，「去年正月十二，紫草被發現吊死在後院，一種說法是她煎藥時拿錯了藥，險些害得病人喪命，劉鵲因此將她趕出家門，賣給祁老二為妻，她不願嫁給祁老二，選擇了自盡；另一種說法是紫草與劉鵲有染，居老夫人於是將她賤賣給祁老二為妻，她不甘願才選擇了上吊。

不管哪種說法，紫草都是上吊自盡的。可我去泥溪村查驗了她的屍骨，發現她第一節頸骨上嵌有一截斷掉的針尖。經我查證，這截斷掉的針尖出自針灸所用的毫針，而據黃楊皮回憶，當初紫草死後，劉鵲的針囊裡正好少了一枚同等尺寸的毫針，且劉鵲打點過查案的官員，當天便以自盡結案，事後又急著處理紫草的屍體。由此可見，紫草並非上吊自盡，而是被劉鵲針刺風池穴，刺穿腦髓而死。」

宋慈說到此處，有意無意地朝夏震看了一眼，卻見夏震神色發緊，似乎對他方才所言極為在意。

宋慈的目光從夏震身上移開，他直視著遠志和當歸，說道：「六年前，你們與紫草一同來到劉太丞家。當時你們二人一個身患重病奄奄一息，另一個人急得無計可施，號啕大哭，是紫草的出現救了你們。來到劉太丞家後，紫草更是對你們照顧有加，如親姐姐一般。紫草死後，你們二人未經劉鵲的允許，哪怕知道事後會被劉鵲責罵，也要去給紫草送葬。

祁老二說，當年紫草的屍體運到泥溪村後，是你們二人幫著掘土安葬的。下葬時，你們為紫草整理儀容，突然趴在棺材上大哭起來，良久才蓋上棺蓋，將棺材下葬。後來回到醫館，挨了劉鵲的罵後，去打掃藥房時，你們二人趁機翻看了劉鵲的針囊，卻被黃楊皮撞見，黃楊皮只當是在整理針囊，並未放在心上。白大夫曾說，你二人以前是劉扁的藥童，又肯勤學苦練，耳濡目染之下，學會了不少醫術，不但能幫著抓藥、煎藥，還能幫著給病人施針，所以是懂針灸的。我想那時你們便已發現紫草真正的死因了。

今年正月十二，乃是紫草的週年祭日，你們二人選擇用同樣的方式，以銀針刺入風池穴，殺死劉鵲為紫草報仇。想必原本的打算，是要偽造成沒人進入過書房、劉鵲是在裡面暴斃而亡的假象。要知道劉鵲最近半年染上風疾，已有好幾次突然暈厥，他突然死在書房之中，只要驗不出他風池穴上的針眼，極大可能會被認為是風疾發作暴病而死。只是你們二人沒想到劉鵲會有求死之意，本就打算在當晚自盡，而且在你們進入書房動手之前，他剛好吃下了帶有砒霜的糕點，雖然沒來得及出現吐血、嘔吐等毒發症狀，但膚色發黑，舌生裂紋，嘴唇和指甲變得青紫，留下了中毒的跡象。

第二天看見劉鵲有中毒跡象時，你們二人很是吃驚吧。風池穴上的針眼太過細小，又被頭髮遮掩，實在難以發現，若非我在紫草的頸骨上發現斷針，進而去查驗劉鵲的後頸，只怕也發現不了。倘若劉鵲沒有吃下砒霜，身上沒有出現中毒的跡象，只怕前來查案的韋應奎早就草草結案，人人都會當劉鵲是風疾發作而死。劉鵲是自己求死，卻想假造他人謀殺，你們二人是謀殺劉鵲，卻想假造他是暴病而亡，此案真可謂是陰差陽錯。

今日下午，我故意當著你們二人的面，問高大夫針刺風池穴的事，又故意說在劉鵲的腦後，發現了一枚扎入後頸的銀針。實則我沒在劉鵲的腦後發現過銀針，只是發現了針眼。我之所以這樣說，就是為了確定你們二人究竟是不是凶手。

若是凶手，一聽說劉鵲的後頸上有銀針，必會起疑心，會去翻找針囊，看看有沒有銀針缺失，是不是自己一時疏忽，遺漏了銀針在劉鵲的後頸裡。你們二人是高大夫和羌大夫的藥童，二位大夫的針囊交由你們掌管，平日裡都放在藥房，所以我讓劉克莊故意留下來，盯著藥房，看你們二人會不會去觸碰針囊。果不其然，你們去藥房打掃時，假裝收拾器具，趁機翻看了針囊。這與當年確認紫草死因時，你們二人翻看劉鵲的針囊，可謂是如出一轍。」

劉克莊這才恍然大悟，道：「原來你讓我盯著藥房是這個意思。」說著頭一轉，看著遠志和當歸。想到紫草被劉鵲殘忍殺害，二人是為了給紫草報仇才殺了劉鵲，他心下觸動，為之憐憫而又痛惜，神色甚為複雜。

遠志低著頭，當歸黑著臉，兩人都沒有說話。

「接住！」宋慈忽然手一揚，一團裹起來的手帕朝遠志擲去。遠志連忙伸手接住，以為宋慈是要給他看什麼東西，可是低頭一瞧，手帕裡卻是空無一物。

只聽宋慈說道：「方才我說過，每個人的風池穴一共有兩處，分別位於左右耳後。凶手針刺劉鵲的風池穴，按理說應該選擇右側的風池穴，因為絕大多數人的慣用手都是右手，自然會選擇右側的風池穴進針，朝腦髓末端所在的頸骨方向刺入，這樣更為順手，更好發力。但劉鵲腦後的針眼，卻是位於左側的風池穴上，由此可見，凶手應該是個左利手。我這兩天觀察過劉太丞家所有人的行為舉止，撫摸小黑狗、拿鋤頭、拿抹布，慣常使用左手的人，整個劉太丞家，便只有你一個。」說到最後，目光落在了遠志身上。

遠志看了一眼宋慈扔來的手帕，這才注意到自己接住手帕的是左手。他明白過來，宋慈方才突然朝他扔出手帕，又叫他接住，原來是為了試探出他的慣用手。

「事到如今，你還有何話說？」宋慈這話一出口，所有人的目光都集中在遠志的身上。

遠志抬起頭來，看了看眾人，又扭頭看了一眼當歸。他閉上眼睛，好一陣才睜開，說道：「宋大人說的是，劉鵲是我殺的。」他不再稱呼劉鵲為先生，而是直呼其名，「劉鵲本就該死，他占了太丞的家業，以太丞之名自居，還因為紫草侍奉過太丞，便不認她與白大夫的婚約，因為各種小事對她欺壓辱罵，不讓她來醫館幫白大夫看診，只讓她在家宅那邊幹粗活、重活，還不許我和當歸去幫她。這些我都能忍，可是他……可是他竟殺害了紫草！」

他悲恨交加，連連搖頭，道：「當初安葬紫草時，我為她整理儀容，見她的頸後有抓痕，那些抓痕伸進了髮叢，我便撥開她的髮叢，發現風池穴上有針眼，伸手一摸，針眼發硬，用力將皮肉按下去，竟有一小截銀針露了出來。

那一小截銀針應該是扎進了骨頭，被卡住了，拔不出來。我用了好大的勁，才扭斷銀針，將它取了出來。我回醫館翻找幾位大夫的針囊，只有劉鵲的針囊裡少了一枚毫針，我才知道紫草是被劉鵲用銀針刺死的。這些連我都能發現，官府的人卻收了劉鵲的錢，草草結案，視而不見。

過去這些年來，紫草一直如親姐姐般待我，她蒙冤被害，我不能坐視不理。從那時起，我便起了報仇的念頭。這些不關當歸的事，他一直勸我不要亂來，但我鐵了心要為紫草報仇。劉鵠是我一個人殺的，要殺頭便殺頭，宋大人，你治我的罪吧。」說罷，丟掉手帕，伸出雙手，束手待擒。

宋慈卻搖搖頭，道：「劉鵠的風池穴上只有一個針眼，可見是一針斃命。要一針刺中劉鵠的風池穴，還要一下子準確無誤地刺入腦髓，除非劉鵠一動不動等著你刺，否則他稍有反抗，你一個人便難以做到。當初紫草被殺，她一個年紀輕輕的女子，尚且能伸手抓撓後頸，留下不少抓痕，劉鵠的後頸上除了那一個針眼，卻沒有任何抓痕，可見他一點也沒有反抗過。由此可見，是有人幫你制伏了劉鵠，讓他動彈不得，你才能一針刺中腦髓。」說罷，目光一轉，看向當歸。

當歸知道宋慈的目光是什麼意思。他沒做任何辯解，當即應道：「不錯，把劉鵠按在書案上，讓他掙扎不得的是我，事後用細麻繩關門上閂的也是我。」他向遠志看去，「我的命是紫草救的，能為紫草報得大仇，我一點也不後悔。你我說好一起為紫草報仇，誰都不該獨自擔罪。要殺頭便殺頭，大不了你我一同去陰曹地府見紫草，總好過留在這世上任人欺辱打罵。」

遠志望著當歸，眼中含淚，點了點頭。

喬行簡見遠志和當歸已經認罪，當即命武偃帶領差役上前，將二人拿下了。真凶既已就擒，此前的幾位嫌凶便都恢復了清白之身。喬行簡吩咐許義將桑榆放了，又吩咐將桑老丈和白首烏也放了。短短兩天，從階下囚到無罪釋放，桑老丈感激萬分，拉著桑榆顫巍巍地來到宋慈身前，要當場跪謝宋慈。宋慈急忙攔住，不讓二人跪下。

高良薑得知凶手並非羌獨活和白首烏，倒有些失望，指著遠志和當歸罵了起來；羌獨活陰著一張臉，盯著遠志和當歸；黃楊皮也衝二人指指點點，說起了各種風涼話。

宋慈聽得皺眉，忽然說道：「所謂醫者，貴在仁心仁術，總是勾心鬥角，贏了彼此又如何，獨占醫術又能如何？高大夫、羌大夫，劉扁、劉鵲身死在前，你們二人身為師兄弟，難道還要重蹈上一代的覆轍嗎？少些爭鬥，多活人命，一心救死扶傷，自會成為一代名醫。」

高良薑收起了罵聲，羌獨活眼神微微一變，兩人彼此看了一眼，把頭扭開，默然不語。

宋慈看向居白英，說道：「居老夫人，我知道劉知母之死，一直令妳心結難解。可是十年過去了，劉鵲也已經死去，一切總該試著去放下。劉鵲已故，妳便是一家之主，劉決明畢竟是劉鵲的骨肉，妳就算做不到視如己出，也不該有任何仇視報復之心。說到底，一個五歲小兒，終究是無辜的。」

居白英沉著臉，沒有應聲，只是手中飛快盤捏著的佛珠，漸漸慢了下來。

宋慈又轉向鶯桃和劉決明，說道：「鶯桃夫人，妳口口聲聲說劉鵲對妳好，那妳就不要負他。婦有婦德，還望妳以後好自為之。」

鶯桃目光躲閃，臉色不大好看。

宋慈又道：「劉鵲死前，曾說過等劉決明再長大些，便教他學醫，將來還要把一身醫術傳給他。劉鵲是打算將《太丞驗方》傳給劉決明的，但這部醫書是劉鵲殺害劉扁奪來，本就不該歸劉鵲所有。我想這部醫書，終究應該物歸原主才是。」說著，走向白首烏，「白大夫，《太丞驗方》原是劉扁之物，你是劉扁唯一的親傳弟子，這部醫書，就交給你了。」

宋慈將《太丞驗方》放到白首烏的手中，隨即環顧在場眾人，道：「諸位在此，俱為見證，尤其有韓太師和喬大人作證，將來若有人試圖霸占、侵奪這部醫書，官府定不會輕饒！」

白首烏手捧醫書，想到師父的死，想到紫草的被害，想到這一切冤屈終於昭雪，眼中含淚，顫聲道：「多謝宋大人……」

韓侂胄旁觀至此，忽從椅子裡起身，大袖一拂，朝房門走去。立刻有甲士將房中眾人攔在一邊，為韓侂胄開道，夏震則緊跟在側，隨行護衛。

「太師請留步。」宋慈的聲音忽然響起。

韓侂胄腳步一頓，道：「案子已破，你還有何事？」

「誰說案子已經破了？」宋慈提高了說話聲，「當初岳祠一案，存有不少疑點，太師卻急著讓我結案。如今這劉扁和劉鵲的案子，同樣存有諸多疑點，太師也打算急著讓我結案嗎？」

第十章 尋根究底

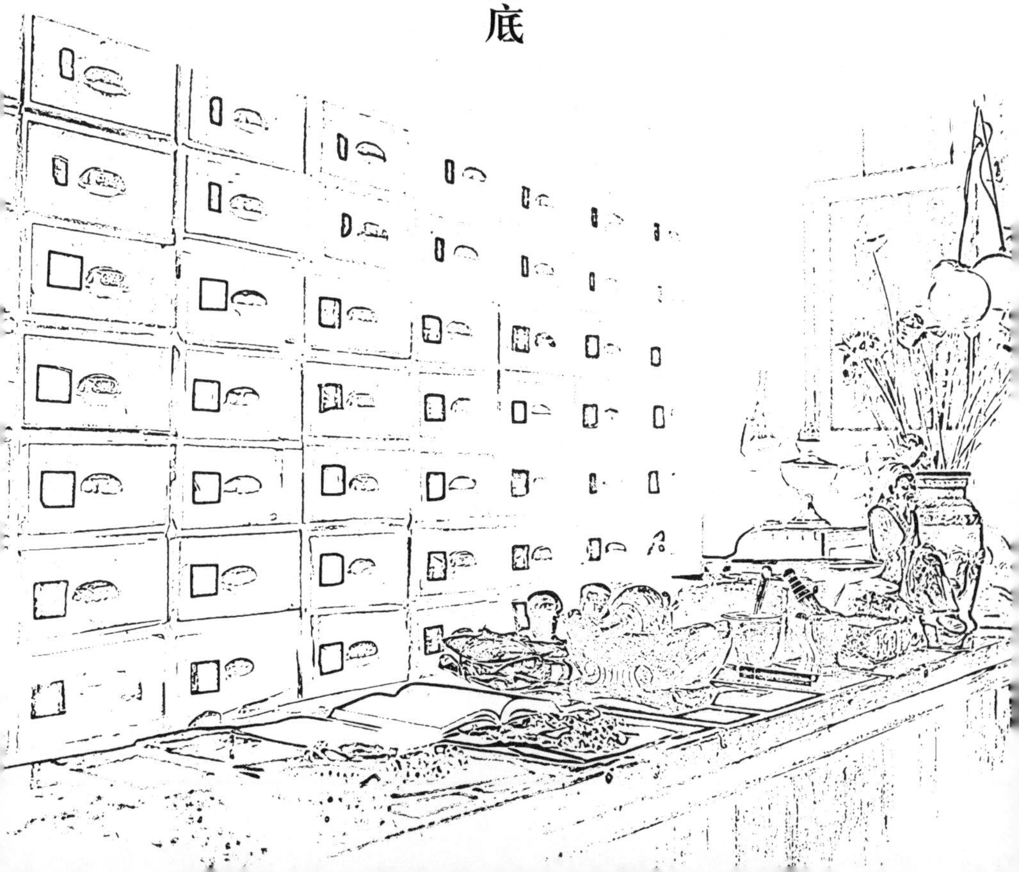

聞聽此言，韓侂胄轉過頭來看著宋慈，語氣發冷：「此案當真還沒破？」

宋慈直視著韓侂胄，應道：「沒破。」

兩人隔空對視了片刻，韓侂胄忽然道：「好。」說完，朝夏震揮了一下手。

夏震立刻吩咐甲士將劉太丞家眾人轟了出去，不僅轟出了書房還轟出了醫館大堂。劉太丞家眾人不知發生了什麼事，驚惶不安，被迫退到了家宅那邊，桑榆和桑老丈也遭到甲士的驅趕。

桑榆不知道韓侂胄要做什麼，但她看得出來韓侂胄此舉絕無善意，不禁擔憂地望著宋慈。宋慈看見了桑榆的眼神，衝她微微點頭，比畫了一下手勢，示意她不必擔心。

「榆兒，快走吧……」桑老丈不敢招惹這些甲士，拉著桑榆離開了書房。

夏震來到喬行簡的身前，朝書房外一抬手，說道：「喬大人，請吧。」

喬行簡吩咐文修和武偃帶著許義等差役退出書房，看押好遠志和當歸，他本人卻沒有離開。劉克莊和辛鐵柱也被甲士往外轟，但二人如足底生根一般，站在宋慈左右，一步也不肯挪。

韓侂胄看著喬行簡，道：「喬提刑，你真打算留下來？」

喬行簡應道：「宋慈既說案子未破，下官身為浙西路提點刑獄，自然不該離開。」

韓侂胄又瞧了一眼劉克莊和辛鐵柱，說道：「好，路是你們自己選的，別說我沒給過你們機會。」說罷一揮手，眾甲士退出書房，關上房門，守在外面的大堂裡，只留下夏震貼身護衛。

韓侂胄坐回椅子裡，說道：「宋慈，你不是要繼續破案嗎？那就請吧。」

宋慈看了看喬行簡，看了看辛鐵柱，最後看了看劉克莊。喬行簡衝他微微點頭，辛鐵柱面無懼色，劉克莊則是笑言道：「你我早已是生死之交，你要將這案子查到底，我自然要奉陪到底。」

宋慈目光堅毅，衝劉克莊點了一下頭。他轉身面向韓侂胄，拱手一揖：「宋慈謹遵太師之命。」說罷，抬頭看了看所處的這間書房，接著道，「劉太丞家的案子，其實我早已查知凶手，然而個中來龍去脈，卻是大可深究。首先是劉鵲的自盡，方才喬大人曾問過我，劉鵲為何會自盡。近半年來，劉鵲深受風疾困擾，以他那麼高超的醫術，卻一直醫治不好自己，但他會因為自己患上風疾難以治癒，便選擇自盡求死嗎？要知道此前他從沒表露過死意，他的種種異常，都是在死的當天才表露出來的。黃楊皮是劉鵲的貼身藥童，常跟隨在劉鵲的身邊，據他所言，劉鵲言行出現反常，是在死的當天上午，見過夏虞候後才有的。當時夏虞候來找劉鵲，說是最近一段日子，韓太師後背不舒服，時有刺痛之感，常常難以睡臥，請劉鵲第二天一早去吳山南園看診。夏虞候這話，聽起來沒什麼問題，但仔細一想，卻是有違常理。」說著，看向夏震。

夏震眉頭微皺，未解宋慈之意。

只聽宋慈說道：「疾病不等人，常常耽擱不得，尋常人患病，請大夫看診，都是越快越好，更別說是萬金之軀的韓太師了。韓太師患有背疾，而且到了難以睡臥的地步，可見病得不輕，既然已讓夏虞候一早去請劉鵲，那為何不請劉鵲當天去南園看診，反而叫劉鵲第二天才去呢？

我此前拜見韓太師時，有幸見過太師舞劍，後來破西湖沉屍案時，也曾多次見到太師，實在看不出太師像患有背疾的樣子。因此我想，太師會不會根本就沒有患病。所謂芒刺在背，夏虞候說太師背有刺痛、難以睡臥云云，會不會是話中有話，意在提醒劉鵲，太師如今已是如芒在背，後背上的這根芒刺不除，便連覺也睡不安穩，又叫劉鵲第二天去南園看診，意思是只給劉鵲一天的時間來拔除這根芒刺，如若不然，就要劉鵲親自去南園向太師交代。接下來劉鵲出現各種反常，當夜便選擇服毒自盡，所以我認為，太師後背上的這根芒刺，極可能是劉鵲本人。」

「宋提刑，你可知自己在說什麼？」夏震忽然踏前兩步，聲音大有威勢，「讒言妄語，誹謗太師，此等大罪，你擔當得起嗎？」

辛鐵柱目光下移，盯住了夏震的腳下。夏震這踏前的兩步看似隨意，實則是有意縮短與宋慈的距離，隨時可以對宋慈動手。辛鐵柱沒打算袖手旁觀，做好了隨時出手攔截夏震的準備。

「無妨，」韓侂胄卻道，「讓他接著說。」

「是，太師。」夏震躬身領命，退回韓侂胄的身邊。

「多謝夏虞候提醒。我自己在說什麼，我比誰都清楚。」宋慈語氣不變，「說過了劉鵲的自盡，便該往回捋，說一說劉扁的死了。一年多前的中秋前夜，劉鵲用牽機藥毒殺劉扁，當真只是為了得到皇甫坦的醫書嗎？倘若是，那他實在沒必要在淨慈報恩寺動手，要知道寺中僧人眾多，中秋前夜又留宿了不少香客，劉扁當晚所在的禪房中還有德輝禪師和道隱禪師，劉鵲選擇在禪房裡動手，難道就不怕人多眼雜，被他人瞧見嗎？他若真是為了醫書謀害劉扁，應該選擇人少的地方動手，就算不是人少的地方，也應該選擇自己熟悉的地方，而不是人生地不熟的淨慈報恩寺。所以我認為，劉鵲選擇在淨慈報恩寺動手，應該還有別的原因。我在想，會不會他要殺的人，其實不止劉扁一個，還有其他人，只因這個其他人身在淨慈報恩寺，所以他才不得不在寺中動手。」

說到此處，宋慈朝劉克莊和辛鐵柱看了一眼，道：「克莊、辛公子，你們還記得今天下午在淨慈報恩寺後山發現的那具屍骨吧？」

辛鐵柱點了一下頭。

劉克莊應道：「當然記得，頭骨裡死了隻癩蛤蟆，右手只有三根指骨，這麼明顯的特徵，怎麼可能忘得掉？」

宋慈點了點頭，說道：「我問過淨慈報恩寺的居簡大師，當年德輝禪師患病之後，有一位道隱禪師日夜守在禪房照料，其右手正好缺失了小指和無名指，只剩下三根指頭，與今日發現的那具屍骨一致。今日那具斷指屍骨，會不會就是道隱禪師呢？這具屍骨的埋葬之處，與發現劉扁屍骨的位置相隔極近，而且骨色發黑，狀若牽機，與劉扁的死狀如出一轍，想必也是死於牽機藥中毒。」稍稍停頓了一下，「倘若劉鵲想殺的人除了劉扁，還有這位道隱禪師，那麼他選擇在淨慈報恩寺動手，選擇在德輝禪師的禪房裡動手，那就解釋得通了。」

「可劉鵲為何要去殺一個和尚呢？」劉克莊不由得奇道。

「這位道隱禪師，可不是普通的和尚。」宋慈說道，「據其年齡、身形及出家時間還有最為重要的右手斷指，他極可能是六年前叛投金國的池州御前諸軍副都統制——蟲達。」

「蟲達」二字一入耳，韓侂胄眼角的皺紋微微抽動了一下。

「道隱禪師究竟是不是蟲達，還待證實，為了不影響我接下來的推想，姑且認為他是。」宋慈說道，「羌大夫曾在劉鵲的藥箱暗格裡發現過牽機藥，那是劉扁死前幾天的事，當時劉鵲突然被請去太師府為韓太師看診，因為走得太急，忘了帶藥箱，這才讓羌大夫有機會發現藥箱裡的牽機藥。

也就是說，在毒殺劉扁和蟲達的幾天前，劉鵲是去太師府見過韓太師的。而在劉扁和蟲達死後，韓太師帶著聖旨出現在淨慈報恩寺，在官府尚未介入調查之前，便以聖上旨意為由，將所有死難之人的屍體聚在一起，當天便火化了。

韓太師此舉，很難不讓人懷疑有毀屍滅跡之嫌。只是火化屍體時，因為藏經閣突然起火，現場一片混亂。從如今劉扁和蟲達的屍骨先後出現在淨慈報恩寺後山來看，當年那場混亂之中，應該有人趁亂移動了劉扁和蟲達的屍體，沒讓兩人被火化，事後偷偷地埋在了後山。此人是誰尚無眉目，但只要找出此人，相信大部分疑惑都能得到解答。」

宋慈說到這裡，特意看了看韓侂胄的臉色，只見韓侂胄面色冷冽如籠霜雪，神色陰沉。他並未停下，接著說道：「繼續往回捋，蟲達叛投金國，發生在六年前，劉扁從太丞任上退下來，也發生在六年前，還有紫草、遠志和當歸來到劉太丞家，同樣發生在六年前。蟲達為何叛投金國，劉扁又為何卸任太丞，我眼下所知甚少，不敢妄言，但紫草、遠志和當歸被劉扁收留一事，還需細細說道一番。

當年這三人雖是同時去的劉太丞家，但遠志和當歸此前並不認識紫草。遠志和當歸流落街頭，做了多年的乞丐，臨安城中的其他乞丐，他們二人大都見過，但從沒見過紫草，是當歸病重的那晚，遠志無計可施之時，才遇到了紫草，也是紫草帶著他們二人來到劉太丞家求醫，最後才被劉扁收留。

當時劉扁剛剛從宮中卸任太丞回到醫館，紫草便來到了劉太丞家。有意思的是，也是劉扁卸任太丞回到醫館後，夏虞候便開始來劉太丞家醫治甲癬。夏虞候隔三岔五來這醫館用湯藥泡腳，這一治便是好幾年，甚至劉扁死後，夏虞候仍時常來，直到去年過完年後，夏虞候才長時間沒再來過。那同一時間，劉太丞家發生了什麼事呢？紫草死了，死於過完年後的正月十二。可見夏虞候來劉太丞家醫治甲癬的時間，與紫草待在劉太丞家的時間，竟是出奇地一致。

今早我去泥溪村查驗紫草的屍骨時，見到了奇怪的一幕——紫草的墳墓極為乾淨，幾乎見不到一片落葉。要知道紫草的墳墓處於一片竹林之中，竹子一年四季都在落葉，隨時都有乾枯的竹葉飄落下來，墳墓四周也是隨處可見落葉，唯獨墳墓上沒有，可見在我到達之前不久，有人剛剛清理過墳墓上的落葉。這個人不是祁老二，因為他早上在磨刀，準備去皋亭山裡砍柴燒炭，也不是遠志和當歸，他們二人當時在劉太丞家。那會是誰呢？緊接著，我在墳墓旁遇到了一群不速之客，這群不速之客身著黑衣，早就埋伏在竹林四周，其中有幾人被我用開水燙傷了。」

說到這裡，宋慈朝夏震看去，道：「想必夏虞候，便是其中之一吧。」

夏震前額發紅，起了些許小水泡，看起來像是被燙傷的。他臉色冷峻，沒有回應。

「白大夫曾說過，夏虞候來醫館醫治甲癬時，劉鵲曾說他正中間的腳趾最長，乃是大富大貴的腳相，讓他不必為甲癬擔憂。人的腳趾，要麼是大腳趾最長，要麼是第二趾最長，正中間的腳趾最長，那是極其罕見的。」宋慈說道，「巧的是，我查驗紫草的屍骨時，發現紫草第三趾骨，也就是正中間的趾骨最長。夏虞候過去幾年時常來劉太丞家泡腳，白大夫曾提到過，每次紫草一見夏虞候來，便會抓藥煎劑給他泡腳。所以我大膽猜想，紫草與夏虞候之間會不會有所關聯，甚至是血親上的關聯？若真是血親，以年齡來看，紫草極大可能是夏虞候的妹妹，這也解釋了為何今早紫草墳墓上的落葉會被人清理得乾乾淨淨，想必清理之人便是夏虞候吧？紫草來劉太丞家之前，其實根本就不是乞丐，她只是利用了遠志和當歸的乞丐身分，讓劉扁生出同情之心，好將她一併收留在劉太丞家。她做了婢女後，卻時常往醫館跑，其實不是對醫術感興趣，而是為了監視劉扁的一舉一動，以便隔三岔五地向來醫治甲癬的夏虞候稟報。

只要想明白了紫草的身分，劉鵲為何要殺她，也就能得到解釋了。不管是她給病人用錯了藥，還是劉鵲與她有染為了遮醜，這些理由似乎都不充足，遠不足以解釋劉鵲為何要置她於死地。唯一的解釋是，紫草作為眼線被安插到了劉扁的身邊，在劉扁死後，她依然留在劉太丞家，很大可能是為了繼續監視劉鵲。劉鵲之所以因為各種小事責罵紫草，不讓紫草踏足醫館，只讓紫草留在家宅那邊做事，可見他已經識破了紫草的身分，可紫草仍然經常背著他偷偷去醫館，所以他才一不做二不休，乾脆將紫草除掉，偽造成上吊自盡，當天便急著把屍體處置埋葬。

紫草作為眼線，做得不可謂不好，不僅這麼多年沒有暴露身分，還能讓白大夫喜歡上她，能讓劉扁將她許配給白大夫，遠志和當歸也始終將她當作親姐姐看待，最後甚至不惜殺了劉鵲來為她報仇。她當年遇害之前，曾私下與白大夫有過對話，說她對不起白大夫，還說自己不是個乾淨的女人。

她知道自己即將被劉鵲和居白英賤賣給祁老二，以後不可能再出現在劉太丞家，於是對多年來信任她、喜歡她的白大夫吐露了真言，意思是說她自己來路不乾淨，欺騙了白大夫的感情，只是她沒想到，劉鵲並不打算放過她，而是要心狠手辣地置她於死地，所謂將她賤賣給祁老二云云，只是為了給她上吊自盡安上一個理由。」

宋慈的說話聲戛然中斷，他朝夏震看了看，又朝韓侂胄看了看。

夏震依然神色冷峻，但不知何時，他的雙手已緊握成了拳頭。

韓侂冑臉色仍是陰沉至極，冷冷地道：「宋慈，你怎麼不說了？」

「太師還要繼續聽嗎？」

「你敢繼續說，我便繼續聽。」

「那好，我便接著往下說。」宋慈道，「我查劉鵲的案子時，有一個意外的發現，劉鵲竟與太學司業何太驥有過來往。關於何司業的死，我本就有些疑惑未解。何司業的指甲被生生掰斷在窗框中，足見他死前是有過掙扎的，他身材魁梧，正當壯年。李青蓮一個風燭殘年之人，腿腳又有不便，當真能勒得死他嗎？

何司業遇害前，曾與真博士在瓊樓飲酒，其間何司業焦慮不安，提及他若是死了，便把他葬在淨慈報恩寺後山。他說這話時的樣子，好似知道自己會死一樣，可當時他還不知道跛腳李就是李青蓮，又怎會知道李青蓮要殺他報仇呢？更別說李青蓮畏罪自盡之前，曾意味深長地對我說過一句話：『宋大人，有你在，我也可以放心了。』似乎他知道一些什麼事，但又不能說出來，只能寄希望於我去把它查出來。」

劉克莊聽到這裡，不禁想起破完岳祠案的第二天，他和宋慈行經蘇堤時，宋慈便曾向他提起過這些疑問。

只聽宋慈說道：「這些疑惑一直困擾著我，直到我得知，何司業在臘月下旬，曾連著三天到過劉太丞家看診，三次都與劉鵲在這間書房裡關起門來見面，每次見面都用時很長，還讓黃楊皮守在外面，不許任何人靠近打擾。這樣的見面，只怕不只是單純的看診吧？劉鵲若是太師後背上的那根芒刺，那必定是知道了什麼不可告人的祕密，何司業與劉鵲閉門相見，會不會是從劉鵲這裡得知了這個祕密，所以他才預感到自己有可能會被滅口？

何司業最終被殺，就算真是李青蓮親自動的手，那也極大可能是借刀殺人。我之前破岳祠案時曾提到，李青蓮沒有開棺驗過巫易的骸骨，卻能得知當年死的不是巫易而是李乾，顯然是有人幫助了他。當年查辦巫易案的是元欽元大人，元大人與李青蓮都曾做過眉州司理參軍，兩人早就相識，所以我認為是元大人將巫易案的一些隱祕案情告訴了李青蓮，看似幫助李青蓮追查兒子李乾之死，實則是引導李青蓮去找何司業報仇。我之前見過元大人與楊太尉私下會面，因此一直以為元大人是楊太尉的人，可是我錯了。

提刑司有一名差役，名叫許義，常跟隨我查案。他過去聽命於元大人，監視我查案時的一舉一動，瞞著我向元大人通風報信。元大人離任後，夏虞候找到了許義，說知道許義向元大人通風報信的事，讓許義繼續監視我查案。我查案問心無愧，夏虞候若想知道我查案有何進展，大可直接來問我，以後用不著再去為難許義。

我不擔心許義通風報信，只是讓我好奇的是，夏虞候怎會知道許義監視過我？許義之前監視我一事，只有元大人知道，那自然是元大人告訴夏虞候的。於是，我明白了過來，元大人表面上是楊太尉的人，實則是站在韓太師這邊的。那元大人引導李青蓮殺害何司業，也就解釋得通了，是為了替韓太師拔除又一根芒刺，還能借此案打壓楊太尉，可謂是一舉兩得。」

韓侂胄聽到這裡，臉色陰沉得令人可怕。

宋慈卻絲毫不懼，說道：「我的這番推想，不知太師可有聽明白？」

韓侂胄沒有說話，只是冷眼看著宋慈。

「看來太師聽得不夠明白，那我便再說清楚些。」宋慈提高聲音道，「蟲達曾是太師身邊一名虞候，我推想他知道了某個不可告人的祕密，選擇了隱姓埋名躲藏起來，太師以他叛投金國為名，治罪了他全家。劉扁過去常為太師看診，或許也是因為觸及了這個祕密，被迫卸任太丞，被安插了眼線時刻在劉太丞家監視。

蟲達並未遠走高飛，而是選擇藏身在離臨安城這麼近的淨慈報恩寺，又以給德輝禪師治病為由將劉扁請去，實則是與劉扁暗中往來，只怕是有所圖謀，於是太師假借劉鵲之手，將二人一併除去。然而不知為何，劉鵲竟也知道了這個祕密，更不知為何，他竟將這個祕密洩露給了何司業，因此何司業才會被借刀殺人除掉，劉鵲則是被逼自盡。

要逼劉鵲自盡，其實並不難，劉鵲最在乎獨子劉決明，只需拿劉決明作威脅，又有蟲達全家坐罪的先例在前，再加上劉鵲本就患上了難以治癒的風疾，因此他選擇了服毒自盡，只是沒想到遠志和當歸為了給紫草報仇，選擇了在同一天晚上殺害他。劉太丞家的案子，只怕要說到這個地步，才能說是告破吧。」

宋慈這番話說出來，將一旁的喬行簡驚得目瞪口呆。喬行簡已年過五十，見過官場上的大風大浪，也見識過宋慈的剛直，可他還是沒想到，宋慈面對當朝太師韓侂胄時，竟能剛直到這等地步。

他此前曾讓宋慈不顧一切阻力地追查到底，也相信宋慈說到便會做到，只是宋慈竟敢當著韓侂胄的面如此直言不諱，實在太過出乎他的意料。他不禁大為擔心，以韓侂胄一貫打壓異己的狠辣手段，定然是不會放過宋慈了。

劉克莊同樣被驚住了，實在沒想到宋慈會有這樣一番推想，更沒想到宋慈敢當著韓侂胄的面把這番推想說出來。

『宋慈啊宋慈，你可真是讓人捉摸不透。本以為我足夠懂你，沒想到你還能給我這麼大的驚喜。』他這麼想著，轉頭望著宋慈，竟為之一笑。

辛鐵柱立在宋慈的身邊，胸有驚雷卻面如平湖，從始至終注視著夏震的一舉一動。夏震護衛在韓侂胄的身邊，聽罷宋慈的這番推想，不敢發一言，只望著韓侂胄，等待其示意。

韓侂胄一直坐在椅子裡，已經坐了很久很久。他的身子微微動了動，似乎要起身，最終卻只是稍微傾斜了身子，看著宋慈道：「說了這麼多，你可有實證？」

宋慈搖頭道：「這些都只是我的推想，並無實證。」話鋒一轉，「但今日發現的斷指屍骨還在，只要予我查案之權，讓我接著往下查，相信定能查出實證來。」

「你的意思，是要我給你查案之權？」韓侂胄道。

宋慈應道：「太師若能給我查案之權，那自然再好不過。」

「宋慈，你未免太可笑了。」韓侂胄冷冷一笑，「今日你已來南園找過我，討要過一次查案之權了，我已經拒絕了你，你居然還來第二次。你這提刑幹辦一職，是聖上破格提拔的，聖上只許你做到上元節為止，我豈敢違背聖上旨意？」

宋慈道：「我本就沒打算再次請求太師給予查案之權，太師既然不肯，那又何必多言？」

韓侂胄冷笑一僵，臉色比之前更加陰沉，抬起右手揮了一下。

「來人！」夏震立刻一聲急喝。書房的門一下子被推開，十幾個甲士飛奔而入，將宋慈圍了起來。

喬行簡知道韓侂胄這是忍不了，要對宋慈動手了，忙躬身道：「韓太師，宋慈破案心切，一時胡言亂語，全因下官約束不周。下官願領一切罪責，聽憑太師發落！」

韓侂胄對喬行簡毫不理睬，只是目不轉睛地盯著宋慈。

夏震見狀，大聲說道：「宋慈捏造讒言，公然誹謗太師，此等大罪，不得輕饒。」說完，吩咐甲士上前捉拿宋慈。

辛鐵柱見狀，立刻橫挪一步，擋在宋慈的身前。

劉克莊往宋慈身前一站，道：「宋慈查案向來不偏不私，此前將韓公子治罪下獄，臨安城內可謂盡人皆知。他方才所言縱有不妥之處，卻也是一心為了破案，太師這便要拿人治罪，就不怕此事傳了出去，市井百姓談論起來，會說太師挾私報復嗎？」

韓侂胄冷冷地看著宋慈，哼了一聲，不為所動。

眼見眾甲士氣勢洶洶地圍了上來，劉克莊和辛鐵柱絲毫不退縮，決意阻攔到底，大不了陪宋慈一起被治罪。

宋慈卻道：「克莊、辛公子，你們讓開吧。」

劉克莊和辛鐵柱回頭瞧著宋慈，宋慈神色如常，衝二人淡淡一笑，伸手撥開二人，從二人之間走出，向捉拿他的甲士迎了上去。

就在這時，外面大堂忽然傳來一陣吵鬧，把守書房門口的甲士阻攔不住，被一個女子強行闖了進來。那女子身穿淺黃衣裙，宋慈和劉克莊都認得，竟是新安郡主韓絮。

韓絮看了看房中情形，瞧見了韓侂胄，立刻走了過去，笑著拉起韓侂胄的手，告起了狀：「叔公，我一見你的這些手下，便知你在這裡。你的這些手下真是不知好歹，我來劉太丞家抓藥，他們卻攔著我不讓進。」

韓侂胄一見韓絮，陰沉的神色頓時溫和了不少，道：「是他們不對，叔公回頭懲治他們。」又道，「妳身為郡主，千金之軀，抓藥這種小事，差個下人來就行了。」說著吩咐甲士去把劉太丞家的幾個大夫找來，給韓絮抓藥。

韓絮笑道：「叔公說的是，下次我一定聽你的話。」

韓侂胄見韓絮臉頰微紅，皺眉道：「又喝酒了？」

韓絮將食指和拇指捏在一起，笑道：「就喝了一點點。」

韓侂胄道：「妳呀，與恭淑皇后一樣犯有心疾，御醫都說喝不得酒，妳卻總是記不住。」

「叔公，我好不容易回一趟臨安，你就別說我了。倒是叔公，你該少操勞一些公務，可不能把身子累壞了。」韓絮左一聲「叔公」，右一聲「叔公」，語氣很是俏皮，便如一個在長輩面前乖巧討喜的少女，這與宋慈和劉克莊之前見過的韓絮相比，可謂是判若兩人。

「值此多事之秋，能多為聖上分憂，叔公不覺得累。」韓侂胄對韓絮說起話來，語氣也與平時的冷峻嚴肅大為不同。

「叔公，你們這是在做什麼呢？」韓絮朝眾甲士和宋慈等人指了指。

「沒什麼，在查劉太丞家的命案。」

「叔公，你還說我呢。你每天操勞國事那麼累，這些個命案，交給下屬衙門就好了，何必勞你親自出面？」

「叔公只是來旁聽案情，此案也已經破了。」

「既然案子已經破了，那就沒什麼事了。叔公，不如你帶我去南園吧。」韓絮笑道，「你的新園林那麼大，我上次去得匆忙，還有好多地方沒來得及去呢。」說著搖起韓侂胄的手，央求起來。

韓侂胄微笑道：「好好好。」說完，朝宋慈斜了一眼，語氣微變，「推案斷案，講究一個鑿鑿有據，空口無證的話，還是少說為好。凶手既已抓到，劉太丞一案，我看也無須再多說什麼，該怎麼結案，便怎麼結案吧。」

宋慈沒有說話，喬行簡應道：「是，下官明白。」

韓侂胄似乎不打算當著韓絮的面動粗，揮了揮手，示意眾甲士退下，心下卻是殺心已固：『北伐在即，宋慈多活一日，便多一分隱患，此人無論如何是不能再留著了。』他這麼想著，由韓絮陪著，走出了書房。

韓絮離開之時，朝宋慈偷瞧了一眼，嘴角一抿，似有笑意。

「叔公，聽說皇上明天要去太學視學，一定會很熱鬧吧。能不能讓我也跟著去？我也想湊湊熱鬧呢。」

「聖上那麼疼妳，妳願意去，聖上必定高興……」

韓侂胄與韓絮的說話聲漸漸遠去。

夏震瞪了宋慈一眼，領著眾甲士，護衛著韓侂胄和韓絮，退出了劉太丞家。

「這個新安郡主，何以竟要幫你？」

韓侂胄走後，喬行簡叮囑宋慈隨時隨地多加小心，就領著文修、武偃和眾差役，押著遠志和當歸，離開了劉太丞家。

桑榆在家宅那邊等得心急，直到見到宋慈安然無事，這才放了心，與桑老丈一起來向宋慈告別。宋慈問桑榆是否要離開臨安回建陽，桑榆點了點頭。宋慈知道桑榆還認為蟲達藏身於報恩光孝禪寺，但他沒透露在淨慈報恩寺後山疑似發現蟲達屍骨一事。

他之前不希望桑榆去報恩光孝禪寺，是因為他知道蟲達很可能不在那裡，不想桑榆白費努力。可如今他卻希望桑榆去，只因蟲達一事比他想像中牽連更廣，他希望桑榆遠離臨安，離開得越遠越好。

送別了桑榆和桑老丈後，宋慈、劉克莊和辛鐵柱從劉太丞家出來，直到此時，劉克莊才問出了這句話。

宋慈搖頭。韓絮突然來劉太丞家，有可能真的是為了抓藥，但她將韓侂胄勸走，尤其是臨走時衝宋慈一笑，顯然是有意為宋慈解圍，宋慈也不明白她為何要這麼做。

「你剛才那番推想，竟當著韓太師的面說出來，這是公然向韓太師宣戰了呀。」劉克莊回想方才宋慈的舉動，不免有些後怕。

宋慈道：「幹辦期限明日就到，雖然我早就查出凶手是遠志和當歸，但此案牽連太深，還有許多事我來不及查。我之所以請韓太師來劉太丞家，便是為了當面說出這些推想，試探他的反應，以證明我推想的方向是對是錯。」

「你說韓太師有不可告人的祕密，韓太師沒有當面反駁，又說夏虞候與紫草是兄妹，夏虞候也沒有反駁，還要當場拿你治罪，一看便是心虛了。」劉克莊道，「只是不知是什麼不可告人的祕密，竟能害得這麼多人被滅口，為此丟了性命。」

宋慈搖了一下頭，他也不知這個不可告人的祕密是什麼。但有蟲達的屍骨在，他相信只要給他足夠的時間，讓他繼續追查下去，總有一天能水落石出。

「你推想出了這麼多事，你便也成了韓太師後背上的芒刺，韓太師一定不會留著你。」劉克莊不無擔憂地看著宋慈，「他已經對你動過一次手了，勢必會有第二次、第三次，我真擔心你出什麼事……你當真就不怕嗎？還要繼續追查這案子？」

辛鐵柱道：「大不了往後我寸步不離地守著宋提刑，叫那些人無從下手。」

宋慈沒有說話，望了一眼滿街燈火，又抬頭盯著漆黑一片的夜空，良久才道：「克莊，你相信這世上有天意嗎？」

劉克莊看了一眼夜空，道：「既然有天，自然便有天意。」

「自打娘親死後，我便不再信這世上有天意。可如今自岳祠案起，一案接著一案，一環扣著一環，直至蟲達的屍骨被發現，冥冥中似有天意如此。」宋慈緩緩低下頭來，看著劉克莊道，「不瞞你，我心裡也怕，今早在泥溪村遇險時，我便很是害怕。可是蟲達的案子，無論發生什麼，我都要一查到底。倘若我所料不差，韓太師多半會讓府衙接手蟲達的案子，蟲達的屍骨多半也會被府衙運走，以趙師睪和韋應奎的手段，只怕稍遲一些，便會草草結案，甚至線索被毀，屍骨無存。只是眼下我沒有查案之權，所以當務之急，是要把查案之權爭過來。」

「這案子牽涉韓太師，他必定不會同意。要不再找找喬大人，或是楊太尉？」

「喬大人雖為提點浙西路刑獄，可有韓太師在上面壓著，他即便有心助我，也是無能為力。至於楊太尉，他上次雖幫過我一回，但那次只涉及韓玠，他只需在背後稍稍助力即可，而這次是公然與韓太師為敵，我又只是推想沒有實證，他未必肯再幫我。與其找他們二人，不如直接去找能壓過韓太師一頭的人。」

「壓過韓太師一頭，」劉克莊為之一驚，「你說的是聖上？」

宋慈點頭道：「尋常人想面聖，可謂千難萬難，哪怕是朝中高官，也不是說想見聖上便能見得到。可明日是上元節，聖上正好要親臨太學視學，所以我才說天意如此。」

他深吸了一口氣，遠眺太學方向，「明日太學視學典禮，便是我唯一的機會。」說罷，他叫上劉克莊和辛鐵柱，快步往太學而去。

尾聲

翌日，正月十五，上元佳節。

這天一早，天子車駕浩浩蕩蕩，出了皇宮和寧門，經御街北上，至眾安橋時，轉向前洋街，往太學而去。一路之上，車駕鹵簿至尊隆重，臨安城內萬人空巷，市井百姓親迎龍顏，明感天威。天子車駕穿行於人山人海之中，沒有停在太學中門，而是繼續往西直抵太學西側的國子監正門。

皇帝趙擴服靴袍，乘輦進入太學，止輦於大成殿外。

大成殿內供奉著至聖文宣王像，也就是孔子的塑像。這尊塑像是紹興十三年太學剛剛建成時，高宗皇帝詔令修築而成，並奉安至大成殿內。整尊塑像戴冕十二旒，服九章，執鎮圭，高宗皇帝贊其「美哉輪奐之工，儼若勵溫之氣」。

除了孔子塑像，大成殿內還有十哲配享，兩廡另有彩畫七十二賢，還有高宗皇帝親筆書寫的題詞序文，刻石立於殿前。趙擴在此止輦，那是有意屈尊，以示不敢居於孔子之先，再由禮官引導進入殿外東南側預設的御幄，進而舉行了隆重的祭奠儀式。

趙擴過去聽從韓侂胄的建議，下詔嚴禁理學，甚至將理學領袖朱熹打成了偽學逆黨，激起過全天下讀書人的反對。當年韓侂胄之所以排斥理學，實則是為了打壓以趙汝愚為首的政敵，如今這批政敵早已不在，理學之禁也早已弛解，韓侂冑讓趙擴這時來太學視學，那是為了收天下讀書人的心，自然要在大成殿舉行盛大的祭孔儀式才行。

大成殿的祭孔儀式結束後，趙擴再次乘輦，至崇化堂內降輦，在此觀大晟樂、聽講經，並向在場之人賜茶。在此之後，趙擴乘輦前往齋舍區，臨幸了此前韓珍所在的存心齋，題幸學詔於齋壁。存心齋的學子得以一睹天顏，還能因此獲得免解的恩賞，自然是歡呼雀躍。

結束了齋舍視學，已是時近正午，按照過去視學的慣例，趙擴該啟程回宮了。但這一次回宮之前，趙擴還特意去了一處地方，那就是太學東南角的岳祠，並在那裡舉行了祭祀岳飛的儀式，以彰顯他北伐中原、收復失地的決心。在這之後，這一場盛大的太學視學典禮才告結束，趙擴乘輦出太學中門，準備起駕回宮。

此時中門外的前洋街上，劉克莊已經等候了多時。在他的身後，習是齋的所有同齋還有辛鐵柱帶來的幾十個武學生，全都聚在街邊，守候著聖駕經過。

原來昨晚回到太學後，宋慈提出要在今日攔駕請奏，當眾請求皇帝授予查案之權。宋慈本打算獨自去攔駕，但劉克莊和辛鐵柱聽說後，不但主動加入進來，還發動了眾多同齋，要一起幫著宋慈攔駕。

宋慈連夜寫好奏書，劉克莊拿著奏書在太學和武學之間奔走，請眾多願意助宋慈攔駕的學子署上姓名，他甚至還去找了真德秀，真德秀也願助宋慈一臂之力，毫不猶豫地在奏書上署下了姓名。奏書準備好後，接下來便到了今日。

前洋街上全是圍觀百姓，宋慈打算當街攔駕請奏，呈上近百人聯名的奏書，再當眾言明情況，請求趙擴能延長他的提刑幹辦期限，並欽點他查辦蟲達屍骨一案。他這是要利用全城百姓，來向趙擴施壓，求得查案之權。

眼看著聖駕從中門出來了，劉克莊不禁有些心急。他不是因為攔駕上奏而緊張，而是因為宋慈還沒回來。之前聖駕從國子監正門進入太學後，宋慈忽然說有事要離開一下。劉克莊怕宋慈出事，本打算讓辛鐵柱跟著宋慈去，但宋慈說不必，讓辛鐵柱留下來約束眾武學生，說他不會走太遠，去去便回。

可是宋慈這一去，直到此刻還沒回來。

劉克莊不知道宋慈離開是去做什麼，但聖駕已越來越近，等不及宋慈回來了。他看準時機，從街邊阻攔圍觀百姓的甲士之間一下子鑽出，衝到前洋街上，當街撲跪在地，高聲叫道：「陛下，草民劉克莊有事上奏！」說罷，高舉雙手，奉上奏書。把守街邊的甲士立刻向他衝了上來，護衛聖駕的甲士當即警戒，暫止車駕，嚴陣以待。

趙擴並未露面。突然有人當街犯駕，未明吉凶之前，皇帝自然不能輕易現身，更何況有韓侂胄隨行，很多情況根本無須皇帝露面。整場視學典禮期間，韓侂胄位在百官之前，一直隨在趙擴的御輦旁，除了祭祀等大禮需趙擴親自出面外，很多事都是由韓侂胄代理。

見攔駕的是劉克莊，韓侂胄不由分說，吩咐甲士將其拿下。真德秀、辛鐵柱與眾學子見狀，紛紛衝出圍觀人群，一個接一個地當街跪下，全都自呼姓名，聲言有事上奏。轉眼之間，前洋街上便黑壓壓地跪了近百人。

圍觀百姓瞧得驚訝，一時間議論紛起。韓侂胄看著這群學子，眉頭微微一皺。皇帝此行本就是來太學視學，一下子當街跪了這麼多人，還都是學子，又是當著成千上萬圍觀百姓的面，皇帝若不露面，怕是不行了。

然而就在這時，前洋街東頭突然衝出來一人，是錦繡客舍的掌櫃祝學海。祝學海一向衣冠齊楚，便連鬍子也梳得漂漂亮亮，這時卻是衣冠不整，手上、身上都沾了不少鮮血，慌不擇路地奔跑，嘴裡大叫道：「殺人了！殺人了！」

劉克莊、辛鐵柱、真德秀等人都是一驚，原本朝著聖駕下跪的他們，回頭望向驚慌奔來的祝學海。圍觀百姓的注意力原本都在攔駕的眾學子身上，這下全都扭頭向祝學海望去。

祝學海沒在前洋街上跑出多遠，便被護駕的甲士攔下，就地擒住了。他嘴裡仍是叫個不停：「殺人了，宋慈殺人了！快去，快去呀……」

劉克莊驚聲道：「你說誰殺人了？」一驚之下試圖起身，卻被好幾個甲士按住，怎麼也起不來。

「是宋慈……是宋慈殺人了！」祝學海回頭東望，「快去，就在錦繡客舍，就在行香子房……」

——宋慈洗冤罪案簿（三）：太丞毒殺案　完

高寶書版集團
gobooks.com.tw

DN 309
宋慈洗冤罪案簿（三）：太丞毒殺案

作　　者　巫　童
主　　編　林子鈺
責任編輯　高如玫
封面設計　張新御
內頁排版　賴姵均
企　　劃　何嘉雯

發 行 人　朱凱蕾
出　　版　英屬維京群島商高寶國際有限公司台灣分公司
　　　　　Global Group Holdings, Ltd.
地　　址　台北市內湖區洲子街88號3樓
網　　址　gobooks.com.tw
電　　話　(02) 27992788
電　　郵　readers@gobooks.com.tw（讀者服務部）
傳　　真　出版部(02) 27990909　行銷部 (02) 27993088
郵政劃撥　19394552
戶　　名　英屬維京群島商高寶國際有限公司台灣分公司
發　　行　英屬維京群島商高寶國際有限公司台灣分公司
法律顧問　永然聯合法律事務所
初版日期　2024年07月

原書名：宋慈洗冤筆記3

國家圖書館出版品預行編目(CIP)資料

宋慈洗冤罪案簿. 三, 太丞毒殺案/巫童著. -- 初版. --
臺北市：英屬維京群島商高寶國際有限公司臺灣分公司, 2024.07
　　冊；　公分. --

ISBN 978-626-402-035-0（平裝）

857.7　　　113009861